ANA CRISTINA VARGAS

Informar profissão, local de nascimento, e todas essas coisas que usamos para nos apresentar, na verdade nada diz de quem somos. Você não escolheu esta obra por esses motivos e viu na capa, junto ao meu nome, o de um autor espiritual, o real idealizador, o escritor por trás de cada linha. Eu sou a médium que dá vida material à sua criação, sou coautora por ter responsabilidade com ele. Mas não penso, não construo os romances. Aliás, com frequência, eles tomam rumos completamente diferentes da minha vontade. Sou uma secretária com habilidades específicas.

A busca por conhecimentos dessa realidade extrafísica é o que une eu e você e, embora jamais tenha pensado em escrever, ou dar à minha percepção mediúnica qualquer forma de divulgação, a vida apontou-me outros caminhos e é o elo entre nós.

Essa faculdade acompanha-me desde menina sob a forma de vidência e, com o passar dos anos, com o estudo do espiritismo e a experiência do trabalho, manifestaram-se a psicografia e a psicofonia.

Dos transtornos iniciais, das dificuldades várias que a mediunidade trouxe à minha vida, hoje restam vagas lembranças indolores. Foram apagadas, superadas pelo muito que aprendi, pela companhia dos mentores espirituais e por tudo de bom que ela me trouxe e traz. Hoje, agradeço a Deus por possuí-la e por crescer e servir por meio dela. Viver com a certeza de que a vida é muito maior do que a existência física, observar a ação de leis superiores regendo nosso crescimento, promovendo sabedoria e progresso, vendo e convivendo com aqueles espíritos que amamos e já voltaram ao mundo espiritual, com outros que trabalham muito para tornar a população da Terra melhor e com alguns que estão chegando, ainda construindo um corpinho novo, é algo que simplesmente não se consegue colocar em palavras, mas faz um bem enorme. Isso lhe diz um pouco de quem eu sou.

JOSÉ ANTÔNIO

Nos encontros com os leitores, são frequentes as perguntas: como é trabalhar com o José Antônio? Como ele é? Há razões do passado que os unem neste trabalho?

Percebo que há neles muito carinho por esse amigo espiritual, fico feliz quando relatam e comentam grifos nos textos e que os usam como inspiração e orientação para o dia a dia. Vejo que crescemos juntos sob o amparo dele.

Aprendizado e desafio resumem a aventura de acompanhar e materializar as suas histórias. Os romances são um mergulho em vidas cheias de sentimentos e lições, que eu vejo como se fossem projetados em uma tela de cinema em 3D. Sinto as emoções vividas pelos personagens, mergulhando ora em dores humanas profundas, ora na serenidade e na paz dos bons espíritos. As vibrações amorosas emocionam, é enriquecedor. Cada obra tem um clima próprio e transforma algo em mim para melhor e, por isso, sou grata.

Ele apresenta-se com trajes de meados do século 19, uma cabeleira encaracolada, loira e platinada, presa na nuca por uma fita de veludo preta, profundos e grandes olhos azuis violeta, aparentando 35 ou 40 anos. Sei que essa aparência se liga à sua penúltima existência na Inglaterra. Tem algumas peculiaridades, como usar um casaco diferente a cada obra. É muito disciplinado, orienta os estudos para o desenvolvimento dos livros e enfatiza a atenção com os leitores, de transmitir histórias que auxiliem a bem viver, libertando-nos de ilusões, preconceitos e outras causas geradoras de sofrimento.

Identifica-se como um artista, diz que foi escritor em suas últimas três existências, sendo a última no século 19, na França. Segundo ele, nossa afinidade vem de vínculos do passado sobre os quais não fala e dos quais eu não me recordo, apenas sinto que são profundos.

LAYLA

Se eu quisesse falar sobre fatos, talvez bastasse simplesmente apor, neste espaço, o nome pelo qual fui conhecida em minha última existência, como escritora, precursora dos direitos femininos e das ideias espiritualistas que impregnavam o século 19, na Europa — disponíveis à vontade de quem os desejasse conhecer. Mas já não sou mais exatamente aquela personalidade e, penso eu, fatos ou nomes não dizem quem somos, limitam-se a revelar um pouco do que fizemos, nada mais. Se eu os contasse, pouco diriam do que pensei ou senti.

O que é a biografia de um espírito? O relato de inúmeras e infinitas existências, algumas perdidas nas noites do tempo. Um trabalho muito grande para tão pequeno espaço!

Diziam que eu não sabia escrever senão para falar de mim mesma e de meus sonhos, ideais, vivências e pensamentos. Diziam até que eu era a mais interessante personagem criada por minha mente, e minha própria existência, o meu melhor romance. Vá lá que tivessem razão meus críticos de outrora.

Retorno, hoje, na condição de espírito liberto da matéria, ainda falando de minhas vidas, minhas experiências — nisso continuo a mesma: ainda não posso falar do que não vivi. Agora, aproprio-me de minha memória imortal, vasculho-a e me retrato não em uma página ou refletida em uma personagem, mas em inúmeras.

Conto-lhes os muitos caminhos que percorri até atingir o que defino como um estágio de tranquilidade da alma. Nele vivo em paz e com alegria, sigo em frente buscando o progresso, lutando por meus ideais e trabalhando ativamente para vê-los disseminados e dando frutos no seio da humanidade. Sei que não são um patrimônio, muito menos uma invenção minha; são luzes que compartilharam comigo e me fizeram chegar aonde estou.

E, ao sentar-me ao seu lado, amigo(a) leitor(a), na forma deste livro que está em suas mãos, permitindo-me contar-lhe minhas muitas vidas, almejo dá-las a você, a fim de que, quando necessário, em algum momento, possam guiar seus passos, assim como um dia guiaram os meus.

Abro com você o livro de minha vida. Conheça-me, eu hoje sou Layla.

Capa: Marcela Badolatto
Projeto Gráfico: Fernando Capeto e Marcela Badolatto
Diagramação: Cristiane Alfano
Preparação: Melina Marin
Revisão: Melina Marin e Cristina Peres

1ª edição — 2ª impressão
5.000 exemplares — julho 2012

Dados Internacionais de Catalogação na Publicação (CIP)
(Câmara Brasileira do Livro, SP, Brasil)

Layla [Espírito]
Encontrando a paz / pelos espíritos Layla e José Antônio; [psicografado por] Ana Cristina Vargas. -- São Paulo : Centro de Estudos Vida & Consciência Editora.

ISBN 978-85-7722-208-7

1. Espiritismo 2. Psicografia 3. Romance espírita I. Antônio, José. II. Vargas, Ana Cristina. III. Título.

12-00826 CDD-133.9

Índices para catálogo sistemático:
1. Romance espírita : Espiritismo 133.9

Este livro adota as regras do novo acordo ortográfico (2009).

Editora Vida & Consciência
Rua Agostinho Gomes, 2.312 – São Paulo – SP – Brasil
CEP 04206-001
editora@vidaeconsciencia.com.br
www.vidaeconsciencia.com.br

ENCONTRANDO A PAZ

ANA CRISTINA VARGAS

pelos espíritos Layla e José Antônio

SUMÁRIO

INTRODUÇÃO

Layla apresentou-se em 2007, acompanhando a rotina de trabalho de José Antônio junto à médium. Dia após dia, o trio habituou-se aos encontros, à aproximação das energias, e a confiança ampliou-se até a natural aceitação. Ela, uma visitante silenciosa, atenta e bela, trajada em roupas orientais, transmitia com sua presença força e bem-estar. Em 2009, eles comunicaram à médium o início de um projeto conjunto: o ditado de alguns romances em que narrariam as vidas passadas de Layla.

José Antônio e Layla foram amigos em sua última encarnação, ocorrida na França, no século 19. Ela diz que também foi mulher, escritora, dona de uma personalidade combativa; trabalhava ativamente por seus ideais: a divulgação da espiritualidade; a luta pelo reconhecimento dos direitos da mulher. Disseram que, desde aquele tempo, tinham o projeto de escrever juntos, no entanto, o desencarne de José Antônio, na ocasião, inviabilizou a execução.

O trabalho conjunto e harmonioso que desenvolvem hoje é a prova de que uma amizade real se baseia nas leis da afinidade e transcende a vida física. Os que se amam se procuram e se reencontram, os laços que os unem são imortais e este trabalho é apenas um exemplo dessa lei natural.

Conviver com Layla é apaixonar-se por sua presença, que é sinônimo de aprendizagem. Espírito antigo, é dona de extensa cultura e inteligência, que transmite com a mais tocante simplicidade, o que a faz compreendida por todos. Muito viveu, muito errou, muito aprendeu. Sobretudo por ter a coragem de se mostrar com toda honestidade, de reviver a si mesma e mostrar-se ao leitor como uma alma nua, falando abertamente das mazelas humanas de todas as épocas.

Apresentação

Eshe é meu hino à simplicidade. Ela nos recorda que todas as maravilhas do universo consumiram centenas de anos para manifestar-se aos nossos olhos como hoje as vemos, passaram por milhares de transformações. As almas humanas não são diferentes. O que somos demandou séculos de construção; se belos ou não, é outra questão. Conhecer um pouco da trajetória espiritual de Layla exemplifica a verdade de que somos os construtores de nós mesmos. Assim, é nosso dever olhar nossa obra, embelezá-la, torná-la agradável, leve, alegre, integrada à natureza que nos rodeia. Tal qual a luz das estrelas que iluminam as noites, a nossa própria luz necessita de séculos de elaboração e esforço, mas ela jaz no nosso interior, às vezes mais encoberta em uns do que em outros, mas está lá. Um dia brilhará!

Eshe encerra um ciclo de transformação e aprendizado do espírito Layla. Contamos as histórias cruciais: a inconsciência de Dalilah, o despertar de Verônica, a liberdade e a consciência de Eshe. É a narrativa da transformação pessoal, do autoaperfeiçoamento e da vitória sobre si mesma. Que declarações, como "eu sou assim", "serei sempre assim", "não posso ser diferente", "é o meu jeito", e outras desse gênero, após a leitura dessas vidas, mereçam sua reflexão e questionamento. Tenha a coragem de conhecer-se e reconhecer-se. Cresça, liberte-se do que lhe faz mal. A vida está em suas mãos. Seja feliz! Eis a mensagem que resume nosso trabalho.

José Antônio

Sentei-me ao seu lado e compartilhei minhas memórias. Não foi à toa que você escolheu me conhecer. Todas as relações obedecem à lei de atração. Se minhas vidas por algum motivo lhe atraíram, examine com cuidado e descobrirá a esquina em que nos encontramos. Não pare. Se você me encontrou como Dalilah, avance. Deixo-lhe as luzes que iluminaram meu caminho. Eu fui o espelho no qual se refletiram seus sentimentos, suas crenças, e mesmo vivências se repetem, não importa a época. Aliás, minha intenção sempre foi falar das minhas vivências humanas que se assemelham às suas. Se você é uma das Verônicas que andam na Terra, desejo que as respostas que encontrei possam lhe ser úteis. Foram abençoado caminho de equilíbrio, por isso as trouxe. Prossiga melhor a cada dia. Se você descobrir-se Eshe, renda graças ao Criador e siga em frente: você se descobriu um aprendiz da vida. Leve consigo a confiança, a alegria, o amor e a certeza de que qualquer dificuldade ou barreira que a existência ponha à sua frente pode ser vencida, tudo depende dos olhos que a contemplam. São lições para a alma, apenas isso.

Meu eterno carinho pelo tempo de sua vida que dedicou a mim.

Até breve!
Layla

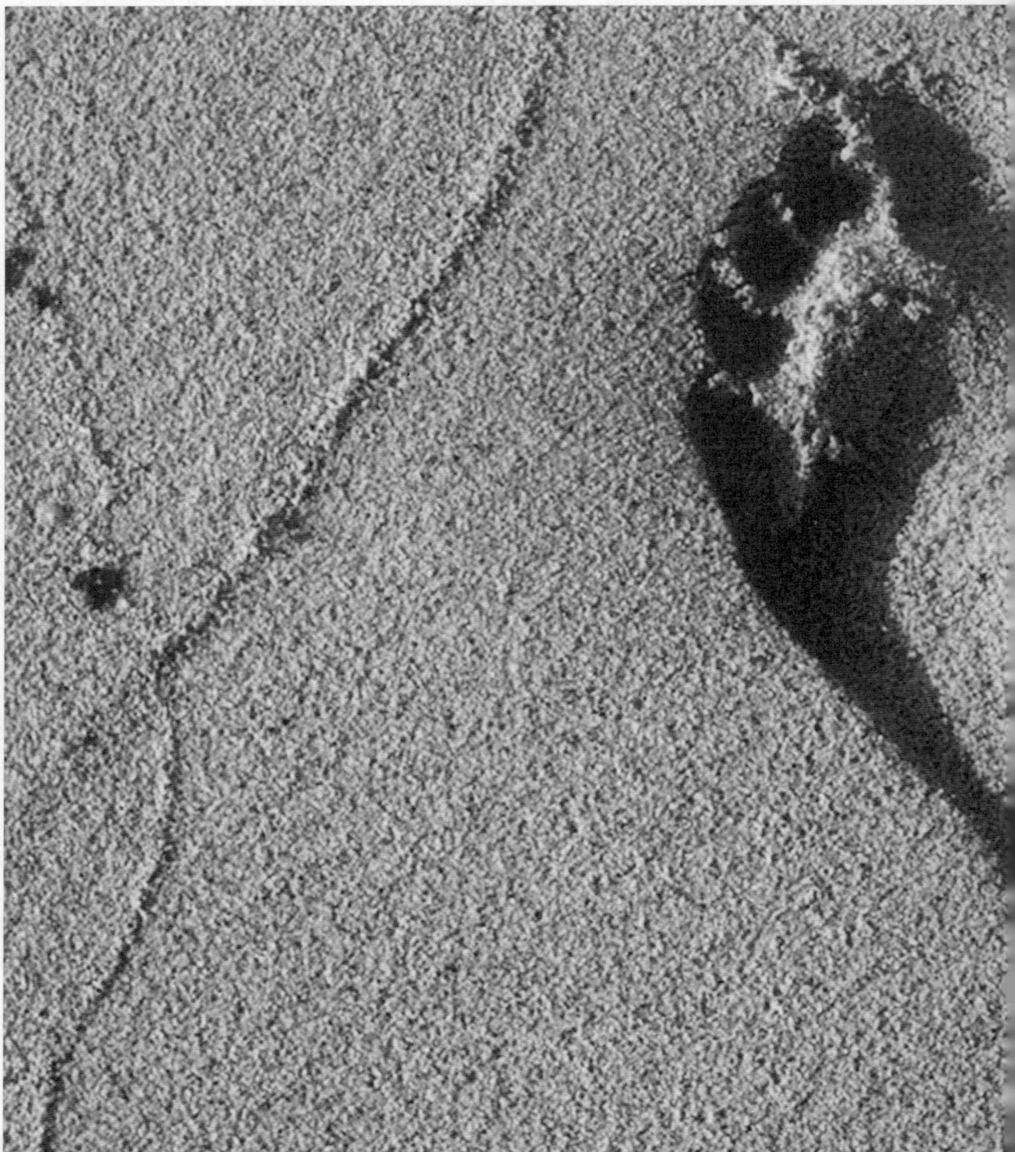

01
Menina

Aquele quarto me parecia tão escuro, tão triste! Despertava minha curiosidade. Por que era assim? Aliás, a casa toda era cinza, feita de pedra. Dura, rígida e gelada era como eu a via. Mas, mesmo assim, despertava minha curiosidade. Eu ansiava por entrar lá.

Costumava perambular por aquelas terras, o acampamento da minha tribo ficava próximo. Nosso líder estava doente e, por isso, estávamos ali havia mais de um ano. A aldeia era distante, eu fora lá apenas duas vezes, mas meu irmão, Daros, dizia que o povo nos queria bem. Gostavam dos utensílios que produzíamos, dos cavalos que vendíamos, apreciavam a música, a dança e a leitura das mãos. Estávamos muito bem e felizes. E eu estava adorando andar livremente sabendo para onde voltar e não precisar arrumar e desarrumar nossa tenda. Definitivamente, eu amava meu povo, mas a vida nômade exigia minha tolerância desde muito cedo.

E a casa de pedra povoava minha imaginação infantil. Perguntava-me: como seria dormir entre paredes tão grossas e firmes? Deveria faltar o ar. Era tão gostoso despertar com a brisa da madrugada misturada ao calor suave dos primeiros raios de sol! Entre paredes aquilo não aconteceria. Como viveriam as pessoas lá dentro? Eu queimava de curiosidade. Tinha visto, pela janela, uma pessoa caminhando dentro de um quarto escuro. As janelas eram grandes, altas, de uma madeira avermelhada. O local era bonito. Tinha um jardim em torno, que eu explorara em detalhes. Eu era pequena, magra e ágil, escondia-me com facilidade, nenhum dos servos da casa tinha me visto. Teriam me expulsado, acreditando que eu traria azar e lançaria os demônios sobre eles. Esse era o pensamento da maioria das pessoas a nosso respeito.

Nessas andanças, descobri a rotina da casa. Sabia o que cada um fazia e quando. Uma mulher gorda cuidava da cozinha e, pela manhã, quando saía para coletar ovos e colher legumes na horta, ela deixava a porta aberta. Ah! Como era tentadora a ideia de entrar naquele lugar e descobrir o que estava oculto. Em nossas tendas, nada ficava oculto.

Por vários dias, observei, escondida entre os arbustos próximos, a rotina da mulher gorda. Ela era muito engraçada, seu andar lembrava o de uma pata, embalava-se de um lado para outro, era lenta, pesada. Considerei que, ainda que ela desejasse muito me pegar, não conseguiria. Havia um labirinto de cerca viva cujos segredos eu já desvendara, e os caminhos eram estreitos, seria muito fácil fugir correndo por ali. Eu sabia que, pela manhã, ficavam na casa apenas a gorda e a criatura do quarto escuro.

"Amanhã!", decidi em pensamento. "Amanhã eu entrarei, ninguém irá me ver." Olhei em volta, não vi nem sinal da gorda. Mas por hábito e pelo prazer de sentir o perigo, ainda que imaginário, corri rapidamente até o labirinto, percorri minha rota de fuga e ri muito ao chegar mais uma vez ao acampamento. Era o sabor da vitória sobre o desafio. Como é bom! Como faz bem! Eu era criança e viciada naquela sensação, o que fazia de mim uma diabinha de saia.

Diziam que eu era rebelde e levada demais. As tentativas de me educarem e serem severos comigo esbarravam numa arma que eu usava calculadamente: meu sorriso matreiro. Era mortal, desarmava qualquer espírito de revolta ou indignação das pessoas e com o contágio da minha alegria esqueciam as punições. Eu era amada, muito amada, pelo meu povo.

Meus pais morreram quando eu tinha seis anos de idade. Tenho lembranças deles. Fui criada por meus irmãos e pela minha tribo, então todas as mulheres tornaram-se minhas mães, e as velhas são minhas avós. Cresci andando de tenda em tenda, recebendo carinho e alimento de todas. À noite, meus irmãos me levavam para a tenda para dormir.

Desde muito cedo, eu escolhi como e com quem passaria minhas horas e compartilharia as refeições. Tinha a liberdade dos pássaros: eles também vivem em bandos, mas pousam onde querem e vão embora quando desejam.

Não ficava tempo bastante para que alguém ralhasse comigo. Eu via que as mulheres perdiam a paciência com seus filhos e, às vezes, não sabia quem gritava mais: o filho ou a mãe. Então, eu pousava um pouco com cada uma e, quando percebia que elas começavam a gritar, ia embora. Não suportava violência, gritos e brigas. Simplesmente desaparecia, vagava pelos arredores do acampamento.

Foi assim que achei a casa de pedra.

Esse meu hábito de fugir e caminhar a esmo colocava a tribo em polvorosa e fazia com que me puxassem os cabelos e falassem de forma áspera comigo quando voltava. Mas eu não me importava, simplesmente encostava-me em quem estava ralhando comigo, esfregava-me como uma gata manhosa e sorria com toda a alegria que aquela aventura tinha me trazido.

Pronto! A mão que puxava meus cabelos, sem saber por que, passava a acariciar minha cabeça, e a voz, de severa, passava a terna e amistosa. E eu sorria faceira e os outros também. Afinal, nós nos amávamos. E todos diziam que eu era a vida da tribo, por isso chamaram-me Eshe.

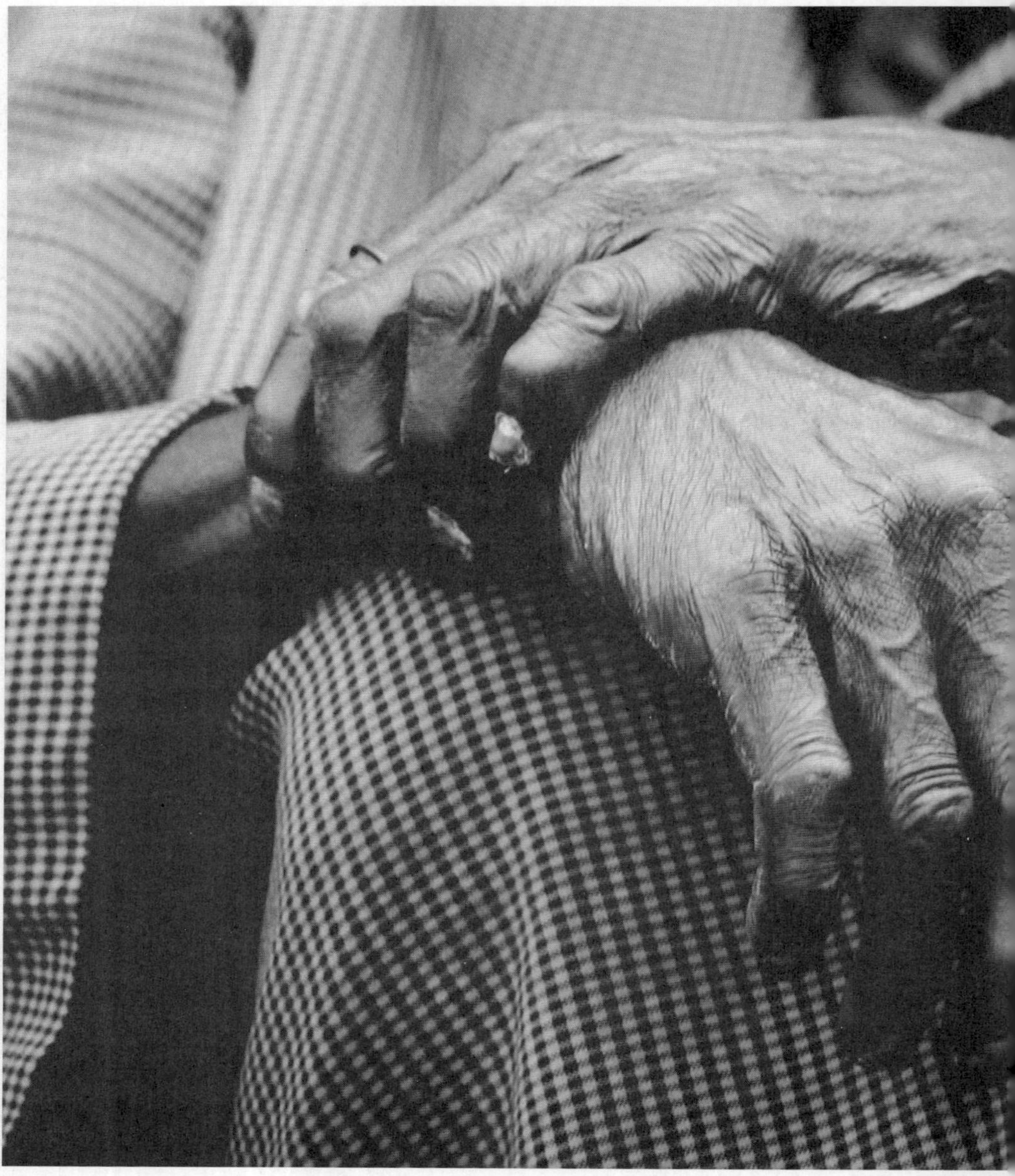

02
PEPE

A rotina do acampamento fluía inalterada apesar da doença de nosso líder. Tio Pepe era um homem bom e íntegro. Calmo, ponderado, eu sentava-me em seus joelhos e o observava lidar com o povo. Entre uma carícia e outra em minha cabeça, ele ouvia e auxiliava a todos. Alguns o procuravam com problemas reais, outros por causas imaginárias. Com o passar do tempo, aprendi a diferenciar as situações apenas pela velocidade com que a mão dele deslizava por meus cabelos.

Se fosse um problema real, ele ouvia quase imóvel. Eu o olhava encantada, pois me transmitia a força de um tronco de árvore. Eventualmente, ele piscava, era todo atenção, estava inteiro naquele instante.

— Eshe, minha linda, ouça as pessoas, mas não apenas com os ouvidos. Ouça com a alma, o coração e o pensamento. Não as interrompa, nem se precipite em formar a sua opinião, menos ainda em dá-la. Apenas ouça e espere. Algumas pessoas quando falam conseguem entender a si mesmas. Seja inteligente, deixe que o outro se descubra e se decida. Incentive-o, dando-lhe a sua presença inteira. Acredite, quem sofre de verdade sente-se amparado apenas com essa atitude, sente que alguém está realmente com ele e, esvaziando o pote dos sofrimentos, enxerga com mais clareza os caminhos à sua frente. Porém, quando você perceber que as causas são imaginárias, não perca seu tempo. Creia-me, a pessoa não quer ser ouvida, nem deseja pensar, quer apenas falar. É por isso que na cabeça temos dois ouvidos e uma boca! Precisamos ouvir muito mais do que falar e pelo menos duas vezes mais antes de dar opiniões na vida alheia. Não faça isso, minha linda, nunca. Não é inteligente, nem é bom.

Com o tempo, descobri que ele tinha toda a razão do mundo. O movimento rápido de suas carícias me dizia a velocidade de seu pensamento, que estava longe daqueles relatos nervosos, ansiosos, irritados. Não havia o que fazer, entendi que havia sofrimento, e ele o respeitava, mas não havia como confrontá-lo, era um produto da própria pessoa. Anos mais tarde, compreendi que a cura desse mal passava por uma mudança profunda no íntimo da criatura, e não se pode dominar o interior de outra pessoa. É uma tarefa pessoal de autolibertação e cura.

A paz de nossa tribo repousava nele. Pepe era o líder, o pai, o amigo. Seria difícil substituí-lo, mas eu sentia que ele estava morrendo. Daros, meu irmão, era seu provável sucessor por ser o sobrinho mais velho e, além disso, falava-se em seu casamento com Rana, única filha de Pepe. No nosso povo, a herança pertencia ao filho mais velho do sexo masculino. Daros era seu herdeiro, como fora de nosso pai.

O casamento deveria ser realizado antes do previsto, essa era a causa de agitação entre as mulheres naqueles dias. Eu visitava meu tio pela manhã e à noite, pois estava recolhido na tenda e dormia muito. As velhas diziam que era por fraqueza. Sentava-me ao seu lado, contava-lhe baixinho minhas proezas de menina levada. Dele não escondia nada, sequer meu desejo de conhecer a casa de pedra. Tio Pepe sorria e murmurava:

— Vá, minha linda! Corra atrás dos seus sonhos! Brinque, criança. Descubra o que desejar, não escute essas velhas azedas que querem podar suas asas e lhe dizer o que deve ou não fazer. A vida é longa e, ao mesmo tempo, breve demais para deixar que os outros a vivam por você. Vá lá, menina. Conheça a casa. Talvez você não tenha outra oportunidade. Nunca se esqueça disso.

Entre as muitas lições recebidas, jamais esquecerei a mensagem simples e amorosa de Pepe, e guardo-a com muito carinho. Sobre seus joelhos reforcei, em meu íntimo, o valor de ser autêntica e buscar a felicidade, a alegria possível, real e necessária.

Nessa época, eu conquistei a maturidade de saber que do sofrimento se tira o aprendizado, se caímos devemos aproveitar para conhecer muito bem a pedra onde tropeçamos e o chão; levantar é a atitude a tomar. Mas, após a queda, não se caminha do mesmo jeito, há mais cuidado e maior segurança.

O querido Pepe compreendeu e estimulou minhas alegres inquietações de criança e desenvolveu meu caráter indômito. As antigas e pueris rebeldia e revolta de minha alma transformavam-se em caráter inovador, nada afeito ao conservadorismo. A disciplina e a racionalidade tão trabalhadas em existências anteriores reforçaram o caráter de uma mulher beduína que não fugiu da luta nem renegou seus sonhos. A liberdade e a alegria pura brilhavam em meu sorriso e iluminavam meus olhos[1].

Foi por isso que retornei à casa de pedra. Aguardei a roliça serva afastar-se em direção à horta e às cocheiras. Ela era lenta ordenhando as cabras, o que me dava tempo suficiente para explorar a casa.

— Não preciso conhecer tudo de uma só vez — disse a mim mesma, controlando a ansiedade e traçando racionalmente meus planos infantis. — Posso conhecer aos poucos, devagar, entrando lá várias vezes. Com calma e cuidado, a mulher gorda nunca saberá.

Como é bom o prazer da criança! Eu vibrava inteira, antecipando o deleite de conhecer a casa de pedra e, ao mesmo tempo, é preciso confessar, sentia satisfação em jogar com a inteligência dos outros: tanto com a da minha gente quanto com a da mulher gorda. Eu me sentia capaz de enganar a ambos, transgredindo as normas e proibições. Outra fonte de prazer.

Não premeditava nenhum dano, era apenas um jogo, eu brincava com eles. Saía dessas aventuras me sentindo muito bem. Hoje sei o que sentem as crianças arteiras. Elas não têm consciência, mas a alegria é por se sentirem fortes, vitoriosas, capazes, inteligentes. Na idade adulta, nem todas as pessoas conseguem conectar-se novamente com essa experiência poderosa. E é por ser tão prazerosa que a criança esquece

---

1 Referência às encarnações anteriores narradas nos romances *Em busca de uma nova vida* e *Em tempos de liberdade,* ambos publicados pela Editora Vida & Consciência.

facilmente as represálias e castigos dos educadores e torna a praticar suas proezas. Crianças arteiras, que brincam com a vida e a inteligência, tornam-se adultos mais saudáveis e livres. Aprendi a nunca apagar o brilho de satisfação e o sorriso de uma criança.

A alegria merece respeito. É uma virtude do espírito, e virtudes são conquistas dos séculos e das reencarnações. É o esforço de resistir às más inclinações coroado de êxito.

Eu espreitava a mulher gorda. Ela era previsível — como o são as criaturas metódicas —, repetiu, religiosamente, a rotina matinal. Olhando-a, pensei: "É ruim montar e desmontar acampamentos, mas deve ser pior acordar todos os dias no mesmo lugar e fazer sempre as mesmas coisas... Nem os cachorros vivem assim, só essa mulher gorda!"

Ela se foi sem se virar para trás. Nunca fazia isso. Corri e me senti triunfante quando cheguei à porta da cozinha. O coração batia na garganta, eu antegozava a realização de um desejo de meses: desvendar a casa de pedra, minha aventura, meu sonho. E estava ali, a um passo, literalmente. Nem pisquei, controlei a respiração, não podia fazer barulho. Entrei.

Meu primeiro choque foi a escuridão e o frio. Mas a curiosidade gritava e eu obedecia. Olhei tudo. Sob meus pés descalços, senti o piso áspero e irregular, machucava-me. Havia armários altos, grandes, com as portas fechadas, para meu desassossego íntimo. O que haveria dentro deles? O que comeriam em uma casa? Será que era igual ao acampamento? Tinha um tripé ali, mas havia também outra coisa com fogo e panelas.

Havia tachos e bacias de cobre pendurados nas paredes. Uma pilha de baldes descansava sobre a mesa de madeira ladeada por dois bancos rústicos.

A luz entrava pela porta e por uma janela pequena. Nas paredes, o lugar das tochas era marcado por armações de ferro e pelas inconfundíveis manchas pretas e cinzas deixadas pela fumaça. Aquilo eu conhecia das igrejas, todas as paredes eram marcadas. Meu irmão me ensinara:

— Eshe, você nunca viu o fundo das panelas? Fica preto por causa do fogo e da fumaça. O fogo deixa marcas.

O segundo choque foi o silêncio. Os sons que captava eram da rua e ficaram abafados. A privacidade das tendas é relativa. Os sons se propagam e se misturam. Nossa tribo era barulhenta, alegre, cheia de vida. Adorávamos música.

O terceiro foram os cheiros. Nosso acampamento cheirava a sol, vento, comida temperada com ervas e cerveja. Ali cheirava a umidade, fumaça e leite de cabra. Não gostava de leite e logo torci o nariz.

Havia outra dependência que eu antevia por uma porta entreaberta. Era um espaço grande. Avancei até lá.

As paredes eram decoradas com tapeçarias reproduzindo cenas de caça. Uma mesa enorme ocupava o centro do salão com longos bancos. Em uma parede, ao fundo, uma grande lareira. Dois cães pequenos estavam deitados em frente a ela. Ergueram a cabeça e puseram de pé as orelhas ao me verem, emitindo fracos rosnados.

— Calma! — falei baixinho, mas com firmeza. — Sou amiga.

Silenciaram, mas continuaram me encarando e parece que a mensagem foi assimilada lentamente. Depois de instantes de enfrentamento, eles baixaram as cabeças e continuaram deitados.

— Bom! — murmurei.

Meu olhar ávido percorreu o salão. Deparei-me com a entrada de um corredor estreito e escuro. Céus! Tinha mais portas. Várias aberturas se enfileiravam do início ao fim.

"Não posso demorar", pensei. "Uma destas portas deve dar no quarto escuro. Mas... tudo aqui é escuro, será que todos os quartos não são escuros?"

Um estalo me fez pular de susto e, temerosa de a minha travessura ser descoberta muito cedo, nem pensei e corri para fora.

Quando avistei as tendas, parei e comecei a controlar a respiração. Não podia chegar ofegante ou todos saberiam que fugia de algo. Fariam perguntas que eu não desejava responder.

Um segredo compartilhado dá uma sensação muito boa de cumplicidade, algo maior que intimidade. Somente tio Pepe sabia da invasão à casa de pedra. Era meu confessor e compartilhar esse segredo me fazia pensar que existia um espaço no mundo onde existíamos apenas eu e ele, e que nos pertencia, livre de qualquer ameaça.

A vida nômade é linda, mas inclemente. É uma exigente mestra da natureza, suas provas são sempre práticas. A única teoria possível na travessia do deserto é o silêncio e o reconhecimento do divino, a máxima teoria da alma humana. É tudo ou nada.

Naquela época, as tribos nômades sofriam muitas mudanças. O islamismo se consolidava como a religião dominante na península arábica, de onde procedíamos. As tribos uniam-se em torno da nova crença e expandiam as riquezas e as guerras. Nascia um novo império. Abriam-se fronteiras e as tribos beduínas caminhavam pelo Saara, chegando a várias regiões do Egito. Tudo tem seu preço e, se por um lado havia benefícios, por outro, restava o saldo da violência.

A doença de tio Pepe era uma bênção aos meus olhos de menina — era a razão de permanecermos ocupando um mesmo local por meses — libertando-nos dos perigos de cruzar o Saara, afastava-nos de enfrentamentos, pensava eu, em minha ignorância infantil. Estava satisfeita, a situação atendia aos meus desejos.

Éramos uma tribo de pastores empobrecida. Nossos rebanhos, devido a muitos saques, estavam reduzidos. Alguns artesãos e ferreiros compunham o meu povo. Nossa tradição era pacífica, alegre, hospitaleira e livre. Não gostava de pensar na humilhação daqueles saques violentos. Os gritos e o choro das mulheres ecoavam em meus ouvidos; jamais esqueci a lágrima silenciosa que vi escorrer da face de tio Pepe. Ele segurava minha mão e me acalmava. E me disse:

— Mais vale a vida humana que a posse de uma cabra, ou um camelo, ou um cavalo! Isso agora é passado. Permanecemos vivos e trabalhando. Nunca trocaremos o futuro pelo passado. É burrice!

Cheguei ao acampamento e misturei-me logo com as outras crianças. As mulheres, ocupadas em preparar a refeição e cuidar das roupas e das crianças, não notaram que eu saíra e voltara. Como eu queria, não houve perguntas nem desconfiança.

Movimentei-me tranquila até abandoná-las. Caminhei em direção à tenda de tio Pepe.

Ele estava só, recostava-se contra muitas almofadas.

— Tio Pepe, tá dormindo? — perguntei, puxando-lhe a manga da túnica.

Observei atentamente e constatei que ele cochilava. Puxei a manga da túnica com mais força e soprei o rosto dele, rindo. Ele fez careta e espanou o rosto com as mãos, mantendo os olhos fechados. Desconfiei que estivesse acordado e brincasse comigo. Repeti meus gestos e insisti eufórica:

— Tio Pepe, acorde! Preciso lhe contar que eu sei como é estar numa casa. Acorda, tio Pepe...

Ele resmungou. Vi um sorriso maroto iluminar-lhe as faces envelhecidas. Abriu um olho. Seu olhar era brilhante, feliz, parecia incendiado com o espírito de criança arteira.

— É mesmo?! — falou incrédulo. — E como é?

Relatei-lhe minhas impressões. Pepe ouviu a aventura como se fosse uma questão muitíssimo relevante. Fez exclamações, assombrado com minha coragem e inteligência, e eu exultei. Tinha vontade de pular, tamanha era minha alegria e minha excitação. Imaginava que nunca alguém do meu povo tivesse entrado em uma casa; só eu.

— E você gostaria de morar lá? De viver como aquela gente? — perguntou-me Pepe, compenetrado de repente.

Esta característica dele me desorientava: como podia mudar tão fácil e rapidamente de assunto?

— Hum, não sei. Acho que não, mas eu não sei como eles vivem, só entrei na casa, tio — respondi.

Como ele me olhasse, apenas com aquele olho aberto e um sorriso maroto na face envelhecida e doente, dei-lhe meu mais brilhante sorriso, balancei a longa trança e refiz minha resposta:

— Acho que eu não iria gostar. É frio e fedido. Para ver o sol, a luz ou sentir o vento, eles têm que ir à janela. Eu sentiria falta de olhar o céu, o deserto, e... eles tomam leite de cabra.

— Ah! Isso é algo sério — brincou tio Pepe, fingindo seriedade. — Contraria a sua vontade, não é minha pequena? Você não gostaria de ser obrigada a tomar leite. Mas nós também tomamos leite de cabra...

— É, eu sei, mas ninguém me obriga. E nós temos outras coisas para comer. Na casa eu vi apenas leite — apressei-me a interromper tio Pepe. — Por isso, eu seria obrigada a tomar leite se morasse lá.

— Eshe, é muito importante viver de acordo com as nossas vontades. Entretanto, lembre-se de que algumas vezes é preciso ceder e que nunca devemos impor nossa vontade aos outros. Entendeu? E quando abrir mão de suas vontades, se algum dia fizer isso, pense assim: quem mora na casa de pedra bebe leite, se eu morar na casa de pedra talvez precise fazer o mesmo; embora eu não goste, beberei sem fazer cara de nojo, mas apenas quando necessário. Se não é com gosto, não preciso tomar leite em todas as refeições, uma só basta para não morrer de fome. Certo?

— Eu não gosto, não bebo nunca — insisti, teimosa.

Pepe riu, percebeu que eu não havia entendido completamente o que ele desejava me dizer. Era natural, eu era criança e ele, um homem experiente. Mesmo assim, bondosamente, reforçou a lição, ciente de que em meu espírito ela ficaria gravada.

— Todos nós sabemos que você não gosta de leite, Eshe, aliás, faz anos. Mas lembre-se: a vida, às vezes, nos apresenta situações nas quais precisamos fazer coisas contrárias às nossas vontades ou sem elas. Nessas situações, minha linda, faça apenas o necessário.

Fiz uma feição séria, parei de balançar a trança e concordei com um gesto de cabeça formal, bem-comportada. Ele riu com gosto da minha atitude e, de imediato, retomei minha narrativa sobre a casa de pedra e a aventura de desbravá-la.

Ele ouviu-me paciente, até eu notar que seus olhos se fechavam, sonolentos. Pepe estava fraco, dormia muito. Fiquei contente, pois havia um sorriso na face do meu bom amigo, e ele murmurou algo que nunca esqueci:

— Lute por seus sonhos. Não há alegria maior do que realizá-los. Sonhe com o futuro, Eshe.

03
A MULHER DO QUARTO ESCURO

Como a vida da tribo estava estabilizada, sem o acréscimo de trabalho que toca às mulheres no nomadismo — montar e desmontar acampamentos — minha obrigação era auxiliá-las. Incumbia-me a arrumação da tenda que partilhava com meus irmãos. Preparava a refeição matinal, recolhia as roupas sujas, dobrava as limpas, cuidava das crianças menores e fugia quando surgia a oportunidade. Caminhava a esmo pelos arredores do acampamento. Admirava os rebanhos e, lógico, desde que a descobrira, espreitava a casa de pedra.

A gorda caminhava em direção aos galinheiros e, rapidamente, eu invadia a cozinha e caminhava cada vez com mais familiaridade dentro da casa. Habituara-me a tudo que me causara estranheza na primeira visita. Os cachorros me reconheciam e abanavam as caudas, milagre que alguns ossos e o meu carinho tinham operado.

O corredor era minha meta. Havia alguém lá, eu ouvia tosse, gemidos e, um dia, ouvi um choro compungido, desconsolado.

Ainda estava na infância, mas as tendências do espírito desconhecem faixa etária. Elas manifestam-se de acordo com o desenvolvimento do intelecto e da personalidade. Ouvir alguém chorar, em desespero, era algo que eu não conseguia ignorar. A dor alheia me mobilizava. Essa característica o meu povo atribuía à orfandade. Diziam que ela me tornara mais sensível e madura do que as demais meninas. Até certo ponto tinham razão, entretanto a orfandade apenas fizera desvelar aquele aspecto da minha natureza — o feminino protetor desenvolvido em minhas jornadas reencarnatórias.

Esqueci-me de que era uma invasora, uma menina beduína, e que nem todas as pessoas sedentárias entendiam nosso modo de ser e viver. Simplesmente, o impulso me governou. As tendências emergiram com força. Segui apressada em direção ao quarto escuro, cuja porta entreaberta me permitia ver um vulto ofegante sentado sobre o leito. Entrei sem bater, sequer anunciei minha presença.

O bom de ser criança é que não questionamos as nossas vontades, tentamos atendê-las e isso nos põe em contato com o prazer de viver. É uma lástima algumas pessoas adultas perderem essa forma simples e correta de existir, e com ela vai-se a naturalidade, a espontaneidade e a alegria pura.

Era uma mulher que tossia até perder o fôlego. Dobrava-se, e voltava a se erguer à procura de ar, sempre tossindo. Os movimentos repetiam-se rapidamente, causando-lhe grande cansaço. Notei que ela era magra demais e aparentava ser jovem.

— Levante os braços — ordenei, pulando em sua cama. Segurando-a, fiz com que me obedecesse.

A mulher não tinha força, parecia um trapo, era mole.

Após instantes, a tosse cedeu, ela inspirou e alertei:

— Devagar! Senão a tosse voltará. Respire devagar, não tente encher os pulmões.

Ela foi dócil ao meu comando. Logo vencemos o pior da crise e a fiz recostar-se nos travesseiros. Seu rosto estava banhado de suor.

— Você tem mel?

— Ali — respondeu a mulher, apontando uma mesa pequena repleta de ervas e com alguns potes. Abri um por um, cheirei até encontrar o pote com mel.

— Tá no fim — avisei. — Você precisa conseguir mais. Mel é bom para a tosse.

Enquanto dizia isso, servi uma porção de mel em um prato que encontrei próximo, e o entreguei à doente.

— Vá lambendo devagarzinho. Não precisa comer tudo de uma vez. Dê umas duas ou três lambidas e espere. Se sentir vontade de tossir, tome mais algumas colheradas — recomendei.

A crise cedeu e a mulher, exausta, recostou-se nos travesseiros.

— Obrigada! — murmurou a enferma.

— Não foi nada — respondi e corri os olhos pelo aposento. — É escuro aqui e muito fechado, não tem ar. Você deveria abrir a janela. O ar puro e livre é delicioso.

Ouvi um riso tímido e voltei a encarar a mulher. Estava mais bonita sorrindo. A risada, ainda que frágil, colocou um brilho em seus olhos que lhe iluminou a face.

— Melhorou. Ficou mais bonita — elogiei com sinceridade. — O que eu disse que você achou engraçado?

— O ar, nunca pensei nele como algo com sabor — respondeu a doente, rindo de mim, das minhas pueris ideias, segundo a visão dela.

— Tudo tem sabor! — protestei, altiva. — Nem tudo é bom ou do nosso agrado, mas tem sabor. Eu adoro respirar logo cedo, antes do nascer do sol, e à noite. É uma delícia!

A mulher riu. Fitou-me e perguntou:

— Como você entrou aqui? Yona permitiu?

Senti meu rosto queimar, balbuciei alguns sons ininteligíveis. Nervosa, mexi nas tranças, balancei o corpo. Mas em nada aquilo ajudou, havia um branco em minha mente, eu não sabia mentir.

— Eu queria muito conhecer uma casa, por isso entrei. A serva está cuidando dos animais, eu acho. Então, ouvi sua tosse, o choro e vim ver se podia ajudá-la — acabei respondendo com honestidade e enfrentando o olhar da mulher doente sem temor.

— Por que queria conhecer uma casa? Você não tem uma casa? — indagou a mulher, olhando-me com carinho.

Relaxei, ela não havia ficado brava com a minha travessura. Sorri e esclareci:

— Eu sempre morei em tendas. Minha tribo é do deserto, somente estamos aqui porque o tio Pepe, nosso líder, está doente, como você. As mulheres dão mel a ele, por isso eu sabia que lhe faria bem.

— Hum, você é beduína! Sim, é claro, basta olhar para você — comentou a mulher.

Como ela estava calma e tratava-me bem, confiei que era amigável e entreguei-me com a ousadia e a doação típicas da infância.

— E o que achou da minha casa? Conte-me.

Sem esperar ser convidada, sentei-me na beirada do leito e falei tudo que me vinha à cabeça. A mulher continuou rindo das minhas observações. Manteve-se calma; a tosse não retornou. Senti que ela gostava de mim.

— E como é o seu nome? — questionou a mulher.

— Eshe — respondi prontamente. — É bonito, não acha? Quer dizer vida. E o seu, como é?

— Muna. Era o nome da minha avó.

— Ah! — murmurei como se tivesse entendido algo além do óbvio.

Dominada pela curiosidade, meu olhar passeou pelo quarto. Estava sombrio, escuro. As janelas fechadas impediam a entrada do sol, da luz e do calor.

— Vou abrir a janela — anunciei e, pulando da cama, me dirigi à janela. — Você vai ver como é saboroso o ar fresco. Seu quarto fede bastante, sabe?

Muna sorriu, seus olhos lentamente ganhavam brilho. Tempos depois, descobri que ela não permitia que se abrissem as janelas. Eu não sabia, não perguntei, vi que era necessário e fiz.

Precisei fazer um bocado de força para abri-las, mas persistência também poderia ter sido meu nome, e toda criança sabe insistir quando quer algo. Ela precisa conquistar, ter o que deseja; por esse desejo ser tão intenso é que lidar com as frustrações é doloroso na infância. Algumas marcas dessas frustrações infantis podem acompanhar alguém por toda a vida.

Por fim, consegui fazer com que o sol e o ar invadissem aquele quarto. Voltei-me para a mulher e a vi, de fato, pela primeira vez. Na escuridão, ela não passava de um vulto.

— Você é bonita — disse, ao analisá-la. — Está despenteada e magra, mas dá para ver que é bonita, Muna.

— Você acha?

— Claro, se não achasse não teria dito — respondi prontamente.

Ela riu, estendeu-me a mão e convidou:

— Venha, Eshe. Sente-se aqui, perto de mim. Quero vê-la, você ficou contra a luz e eu passei bastante tempo no escuro, estou com dificuldade de enxergar agora. Há muito brilho à sua volta.

Atendi seu pedido e, ao colocar minha mão sobre a dela, olhei o quanto eram diferentes. Minha mão pequena e morena; a dela, longa, esguia, dedos compridos. Ao toque senti-lhe a pele seca e notei a cor amarelada. Estava levemente trêmula e, devagar, foi apertando minha pequena mão e fez o mesmo: analisou nossas diferenças.

Muna respirou fundo, tossiu, mas tornou a respirar.

— Fiquei um pouco tonta — declarou Muna, acariciando-me o dorso da mão. — Mas você tem razão, o ar puro é delicioso. Senti sabor de flores.

Eu ri. E acrescentei:

— É porque tem flores no seu jardim. Mas eu senti gosto de sol.

— E como é o gosto do sol, Eshe?

— Ah! É muito bom, se quiser experimentar... pode chegar à janela?

— Ir até a janela — considerou Muna, esquecida de mim, falando consigo mesma. — Será que consigo? Faz tempo que não olho para fora.

Pensando que ela falava comigo, tratei de incentivá-la:

— Venha! Confie em mim, o gosto do sol é muito bom, muito melhor que o sabor das flores. Venha! Eu lhe ajudo.

Muna agiu sem pensar, obedeceu ao impulso nascido naquele instante, revelando que a força da vida sempre nos impulsiona a buscar o melhor, o bem e o belo. A natureza tende ao equilíbrio e ele se manifesta quando lhe damos oportunidade, silenciando nossos medos, desejos, culpas e revoltas inoportunas. Viver é natural e não dói, a proposta é aprender com prazer, é isso que o Criador escreveu no íntimo de cada um de nós e em toda a criação.

Amparei-a. Demoramos alguns instantes, mas chegamos à janela. Ela apoiou-se no parapeito, os olhos fechados, deliciava-se com o calor do sol na pele, aliviado pelo frescor da brisa que soprava.

A natureza nos acaricia e nos dá prazer. Precisamos nos deixar acariciar por Deus, usufruir desse amor, entregar-nos como fazem os animais, obedecendo ao instinto que gratifica o afago e o bem-estar. Corremos demais, pensamos demais, complicamos muito. É bom sentir as coisas simples e puras, semeadas à mão cheia à nossa volta, visíveis aos que têm olhos de ver.

Muna respirava a longos haustos, como se tivesse muita necessidade. Devagar, ergueu a cabeça em direção ao sol, olhos fechados.

— Eshe, você é uma menina muito inteligente! O sol é saboroso mesmo. Não sei se ele é mais gostoso que as flores, mas é muito bom.

— É, eu sei. Adoro o sol. Você já viu quando ele nasce no deserto? É a coisa mais bonita que eu conheço. Uma bola de fogo enorme que enche tudo de luz e cor.

Muna ficou pensativa, notei que entristeceu e, minutos depois, disse:

— Eu conheço o deserto. É lindo o nascer do sol. Mas o deserto é perigoso...

— Mas o sol é tão gostoso que é lindo em qualquer lugar — falei apressada, interrompendo os pensamentos de tristeza manifestados por Muna.

Crianças não ruminam tristezas, apenas a sentem e deixam passar. Também não têm paciência com lamentações. Por isso, comecei a descrever o jardim e os canteiros floridos, insistindo para Muna abrir os olhos. Demorou, mas venci.

O brilho tênue, de uma alegria fugaz, ainda os iluminava, mas não apagava a opacidade de muitos dias de tristeza e escuridão. Disfarçava o ar doentio e a embelezava, entretanto não me enganava.

— Como eu gostaria de ter a sua idade! — falou Muna, acariciando-me os cabelos. — A vida é tão bonita e sem sofrimento quando se é criança...

— Eu tenho dez anos — respondi. — Mas tio Pepe é muito mais velho do que você e acha a vida bonita.

— A vida é diferente para cada um de nós, Eshe. Existem pessoas que nunca sofreram, nasceram sob boa estrela, tudo lhes é fácil. Outras, não. Precisam se esforçar muito, a vida lhes pesa, é cansativo dormir e acordar a cada manhã, ver os dias se repetirem até que um dia, por um motivo qualquer, tudo isso para e morremos.

— Eu não conheço ninguém que tenha essa vida fácil que você falou. E as crianças também sofrem. Você já esqueceu como é ser criança? — retruquei, encarando-a.

Muna ficou desconcertada com minha pergunta. A expressão em seu rosto ficou nostálgica e, quando falou, havia um toque de ternura aquecendo-lhe a voz, antes educada e calma, mas sem expressar nenhum sentimento. Era como conversar com as aves que falam — absolutamente despido de emoção, nada transmitia.

— Faz tanto tempo que fui criança! Por Deus, parece que foi em outra vida. Minha infância foi boa, mas terminou cedo... Naquela época, eu não sabia o significado do sofrimento — falou Muna, fitando o jardim.

— Pois eu sei o que é sofrer — respondi com segurança e firmeza, para espanto de Muna, e completei séria: — O que eu não sei é ficar sofrendo. Não há motivo.

— O quê? Como é que disse? — indagou Muna, sorrindo descrente. — Você pensa assim ou alguém lhe disse isso?

— Eu penso assim. Criança sofre, eu sofro. Na minha tribo, as que são da minha idade, as mais novas e as mais velhas também sofrem. Temos medo, sentimos falta das pessoas que morrem, não gostamos quando alguém nos repreende ou bate em nós, dá raiva. Você não sentia isso? E a gente também tem ciúme às vezes. Ficamos doentes, sentimos dor, nos machucamos, não nos deixam fazer o que queremos...

Muna encarou-me, via-se em seus olhos a pergunta: quem era aquela pequena beduína?

— Você é muito inteligente, Eshe. E tem razão: crianças sofrem. Mas, sabe, acontece que quando crescemos esquecemos esses fatos, lembramos apenas das coisas boas.

— Mas isso acontece sempre! — retruquei, observando Muna, pensando que ela era muito boba, embora estivesse doente e eu simpatizasse com ela. — O que houve de ruim há dois dias eu já não lembro. Por isso, eu não sei ficar sofrendo. Eu esqueço.

— Eshe, você ainda tem muito que crescer — falou-me Muna. — A vida é longa, acontecem muitas coisas boas e ruins. Nem tudo conseguimos esquecer. Algumas coisas são muito importantes para serem esquecidas...

— Quando meus pais morreram, foi muito ruim. Chorei muito, tive muito medo. Todo o meu povo sofreu, não foram somente os meus pais que morreram, morreu muita gente — contei-lhe. — Não nos esquecemos deles! Rezamos, falamos sobres eles, mas tio Pepe disse que sermos infelizes para sempre não mudaria a situação, não os traria de volta e que, na outra vida, eles deviam ficar muito tristes se nos vissem doentes e chorosos. Ele ensinou que devíamos recordar as coisas boas e agradecer a Deus por elas. E nós ficamos bem. Alguns dias trabalhávamos menos, ninguém tinha vontade, mas depois ele foi cobrando que todos voltassem a cumprir suas obrigações, e tínhamos muito trabalho, pois estávamos em menos pessoas. E aí, o tempo foi passando e tudo se ajeitou, continuamos felizes. Esquecemos o sofrimento, não ficamos lembrando as coisas ruins a toda hora. Não adianta, mesmo.

Eu estava apoiada no parapeito da janela ao lado de Muna, olhei em direção ao acampamento e vi a fumaça.

— Preciso ir embora — disse, e voltei-me à porta.

Muna me olhou preocupada, pois notara a mudança em minha expressão quando avistei a fumaça.

— Algum problema, Eshe? Você ficou preocupada, por quê?

— É que eu vi a fumaça, e isso quer dizer que as mulheres da tribo estão preparando a refeição. Preciso voltar, tenho trabalho a fazer e elas ficarão preocupadas se eu demorar. Adeus, Muna — respondi sob o batente da porta. Estava no corredor quando a ouvi dizer:

— Volte outra vez, Eshe.

— Amanhã — gritei, já na sala, correndo para fugir antes que a mulher gorda voltasse.

04
O CASAMENTO

Após a tragédia que se abatera sobre a tribo, aconteceram poucos casamentos alegres, festivos, como é característica dos beduínos. Dizimaram muitos homens, haviam restado mulheres, crianças e velhos. Muitas jovens tinham desposado homens idosos por falta de opção e por necessidade. Precisavam procriar ou nosso povo definharia.

O casamento de Daros e Rana era uma necessidade, mas ambos eram jovens, pertenciam à mesma família e isso era um retorno às tradições.

Tio Pepe estava feliz, exigiu o cumprimento de todos os rituais beduínos e tivemos sete dias de festa. Nesse período, eu não pude retornar à casa de pedra.

As tendas negras balançavam suavemente com a brisa que vinha do deserto. Nossos rebanhos pastavam tranquilos, não se falava em abandonar o local: tinha bons poços de água e farta pastagem nas proximidades. Pastoreávamos os rebanhos de um lado para outro fazia meses e não havia sinal de desgaste nos pastos. As cabras, ovelhas e camelos estavam bem alimentados.

As mulheres trabalhavam muito, supriam todas as atividades do acampamento; os homens conversavam, faziam planos, comerciavam, e alguns ajudavam no pastoreio do rebanho. Elas eram alegres, usavam roupas coloridas e grandes joias de prata enfeitadas com madrepérola. Muitas já exibiam o símbolo do quarto crescente em pingentes, brincos, anéis e pulseiras em referência à fé islâmica recentemente abraçada.

Daros havia dado início aos rituais indo à tenda de tio Pepe, acompanhado da família e amigos, negociar o contrato de casamento. Deveria ter sido nosso pai a fazer isso, mas ele estava morto, então o meu irmão negociou o próprio casamento. Era um acerto entre homens, e eu fiquei espiando do lado da tenda destinada às mulheres. As que estavam ali tinham muito a falar, não prestavam atenção em mim, nem os homens, por isso não perceberam meu indiscreto testemunho daqueles costumes masculinos.

Eu não conseguia ouvir com clareza o que falavam, pois o burburinho das mulheres se confundia com as vozes masculinas. Mas eles conversavam amistosamente e bebiam o chá de hortelã forte e doce. Eu sentia o cheiro e tinha sobrado um pouco. Adoro chá, mas aquele estava doce demais. Mas tinha que ser daquele jeito, era a tradição.

Quando eles se ergueram, as mulheres silenciaram. Percebi que elas acompanhavam a cena com o mesmo interesse que eu, e o tinham feito observando atentamente o movimento das sombras e os ruídos. Apressadas, correram para fora. Muita gente se reuniu no centro do acampamento. Pepe, amparado por meus irmãos, Daros e Yasar, anunciou com expressão radiante o acerto para o casamento de Rana e Daros.

Rana tinha ficado na tenda de sua família e, imediatamente, amigas e familiares — inclusive eu — correram até lá para enfeitar-lhe as mãos e os pés com desenhos de hena. Ela sorria, mas seu sorriso não era luminoso e a expressão de seu rosto refletia uma calma aceitação, resignação, não felicidade. Aquilo me paralisou.

As mulheres nada percebiam ou fingiam não notar, cumprindo um pacto de silêncio milenar no qual queixas, lamentações, rebeldia ou desgostos eram calcados no fundo da alma. Esse pacto lhes dava uma estranha força, e elas comunicavam umas às outras a mensagem: eu posso, você também poderá; eu suporto, você também suportará; eu encontro caminhos para viver, você também encontrará. Cada uma que ingressava nele fazia o mesmo ritual e compreendia a mensagem: se uma se resignasse, todas sofreriam.

Permaneci distante, analisando as reações. Em certo momento, Rana fitou-me, deve ter se sentido observada, e não escondeu a sombra de tristeza no olhar. Ela não recebia aquele pacto de mordaça com paz no coração; nem o próximo casamento.

Encaramo-nos silenciosas. Apesar da minha pouca idade, eu era capaz de entendê-la. Entre nós também fluía uma comunicação oculta. Embora Rana fosse mais velha, éramos amigas, tínhamos fácil entendimento e pensávamos de maneira semelhante. A maior diferença era que Rana apenas pensava, tinha desejos, anseios, mas era submissa e dócil à vontade da tribo. Já eu, com ou sem consentimento, realizava minhas vontades. Em Rana havia muita sensibilidade, perspicácia; em mim sobrava audácia, ousadia.

Não tardou, alguns amigos do noivo se aproximaram e as mulheres começaram a cobrar ajuda financeira deles para o embelezamento de Rana. Nossa tribo estava empobrecida, então essa tradição ganhava ares de brincadeira, mas elas coletaram algumas doações simbólicas. Fazia parte da festa.

Rana sorriu, lutando por entregar-se ao espírito da comemoração, à alegria do grupo. Mais tarde, ouvimos o som dos violinos de uma corda e dos tambores. Alguns homens ensaiaram prontamente os passos da dança de guerra, outros correram às tendas para buscar chicotes e espadas, apetrechos usados pelos dançarinos.

Dançaram por muito tempo, até a quase exaustão.

As mulheres que cercavam Rana desapareceram no interior da tenda de sua família. Deixaram-na com as mulheres da família do noivo — no caso a minha —, enquanto Daros e os homens dançavam. Retornaram algum tempo depois trazendo a veste nupcial da noiva: uma linda túnica ricamente bordada, nenhuma das costuras estava aparente, todas haviam sido ocultadas sob bordados muito elaborados.

— Linda!

— Divina!

Elogiavam, encantadas com a roupa de Rana. E os comentários se sucediam, exaltando a beleza da peça e o quanto a noiva ficaria bonita. Serenados os ânimos, as mulheres da nossa família presentearam Rana com algumas joias, almofadas, um tear novo e objetos de que ela precisaria em sua vida de mulher casada.

Os convidados começaram a chegar, inclusive algumas tribos amigas, também nômades, e alguns membros de uma tribo de agricultores — de sedentários e, por isso, não muito bem-vista pelos outros —, mas que gozava de prestígio com meu tio.

Eu não os conhecia e estava curiosa. Perguntava-me como eles seriam. Na minha imaginação, eles deveriam ser fisicamente diferentes de nós. Logo vi o quanto estava errada.

Eles trouxeram muito arroz e vários carneiros. Graças a eles, a festa de casamento foi farta de comida. E, com eles, veio Akin...

05
FELICIDADES

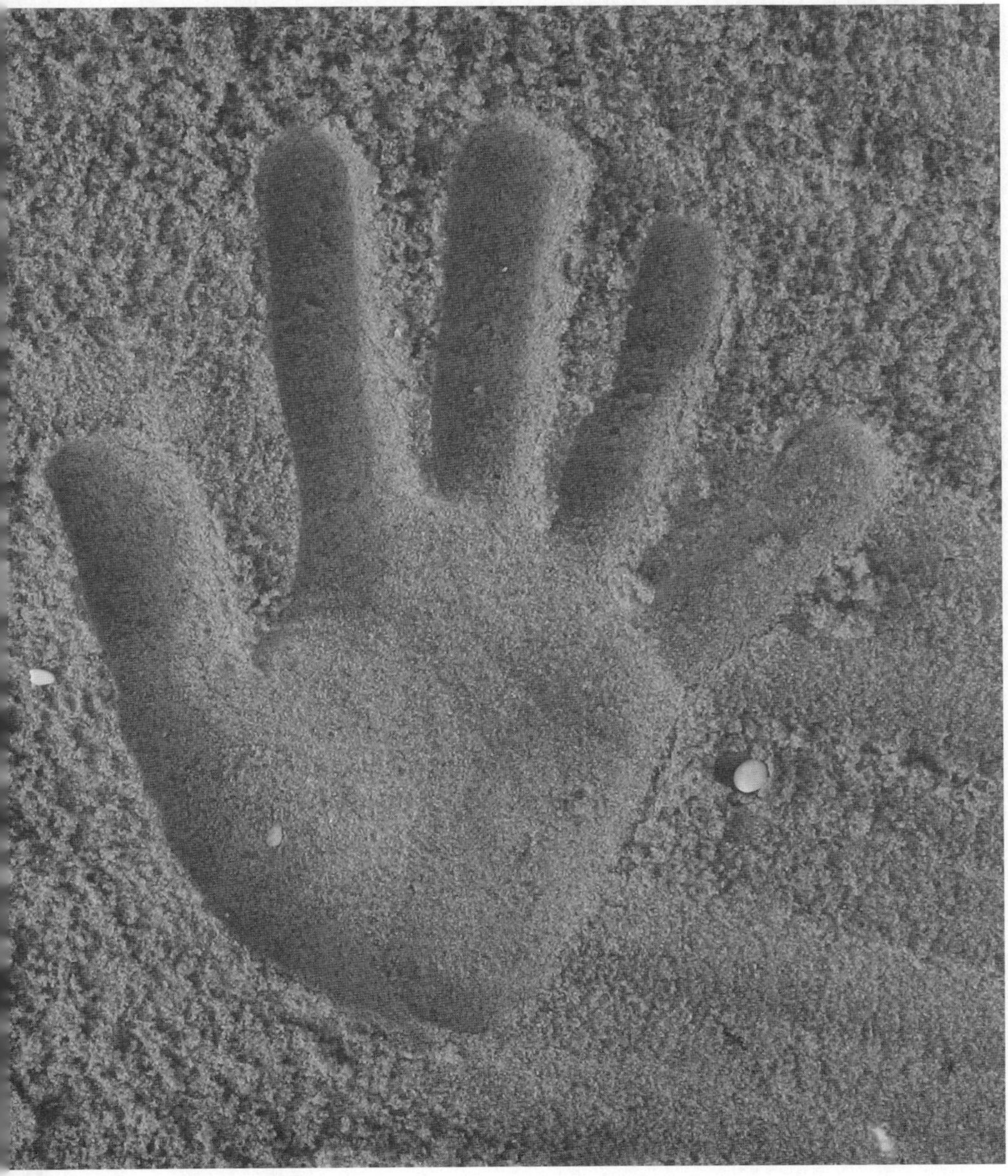

Ele era jovem, apenas poucos anos mais velho do que eu, meigo e muito doce. Caráter afável, o sorriso brincava em seu rosto e os olhos escuros tinham um brilho intenso. Andava entre os homens de sua tribo como se fosse o chefe, com natural elegância e porte de líder.

Tio Pepe recebia a tribo sedentária, e eu, cansada da festa e dos olhos tristes de Rana, fugi à procura do seu amparo.

Ele fora reconduzido à sua tenda e os visitantes do sexo masculino o cercavam. Nem cogitei não entrar, literalmente invadi o ambiente, como sempre fazia, e corri para o lado dele, faceira, cobrindo-o de afagos. Sentei-me ao seu lado fazendo de conta que não havia mais ninguém.

Tio Pepe, com a sabedoria daqueles que se avizinham conscientes da morte, recebeu-me com naturalidade e carinho. Ignorou todas as regras e costumes, passou o braço sobre meus ombros e disse aos homens:

— Amigos, esta é Eshe. O homem descobre algumas coisas na vida, isto quando usufruiu bem de seu tempo, é claro. Senão passamos os dias e os anos a repetir experiências. Admito que se coma por muitos dias arroz e coalhada, mas é inadmissível que o passar dos anos nos encontre sempre os mesmos. É preciso mudar. Estou hoje no lugar a que vocês chegarão um dia. Espero e imploro ao Misericordioso que esse dia esteja longe. Aqui, compreendo o quanto são mesquinhos e inúteis certos costumes. Hoje, aqui e agora, entendo que posso viver o último minuto, o último dia, a qualquer instante, e isso me deu a lucidez para enxergar que nada recompensa um instante de prazer, de alegria, de amizade pura roubado da minha alma. Em nome desse aprendizado, não abro mão do sorriso deste rostinho brejeiro, muito menos de seus carinhos. Eshe é a vida da nossa tribo.

O visível desconforto de alguns homens cedeu, por encanto, ante aquelas palavras carregadas de sinceridade e emoção. Eu sorri para tio Pepe e reclinei-me em seu peito, deixando-o acariciar meus cabelos, sabia que ele gostava disso. Foi nesse instante que vi Akin.

Ele estava parado atrás do xeique visitante, olhava-me interessado e sorridente. E, enquanto os homens conversavam debatendo a violência que assolava as rotas comerciais através do deserto, ele parecia alheio. Apenas quando me fitava, esporadicamente, dava sinais de estar atento ao diálogo como deveria.

Os homens pensavam que eu não compreendia o que eles falavam, mas estavam enganados. Muito aprendi e muito útil, no futuro, foi o que aprendi naquelas conversas.

Eu não obedecia a leis ou costumes que não me interessavam, e confesso que, por isso, aprendi o melhor da alma beduína tanto entre os homens quanto entre as mulheres.

A festa alterava nossa rotina, mas o trabalho das mulheres inacreditavelmente não sofria mudança significativa. Elas cozinhavam, lavavam, arrumavam as tendas e cuidavam do rebanho em meio às comemorações. O trabalho aumentava somente isso. Precisavam alimentar mais bocas e as refeições eram mais elaboradas.

Os beduínos raramente comem carne. O rebanho é para comércio. Para alimentação valorizam o leite, que se renova a cada dia. Portanto, os animais só eram mortos para consumo em dias especiais. E isso significava mais trabalho para as mulheres. Logo cedo, antes de os raios do sol aquecerem a terra, elas já estavam trabalhando.

Eu aproveitei a intensa atividade e saí caminhando sem rumo. Quando dei por mim, estava em frente à casa de pedra. Yona — agora eu sabia o nome da mulher gorda — caminhava em direção ao galinheiro, deixando a porta da cozinha aberta.

— Tudo igual — constatei, meneando a cabeça.

Pensando a respeito daquele comportamento tão previsível, andei e ingressei na casa calmamente. Os cachorros vieram ao meu encontro, balançando os rabos e se espreguiçando. Saudei-os, distribuindo afagos e rindo da alegria dos animais.

— Vocês são muito preguiçosos! — ralhei de brincadeira, acariciando-lhes as orelhas.

Em resposta, meus amigos caninos limitaram-se a se sacudir e me seguiram em direção ao quarto de Muna. Eu vivia em tendas, e nelas não há portas para bater. Além disso, minha tribo era pequena e pobre; não tínhamos espaço para formalidades, conforme ensinava-nos tio Pepe. Então, simplesmente entrei.

A janela estava fechada. Muna, jogada sobre o leito, face pálida, olheiras, extremamente magra. Demorou a notar minha presença, parecia estar com o pensamento nas nuvens.

— Muna! — chamei, indignada. — O dia está lindo, saboroso, e você nesta escuridão. Não tem medo de ser ingrata com o seu Criador?

Ela moveu-se devagar, ergueu o rosto e me encarou.

— Eshe! Você não veio como disse que viria — reclamou Muna, em voz baixa e chorosa.

— Eu não pude. Daros, meu irmão, e Rana, filha do nosso chefe, irão se casar. Tem festa e muito trabalho no acampamento — expliquei enquanto me dirigia à janela, abrindo-a.

— Eu não gosto da luz — reclamou Muna. — Sinto-me melhor na penumbra.

— Por quê? — indaguei, surpresa e incrédula.

— A luz me incomoda, não gosto do dia, não gosto de atividade, não gosto de nada, sou doente e quero morrer logo. Olhe, gostei do outro dia em que conversamos, mas aquilo foi... foi um sonho, entende? Eshe, você é uma criança, ainda não entende nada da vida... Deixe-me aqui...

— Mas eu nunca tirei você daqui! — retruquei e, sem saber por que, comecei a adverti-la firmemente: — Eu sou criança, mas você é uma mulher adulta e burra. Eu sou criança, mas já sei que todos morreremos e que há um Criador que rege a vida. Quando morrermos, nossas almas seguirão vivendo, então, a morte não é o fim de nada. Se seguimos vivendo, só pode ser do jeito que somos, exatamente iguais, pois, se a morte nos transformasse em outra coisa, já não seguiríamos sendo nós e, portanto, teríamos acabado, assim como o corpo. Sempre que penso em meus pais, penso neles como eles eram e imagino que estão felizes comigo, pois tenho feito tudo como tio Pepe me ensina. Então, Muna, pense! Se você morresse, sabe o que aconteceria? Ficaria encerrada neste quarto escuro e fedorento. Você é ingrata com o Misericordioso, isso é muito triste. Com tanta abundância à sua volta, com tantas coisas boas acontecendo, e você aí se lamentando e querendo morrer antes da hora. Você caminha, enxerga, fala, pensa, está viva! O dia está lá fora! Você viveria bem mais e melhor se saísse daqui de dentro e agradecesse ao Misericordioso pelo dia de hoje.

— Eshe, eu sou doente, você não entende...

— Entendo, sim. Os beduínos também adoecem, sabia? Pepe está doente, já lhe disse. Mas estar doente não é igual a estar morto. Você vive e viverá para sempre. É uma pena que escolha viver deste jeito, infeliz. Quando tio Pepe adoeceu, ele chamou toda a tribo e nos disse: "estou doente, não estou morto. A vida segue igual, tomarei cuidados e talvez não consiga fazer algumas coisas, mas farei tudo o que for possível. Devemos viver e sempre louvar o Misericordioso pela bênção da vida, até quando nossos olhos se fecharem para esta vida física e seguirmos nossa jornada como espíritos. Não reclamem da minha doença, ela com certeza me trará coisas boas. Reclamar não resolve coisa alguma, não muda os fatos. Tudo na vida nos traz o bom, o bem e o belo. Precisamos é enxergar, só isso."

Suspirei e, então, continuei:

— Eu nunca esqueci! Quando fico triste ou tenho algum mal-estar, logo me lembro dele. Muna, ele está tão fraco que não consegue ficar em pé sozinho, mas tem participado da festa todos os dias. Nós o colocamos entre almofadas para nos observar dançar, ele bate palmas e até tocou violino. Foi tão bonito! Não se ouvia um "ai", e depois dançamos para ele. Tio Pepe ficou tão feliz!

— Você é uma menina muito especial, Eshe — Muna parecia comovida com minhas palavras. — Eu gostaria de conhecer o seu tio, deve ser um homem muito bom.

— Levo você até a tribo quando quiser. Mas, para isso, você terá que sair daqui. Eu caminho todos os dias aí pela volta, é só você ir até o jardim, e eu a levarei até a minha tribo. Você escolhe, Muna.

Olhei bem para aquela mulher jogada sobre a cama. Não tive pena nem raiva. Algo dentro de mim dizia que as atitudes dela frente à vida estavam muito equivocadas e, por isso, ela sofria e sofreria até modificá-las. Senti que não adiantaria dizer mais nada. Saí da mesma forma que entrei, e os cachorros me seguiram, pela primeira vez, até o acampamento. Eu adorei! Eram lindos e dóceis ao meu comando, nos entendíamos muito bem.

Quando cheguei, as mulheres, como de costume, trabalhavam muito. Estavam tão atarefadas, e ao mesmo tempo tão alegres com aquela movimentação toda, que não notaram nem a mim, nem aos cães. Corri até a tenda de tio Pepe, queria lhe mostrar os animais.

Para minha surpresa, Akin estava ao lado dele, exatamente no meu lugar. Aquela visão foi desconfortável. Senti ciúme. Esse sentimento sempre tem o componente da surpresa, da raiva, do medo e da inveja, por isso é tão intenso e as reações podem ser fortes se não forem vencidas pelo autodomínio. Eu era transparente ao olhar do meu tio e ao de qualquer pessoa. O que sentia se estampava em meu corpo inteiro e o que eu pensava expunha em palavras. Na infância e adolescência, fui muito imoderada, não sabia o valor do silenciar para pensar e falar ponderadamente.

Pepe riu, estendeu-me a mão esquerda e disse:

— Venha, Eshe! Sente-se deste lado. Só por hoje, Akin ficará no seu lugar, minha linda. Não há razão para manter o ciúme, certo? Jogue-o fora, ele não trará nada de bom. Lembra-se do que conversamos? Cada um de nós é único, foi assim que Alá nos criou e é por isso que ninguém recebe o que pertence a outro. Meu amor por você é só seu e sempre será, nunca haverá outra Eshe. Mas isso não significa que eu ou você não possamos amar outras pessoas pelo que elas são e com o amor que lhes pertence. É uma fonte inesgotável, como as dos oásis antigos que lhe contei que conheci no deserto.

Akin observou-me calmo, sorridente. Não disse uma única palavra, mas entendi que ele não disputava a atenção nem o carinho de tio Pepe comigo, queria apenas somar-se a nós. Relaxei ao sustentar seu olhar. Obedeci às instruções e sentei-me, segurando a mão de Pepe.

— Akin estava me contando como é a vida de sua tribo — esclareceu Pepe. — E você, o que estava fazendo?

— Fui à casa de pedra, visitar Muna. Ela piorou.

— Muna é uma jovem senhora, segundo entendi, que reside aqui perto — falou Pepe, dirigindo-se a Akin. — Eshe tem ido visitá-la, tinha muita curiosidade sobre como era viver em uma casa.

— Quando quiser, poderá ir visitar a minha casa ou as outras da tribo — convidou Akin, olhando-me firme.

— Vocês têm casas? — indaguei surpresa. — Mas são uma tribo beduína!

— Sim, somos. Mas temos casas e temos tendas também — reforçou Akin.

Ele falava com muita calma e segurança. Sentia-me bem, o ciúme tinha desaparecido. Restava a curiosidade.

— Temos muitas plantações, as casas são mais resistentes. No entanto, adoramos viver em tendas. Então, temos as duas. Uma por ser mais prática; outra porque gostamos mesmo. O bom é que podemos optar sempre pelo melhor para o dia.

— Eu achei estranho estar em uma casa. Gosto de sentir o cheiro das coisas, o calor, a brisa, a luz. As casas são escuras...

— E têm cheiro de leite de cabra — complementou tio Pepe, rindo. — Akin, isso é o pior de tudo para Eshe.

Akin riu e voltou a me encarar:

— O xeique Pepe me disse que vocês bebem muito leite...

— Demais! Eu não tomo nem a metade — interrompi de imediato. — Prefiro comer qualquer outra coisa, nem que sejam frutas, por dias e dias seguidos.

— Esse é o lado ruim da vida nômade: a comida é quase sempre a mesma. Nós comemos uma variedade maior de alimentos — comentou Akin. — E a minha casa não é escura, nem cheira a leite de cabra.

— É mesmo? E como é a sua casa? — perguntei, tomada pela curiosidade.

A conversa fluiu e Pepe, vencido pelo cansaço e pela fraqueza, adormeceu com um sorriso no rosto. Eu notei que ele ressonava. Fiz sinal para Akin falar baixo e apontei, rindo, para o velho xeique.

— Vamos sair — disse Akin. — E passear com os cachorros, eles adoram. Eu tenho vários em casa.

Daquele momento em diante, eu e Akin nos tornamos inseparáveis. Burlamos todas as regras. Tio Pepe nos apoiava, ninguém nos puniria. Éramos livres. Os cães de Muna aprenderam rapidamente o caminho para o acampamento.

Defino felicidade como um concerto de virtudes: alegria, amizade, amor, tranquilidade, entusiasmo, prazer de viver são algumas das notas presentes quando estamos felizes. Ela não apaga nossos defeitos, nem é a ausência de problemas e sofrimento, mas a capacidade de conviver com eles e superá-los. Depois que entendi isso, cultivei meu "eu criança" e aprendi a bailar a dança da vida em todo seu dinamismo emocional, ciente de que podemos sorrir e chorar no mesmo instante e de que a beleza do sorriso se soma à da lágrima harmoniosamente.

Levei-o à casa de pedra. Muna abriu a janela dois dias depois da nossa conversa. Era véspera do casamento de Rana e Daros. Exultei. Ela era importante para mim. Mesmo sendo uma menina, eu sentia que podia ajudá-la e que era mais forte.

Algo em mim se compadecia de mulheres frágeis, excessivamente sensíveis, emocionais em demasia. A calosidade me inspirava. Qualquer parte de nossa pele, quando requisitada ao esforço do trabalho, ganha uma camada mais rija que a fortalece e protege. As experiências duras da existência criam calos em nosso íntimo, mas eles não devem nos endurecer; apenas nos tornar mais fortes e aptos ao trabalho do crescimento interior. São marcas do nosso esforço para vencer. Eles se somam ao longo das encarnações em nossos espíritos, aparecem como força de caráter. Eu demonstrava um feminino calejado com pouco mais de dez anos de idade. Era a consequência do meu passado próximo, e também do distante.

Daros organizou sua tenda. Eu segui morando com Yasar. Conforme era hábito, Rana partiu ao encontro dele, vestida com a túnica nupcial e montada em um camelo. Deveria haver uma boa sela, confortável, mas não havia. A pobreza rondava nossos passos. A sela em que Rana montou era tosca e simples.

O casal, tão logo se encontrou em frente à nova habitação, não foi mais visto nas festividades. Tudo como mandava a tradição. A noiva, em especial, pouco participa da celebração do casamento. Ficava isolada a maior parte do tempo na tenda do marido.

Quando terminou a festa, lamentei a partida de Akin. Despedimo-nos tristes, estávamos com tio Pepe. Ele nos olhou e fitou o horizonte além da cortina da tenda, erguida. Depois, voltou a nos contemplar e disse:

— Meus queridos, a vida é tão extensa, são tantos os dias e as noites! Não entendo por que sempre pensamos que o agora é eterno. Não é. Ele é tão rápido quanto uma estrela cadente, ou até mais. Num piscar de olhos, o que era já foi, entendem? Pensamos que as coisas são imutáveis, mas elas estão sempre mudando. A areia do deserto, na qual pisamos de um passo a outro, já não é a mesma, embora pensemos que continua sendo aquela em que pisamos meses e anos atrás. É uma ilusão. Não fiquem tristes com a despedida, está bem? Eu não gosto de despedidas por isso! Por causa da tristeza. As pessoas deviam se despedir felizes pelo que viveram juntas, mas qual? Choram pelo que deixarão de ter. Ora essa, elas nunca tiveram o futuro que lamentam. Então o que ele é?

Ilusão! Inventam um sonho perfeito. Não gosto desta emotividade sem raciocínio. Poucos de nós conseguem enxergar o futuro! Eu não o vejo, mas, às vezes, eu o sinto. É algo estranho, crianças. Vocês estão me entendendo?

Akin encarou-me. Percebi que, tal como eu, ele compreendia em parte. Éramos imaturos demais para entendê-lo, mas palavras e sentimentos nunca se perdem, ficam gravados em nós e, no momento certo, reaparecem. Creio que era por estar ciente daquilo ou por não ter outras pessoas que lhe fizessem companhia, como eu, que tio Pepe continuou:

— Eu sinto que vocês gostaram muito um do outro, não é verdade? Estavam sempre juntos. Lembrem-se de como foi bom e alegrem-se, agradeçam ao Misericordioso na hora da prece. As boas lembranças alimentam nossos espíritos, nos dão força. Tudo podemos perder nesta vida, menos o nosso passado. Por isso é tão importante cultivar bons momentos; para que ele seja cheio de boas lembranças. As coisas ruins acontecem porque não estamos cuidando das boas. Se todos os homens procurassem ocupar-se com o bem, o belo e o bom, não haveria maldade sobre a Terra. Cuidem do bem, crianças! Lembrem-se das coisas boas e sejam gratos ao Criador sempre. O futuro é aquilo que se estende lá na frente. Se cuidarmos do agora, teremos boas lembranças e um bom futuro. Esse é o segredo para ser feliz, meninos. Então, não quero rostos tristes. Aceitem que é assim, certo?

Akin, ousado, tomou minha mão entre as suas e, sorrindo, falou:

— Bem, xeique Pepe, eu achei ótimos os dias que fiquei com vocês. Lembrarei de Eshe e da alegria de estar com ela, e tenho certeza de que nos veremos outra vez. Afinal, nossas terras não são tão distantes.

Tio Pepe meneou a cabeça e sua expressão demonstrava apreço por Akin. Depois me olhou nos olhos, como a indagar: "E você, o que me diz?"

Apressada em agradá-lo, abri um largo sorriso e, puxando Akin pela mão, aproximei-me do leito de Pepe, beijei-lhe a testa e a face, e declarei:

— Tio Pepe, a vida é tão bonita. Tem o dia claro com sol, é lindo. Mas tem também a noite cheia de estrelas e com a luz da lua. O senhor me mostra várias vezes, lembra?

Pepe sorriu, acariciou lentamente minha cabeça, alisando minhas tranças. Gesticulou afirmativamente com a cabeça e disse:

— É verdade.

— O sol ao meio-dia ofusca, queima, pode até matar, não é mesmo?

Outra vez ele concordou, e eu prossegui:

— A luz da lua o senhor diz que é fria, e que o frio também queima e pode até matar. Então, eu acho que todas as coisas têm dois lados: um bom e outro não tão bom assim. O senhor também diz que o mal não existe, é apenas o ato de alguém muito ignorante...

— Sim, Eshe, tudo o que está dizendo é verdadeiro. Mas aonde quer chegar? Não estou entendendo — perguntou tio Pepe, interrompendo a exposição das minhas ideias.

— Simples, meu tio — esclareci. — Todas as coisas têm dois lados, nós é que escolhemos qual queremos ver e experimentar. E tudo tem um preço, não é mesmo? Embora nem sempre se pague com moeda. Penso que despedidas também têm dois lados: precisamos agradecer o que tivemos, mas, se ficarmos vivendo das lembranças, correremos o risco de morrer presos ao passado. Eu adorei conhecer o Akin, mas, amanhã, depois que ele for embora, seguirei com a minha vida e ele com a dele. De vez em quando, lembrarei de você, Akin, mas apenas para agradecer por ter feito parte destes dias.

Akin sorriu e apertou de leve a minha mão. Tio Pepe olhou-me e coçou a cabeça, depois riu e comentou:

— Você é uma criaturinha muito difícil, Eshe. Eu, sinceramente, às vezes... aliás, muitas vezes, não sei quem é você. Mas, você tem razão. É sábio viver como você pensou. Não sei de onde ou com quem aprendeu essas coisas, mas você está certa.

— Eu me lembrarei de você, Eshe — declarou Akin, sem se abater com minha forma de pensar.

— Bem, faça como quiser, mas, se pensar em mim, pense com alegria, está bem?

Akin ficou surpreso com o pedido, e Pepe, notando o fato, apressou-se em responder:

— Eshe sempre pede isso, Akin, para qualquer pessoa. Faz isso desde pequena.

— Eu pensarei em você com alegria — prometeu o jovem. — Nem poderia ser de outra forma, minhas lembranças são alegres.

— Ótimo! — exclamei. — Então, adeus Akin. Que Alá, o altíssimo e misericordioso, proteja a você e à sua tribo.

Pepe fez coro às minhas palavras de despedida. Akin dava mostras de partir tão leve e feliz como havia chegado. Gostei daquela atitude, minha paciência era pequena com cenas emotivas. E o povo do deserto sabe ser passional, as emoções estão sempre à flor da pele. E são demasiadamente intensas.

Após o casamento, os dias retornaram à rotina. Ao menos era assim que eu pensava. Desconhecia o que se passava no acampamento quando saía caminhando horas a fio pelos arredores. Voltei à casa de pedra, Muna me atraía. Enquanto eu retomava a minha pacata existência, Daros, Pepe e os outros homens da tribo teciam planos bem diferentes.

06
Os dons florescem

Gosto de pensar o ser humano como uma árvore. Elas guardam as marcas da passagem do tempo, cada nó conta uma história e é semelhante a uma cicatriz. As árvores vivenciam ciclos, florescem, dão frutos, liberam sementes, renovam-se a cada poda. Os cortes as tornam mais fortes.

Conosco ocorre o mesmo. Carregamos nossas marcas, algumas contam histórias divertidas da infância, outras carregam dores. São podas que nos fazem mais fortes e viçosos.

Os dons são os aprendizados que trazemos de outras existências. Estão guardados em nosso íntimo, esperando o momento certo de eclodir, quando a vida os chama a se manifestarem. São como as floradas, vêm no tempo certo e dão frutos.

Meus dons começavam a lançar botões, mas somos tão dispersivos, tão desatentos, que não vemos os botões, deslumbramo-nos com a florada. E sempre há quem diga: quem é esta criatura? Não é a criança que eu acalentei, que eduquei, não foi assim que a ensinei... É a adolescência, o limiar da chamada idade adulta, quando o espírito retoma o pleno comando de si, pois o corpo lhe permite mostrar-se plenamente, e aí florescem os nossos dons e a nossa personalidade. Os frutos dependerão do trabalho e das escolhas.

As pessoas com quem eu convivia de forma mais próxima notavam as mudanças. Tio Pepe me incentivava e apreciava o meu desabrochar. Daros confundia-me. Ora ele irritava-se com minhas atitudes independentes, acusava-me de rebelde e teimosa e brigávamos, ora eu o via afável, encantado comigo, atencioso. Era o meu maior admirador e também o mais ciumento.

Quando eu dançava, à noite, nas rodas da tribo, Rana o olhava contrariada, visivelmente preocupada. Em algumas ocasiões, puxava-o para longe e discutiam. Aquilo estragava meu prazer ainda infantil e ingênuo, pois Daros era violento com Rana e eu não tolerava vê-lo esbofeteá-la.

As mulheres, fiéis ao pesado pacto de mordaça, fingiam não ver as marcas vermelhas no rosto da minha cunhada, os hematomas espalhados por seus braços, as dores que ela tentava em vão disfarçar. Mas eu não tinha a mordaça...

Meses após o casamento, encontrei Rana ao lado do poço. Era muito cedo, a maioria da tribo ainda dormia. Ela banhava o rosto com água fria, cobrindo o olho direito com a mão cheia d'água.

Observei-a e, pela tonalidade avermelhada da pele, descobri que ela chorava. As lágrimas misturavam-se à água fria com a qual pretendia diminuir os óbvios sinais dos ferimentos que pensava ocultar.

Comovida, acariciei-lhe o alto da cabeça.

— Eshe, é você? — ela perguntou chorosa, sem erguer o rosto. — É muito cedo, o que faz acordada? Está se sentindo bem?

— Sim, Rana. Está tudo bem, apenas acordei um pouco mais cedo. Mas e você? Daros a maltratou outra vez? Você não pode permitir isso! Nenhuma mulher merece ser tratada com violência, não deve aceitar esse comportamento...

— Ah, Eshe, que bom seria se suas palavras expressassem verdade! Se isso fosse possível...

— Mas é claro que é, Rana — respondi indignada. — Basta querer e você conseguirá fazê-lo parar. Impossível é viver desse jeito. Consegue imaginar o seu futuro? Aceitará por anos a fio esconder-se para tratar suas feridas, como se fosse um animal? Não, isso não é vida. Desde que se casou, vejo-a mais triste a cada dia, quase não sorri. Esgueira-se entre as tendas, fugindo ao olhar de todos. Rana, você é a filha do nosso xeique, imponha-se perante Daros. Ele não a merece, amiga.

— Somos mulheres, Eshe, servimos para trabalhar da manhã à noite, para dar-lhes filhos e para obedecer a todos os seus desejos. Não importa de quem sou filha, entenda, o importante é que sou filha, não filho. Compreende? Essa é a dura realidade das beduínas, foi a realidade de nossas mães, será...

— Será coisa nenhuma! — respondi irada. — Não aceito que a minha vida tenha que ser igual a das outras mulheres. Eu não sou um animal, eles é que repetem sempre as mesmas coisas. Eu não! Eu sou humana, tenho vontade, sentimento, emoção, tenho um corpo! Eu penso! Não aceito esta ideia do "sempre foi assim e assim deverá ser". Eu posso mudar, posso fazer diferente...

Rana deu um sorriso triste, olhou-me e li na tristeza de sua expressão que ela não acreditava em minhas palavras. Em meio à tristeza, notei a tolerância com que me encarava e ouvia.

— Não me olhe desse jeito — ralhei severa. Estava de fato irritada. — Não acredito que você queira se submeter a isso por toda a sua vida... é revoltante!

— O que é revoltante, Eshe? — retrucou Rana, com aquela tolerância triste e pesada que me exasperava. — Você acha que cumprir o dever para o qual fui criada é revoltante?

— Apanhar vergonhosamente de um homem que tem o dobro do seu tamanho não pode ser considerado "dever". Ora, por favor, quem seria estúpido o bastante para criar alguém que tivesse tal dever diante da vida? Não, de jeito algum! Isso não é dever, é falta de um deles e é falta de querer.

Rana riu, o som triste e irônico penetrou-me os sentidos como uma lança. Feriu-me profundamente. Era o som de uma alma derrotada, vencida, de alguém que aguardava o passar do tempo por falta de coragem para buscar a morte.

Recordei as histórias de povos distantes que ouvia tio Pepe contar. Eram recordações da sua juventude, quando a tribo era rica e próspera e viajava por todo o oriente. Elas falavam de pessoas que acreditavam ser melhor suicidar-se a perder a honra ou a dignidade. Na cultura delas, era mais meritório matar-se do que viver covardemente.

Minha amiga e cunhada poderia ter sua face esculpida como emblema da covardia moral e física.

— Você é muito jovem, Eshe — insistiu Rana, lançando mão de um argumento apelativo, esquecida de que tínhamos apenas alguns anos de diferença. — Quando crescer mais e for casada, entenderá o dever de que falo. Somos mulheres, é nosso dever casar, ter filhos, cuidar da tribo. Não há como fazer isso sem um marido e, Eshe, nossos homens são violentos. Eles não têm paciência, nem calma. São exigentes e facilmente governados pelas necessidades do corpo...

— Podem ser mesmo, como você diz, mas não podem bater nas mulheres, em suas esposas. Que tipo de família vocês pretendem ter? Como seus filhos irão entender que o pai machuca a mãe por nada? Eles crescerão pensando que é certo agir assim e, se você tiver filhas, desde cedo as ensinará a calar a boca e obedecer sem questionar, a apanhar e sorrir. Por seu exemplo, aprenderão a esconder as marcas da vergonha e da violência em si mesmas e a fazer de conta que não as veem nas outras mulheres.

Aquela forma de pensar e agir me deixava contrariada. E continuei:

— Não! Lembro pouco dos meus pais, mas recordo que a minha mãe era uma mulher alegre, lembro que ela brincava comigo, Rana. Se você tivesse um filho hoje, a lembrança que ele teria seria exatamente o contrário da que tenho de minha mãe. Talvez se, como eu, ele ficasse órfão, não sentiria falta de você. Rana, desde o casamento você parece uma sombra vagando pelo acampamento, eu não suporto mais ver isso! Quero ajudá-la...

Rana balançou a cabeça, mantinha a mesma expressão acabrunhada. Tudo que eu dissera, toda a minha emoção e energia não tinha servido de nada. Ela continuava alimentando os mesmos pensamentos. Constatar isso me fez arregalar os olhos. Experimentei a tragédia de sentir-me impotente. Meu querer esbarrava na muralha que é a vontade do outro. Irritei-me ainda mais, tive vontade de xingá-la com todos os desaforos que eu conhecia. Ansiei sacudi-la até ver o sangue tingir suas faces, na esperança de obter uma reação àquela apática tristeza e tolerância. Esqueci-me de que ela era agredida e, por minha vez, desejei dar-lhe uns safanões para ver se acordava seus brios.

Assim que tomei consciência dessa vontade, minhas emoções esvaziaram. Rana despertava e atraía a violência, emoções iradas. Compreendi a parcela de responsabilidade que, por sua falta de atitude e amor-próprio, cabia-lhe nos eventos que me revoltavam.

Meus braços penderam ao longo do corpo, meus ombros relaxaram. A emoção não me dominava mais, consegui pensar com lógica e frieza. Desejei ir para o mais longe possível daquela situação. Lamentei-a e disse-lhe:

— Sempre recebemos da vida o que escolhemos viver, Rana. E tio Pepe há muitos anos ensina que não existe a opção de não escolher, de eximir-se da responsabilidade por nossos atos. Se você não toma uma atitude, significa que escolheu pôr na mão dos outros a decisão. Isso é uma escolha! É o que acho que você está fazendo. Cuidado! Você poderá não gostar das decisões dos outros, mas terá que suportá-las.

Cansada da expressão apática de Rana, deixei-a sem olhar para trás. Ela tinha conseguido despertar primeiro minha piedade, depois a minha indignação. Saí caminhando a esmo, passei longe da casa de pedra. Muna estava bem melhor, mas naquele momento eu não estava com disposição para conversar. Andei bastante, até que avistei alguns arbustos ressecados, as folhas queimadas pelo sol. Ao longe, avistei as tendas negras do acampamento.

O deserto ensina que não podemos nos dar ao luxo de perder a direção. O preço pode ser a própria vida. Era um aprendizado que eu carregava. Aventurava-me a vagar pelo deserto, mas nunca corria riscos desnecessários. O rumo, a direção, o saber aonde pisa, de onde vem e para onde vai são lições que a vida nômade impregnou em meu ser. Fitar o céu, guiar-me pelos astros, olhar ao longe, mas com os pés firmes na terra. A mente, enquanto contempla o futuro, deve permanecer atenta ao presente.

A tribo admirava meu senso de direção, por isso ninguém se preocupava com minhas rotineiras escapadelas. Eu sabia voltar.

Sentei-me à sombra escassa dos arbustos, tirei o véu e soltei os cabelos. Soprava uma brisa fresca, incomum naquela hora do dia. Respirei a longos haustos, deliciei-me com a sensação de frescor na pele. Puxei a saia acima dos joelhos.

A natureza nos acaricia de inúmeras formas. Então, entreguei-me aos seus carinhos, esforçando-me para esquecer o episódio com Rana. Agradável sonolência envolveu-me e, primeiro, pensei estar sonhando, depois, muito tempo depois, dei-me conta de que aquele tinha sido o meu primeiro contato lúcido, consciente, com a minha protetora espiritual.

Percebi uma mulher sentar-se ao meu lado. Não reconheci seus traços, mas a sensação de familiaridade e gratidão foi tão forte que as demais perderam a importância. Uma parte de mim, velada pelo tempo e pela matéria, emergia e a reconhecia. Sorri. Confiante, toquei sua mão. Ela deu-me tapinhas gentis e falou:

— Querida criança, existem situações muito complexas para o seu entendimento. Não deve irritar-se com tanta facilidade. Rana enfrenta as próprias lutas, não lhe acrescente mais dores. E se você não pode ajudá-la, não a perturbe. Veja, cada uma de nós é livre para fazer todas as escolhas que a vida lhe autoriza. Ninguém é obrigado a submeter-se às crenças da maioria, ao que se chama de cultura da tribo ou de um povo. Mas, minha criança, saiba desde agora que o preço dessa rebeldia é alto, muito alto. É preciso ter muita força moral, muita convicção e conhecimento de si mesmo para fazer isso. Nós, humanos, na grande maioria, vivemos em bandos, em rebanhos. Há uma preocupante preguiça que domina a alma. Trabalhamos fisicamente à exaustão para satisfazer necessidades materiais, mas como é pequeno o esforço intelectual!

"Alguns não pensam o mínimo, se é que posso dizer isso. Vivem como animais de evolução inferior, como cardumes de peixes, colônias de formigas ou abelhas. Têm um líder e uma espécie de roteiro de vida: nascer, crescer, casar-se, procriar, acumular bens, envelhecer e morrer. Não cogitam nada diferente. Cobram dos membros do 'cardume' que têm um roteiro diferente que o adéquem. Por exemplo: na sua tribo não tolerariam que Rana declarasse seu desejo de viver sozinha, de não se casar. Cobrarão em breve que ela dê filhos ao marido e, feito isso, deverá trabalhar diariamente, até a morte, repetindo uma rotina que já foi de sua mãe, de sua avó, da bisavó e de gerações antes dela. Ai daquele que ousar proclamar sua independência e individualidade!"

"Primeiro, ele será execrado e incomodará muito, pois sua atitude servirá de espelho aos outros, refletindo a preguiça, a acomodação, a covardia. Será secretamente invejado por alguns e os líderes tramarão a sua queda. Não interessa ao pastor do rebanho uma ovelha rebelde que questione o caminho, a direção. Depois de muito sofrer, dando aos outros o exemplo de liberdade e crescimento, transformar-se-á em um ídolo. Essa fase é muito perigosa! É quando inserirão ideias, valores, interpretações de fatos à sua vida. Restará um misto de acomodação, pois ressaltarão o quanto é difícil ser daquele jeito, que não é para qualquer um, enfim... é para um santo, um mártir. Se existe algo que a sociedade não ensina nem estimula é a busca da liberdade, a conquista da autoconfiança e o desenvolvimento do amor a si mesmo. Apontam as estrelas distantes e lhe dizem que deve se aproximar de Deus, que habita os céus. Mas como?"

"Eshe, entre o possível e o ideal há enorme distância. Nem sempre podemos agir conforme o ideal. O certo é que sempre podemos fazer o melhor ao nosso alcance. A conduta ideal, cujo discurso é fácil, habita todas as mentes sãs, falam maravilhas, mas não são ainda capazes de sentir e entender profundamente cada palavra que dizem. Logo, se não sentem, não são capazes de atitudes novas, de acordo com o discurso. Rana, como a maioria, é um legítimo produto do meio social em que vive. Ela ainda não pode pagar o preço de assumir-se como criatura livre e autônoma. Ela não se conduz, facilmente cede seu direito de escolha aos outros. Conforma-se com sua existência, e nem sempre esse é o melhor caminho. É, com certeza, o caminho dos conservadores e medrosos. Mas todas as coisas, inclusive o amadurecimento pessoal, têm um tempo certo para acontecer e se desenvolver. Ela ainda não está pronta. Não insista com palavras. Dê exemplo, ensine com atitudes. Na hora certa, ela compreenderá. E, quanto a você, pergunto-lhe: é sábio afligir-se porque uma ovelha ou cabra com pouco tempo de gestação ainda não pariu?"

Aquela pergunta me fez rir. Considerei-a absurda. E respondi:

— Somente alguém muito burro faria isso! Todos sabem que é demorado e só podemos esperar que a natureza faça seu trabalho.

Acabei de dizer aquelas palavras e me envergonhei, entendendo a advertência contida e o que havia dito a respeito da minha própria conduta. Calei. Minha companheira sorriu, senti seu carinho em minha face, suave como uma brisa. Nunca tinha experimentado um toque tão sutil.

— Sábia resposta, querida. Se for assim que você vê essa atitude em outra pessoa, sua opinião serve para avaliar seus próprios atos quando forem iguais, não é verdade? Afinal, as leis naturais da vida são justas, não possuem dois pesos e duas medidas. Pense no que me disse e não perca a sua paz no caminho tortuoso da vida alheia. Cada um recebe exatamente o que necessita para crescer como ser humano. Empenhe-se em resolver os problemas que a vida lhe der, pois são desses que você precisa. Os dos outros são sempre secundários em relação aos nossos. Ajude, mas não interfira, nem tenha neles uma causa de sofrimento pessoal. Não perca o rumo da sua existência.

Surpresa com aquele conselho, busquei encarar minha interlocutora. Tentei fixar seu rosto, vi apenas os contornos de um vulto luminoso. Ela desapareceu, apagou-se.

Deixou-me uma sensação indizível de bem-estar. Relaxada, estirei-me à sombra dos arbustos e a sonolência transformou-se em sono profundo.

Não sei quanto tempo dormi, mas o sol estava alto. Quando acordei, lembrei vagamente de um sonho bom. Estava calma, minhas ideias e emoções perfeitamente claras: não valia a pena torturar-me com o problema de Rana.

Havia oferecido ajuda, cabia a ela resolvê-lo quando e como pudesse. Não tinha lógica querer que ela pensasse ou agisse como eu achava certo.

Incomodava-me a questão da violência, mas, em se tratando da vida alheia, eu só podia lamentar, instruir, estender a mão a quem pede ajuda e desejar que aquela cultura nefasta fosse banida da mente das mulheres e da sociedade em geral.

A mudança que eu podia realizar era bani-la em mim, não ser alguém passível de sofrer violência. Rana não havia pedido a minha interferência. Eu havia agido mal.

Ao formular esses pensamentos, senti-me forte e profundamente convicta de que atraímos todas as situações pelas quais passamos na vida com a nossa maneira de pensar, sentir e agir. Eu não lembrava quem me havia transmitido aquela lição, mas sabia tê-la aprendido em algum momento.

— É isso! — disse para mim mesma, encerrando o assunto em meu interior.

Eu não via outra pessoa, mas sentia-lhe a presença. Tinha certeza de que ela sorria e aprovava meu pensamento, como se pudesse conhecer o que se passava em minha mente. Intrigada, olhei a distância. Girei sobre os calcanhares, desenhando um círculo completo. Tudo que vi foi a imensidão alaranjada do deserto e o cume de nossas tendas.

— Estranho! Mas ela está feliz, isso é bom.

Sacudi a poeira e a areia da roupa e, decidida, voltei ao acampamento.

O pacto da mordaça continuou funcionando sob meu olhar. Não toquei mais no assunto com Rana. Nosso relacionamento mudou. Agora, eu escutava os assuntos que ela propunha. Nossas conversas se tornaram breves. Eu não tinha o direito de interferir na vida dela sem seu consentimento. Compreendi que tinha o dever de resguardar a minha paz — algo que ninguém faria por mim e um bem que não poderiam me dar. Cada um tem que conquistá-lo e preservá-lo por esforço e mérito próprios.

No entanto, a violência contra minhas irmãs de gênero incomodava-me profundamente. Por isso, aproximei-me das meninas pequenas e, sempre que surgia a oportunidade de falar do quanto elas eram importantes, bonitas, que deviam valorizar a si mesmas, que eram tão inteligentes e capazes como os meninos, meu discurso fluía mais caudaloso que o Nilo em época de cheia.

É interessante, mas os adultos não prestam atenção à conversa das crianças. Julgam seu pensamento fantasioso, infantil e imaturo. É certo que, de fato, esses conteúdos existem. No entanto, é um erro lançar tudo à vala comum. As mulheres adultas não pensavam no que eu fazia ou falava, somente rendiam graças a Alá e aos profetas pelo meu repentino interesse. Desse modo, elas não precisavam se ocupar e nem se preocupar com as pequenas. Satisfeita, notei que os gritos diminuíam, bem como as agressões às crianças.

Cogitei quanto daquela violência sofrida pelas mães era repassada aos filhos. Concluí que era muito. Em algum ponto aquilo tinha que mudar. Formei meu bando e, desde então, raramente caminhava sozinha. Só quando a necessidade de refletir era grande, quando era preciso apaziguar o meu interior. Era um hábito. Todos notavam e diziam que tinha nascido comigo. Era imperativo encontrar e manter o meu equilíbrio, o meu eixo.

O interesse pela casa de pedra desapareceu, não sentia mais nenhuma atração pela construção ou curiosidade pelas pessoas que habitavam o lugar e seu modo de vida. Visitava Muna esporadicamente. Desabrochava em mim a consciência de que eu pertencia a um grupo, que tinha direitos e deveres, e que a minha felicidade aumentava no convívio com eles. Eu descobria a importância de dar um sentido à vida educando as meninas para serem novas mulheres.

07
INSATISFAÇÕES

Com a consciência, nasceu a observação. Antes minha atenção dirigia-se aos interesses diretos e imediatos. Agora, eu observava os outros com curiosidade, interessada e aberta, como as crianças costumam ser. O tempo passava, meu corpo mudava, eu sofria transformações por dentro e por fora, mas havia algo em mim que se apegava às virtudes da infância com afinco.

Certo dia, notei grupinhos de homens conversando atrás das tendas, quase cochichando, gesticulando nervosos, olhando para os lados a todo instante. Compreendi que temiam ser descobertos e fiquei pensando por quê. Aquilo aconteceu durante alguns dias com os homens da tribo, praticamente todos, pois eram poucos.

Vencida pela curiosidade, uma manhã, notando aqueles movimentos, esgueirei-me pelo interior de uma tenda atrás da qual alguns homens cochichavam. Meu andar era leve e ágil, eles não perceberam nada. A tenda estava vazia, ainda era cedo e as mulheres estavam atarefadas.

— Não podemos continuar desse jeito — dizia um deles, indignado. — Isso não é vida! Até quando ficaremos parados aqui, empobrecendo, enquanto o xeique não morre. Daros tem razão, algo precisa ser feito.

— Sim, eu sei — respondeu outro, inconformado. — Mas não posso aceitar a ideia de... Não consigo nem pensar, quanto mais dizer algo tão horrível. Não entendo como vocês podem concordar tão facilmente com esse plano. Eu não penso que apressar a morte do xeique Pepe seja preciso. Ele é um grande homem, um bom líder. Ao seu lado temos enfrentado bons e maus momentos, mas ele mantém todos em equilíbrio, em paz. Empobrecemos, sim, é verdade. No entanto, compensará viver na abundância carregando na consciência a morte de um homem justo? Não, amigos. Eu não participarei disso.

— Fale baixo — pediu a voz conhecida de meu irmão Yasar.

Levei a mão à boca, no intuito de lembrar-me que precisava manter-me quieta, silenciosa. Daros sabe disso, pensei aflita.

— Sabemos que tio Pepe é um homem bom e justo. Isso é indiscutível — prosseguiu ele, cochichando. — O que digo, e os que pensam como eu também, é que estamos envelhecendo e empobrecendo enquanto aguardamos a morte dele. Isso não é justo. Temos crianças no acampamento que não conhecem a vida nômade, estamos nos tornando uma tribo sedentária e pobre. Não queremos viver assim. É isso.

— Entendo — murmurou o homem, após longa pausa.

A mudança na entonação de voz fez correr um arrepio pelo meu pescoço que desceu até os braços. Ele não podia concordar tão facilmente. Sem dar-me conta, implorava a Alá, em pensamento, para que ele resistisse na defesa de tio Pepe.

— Quem mais está de acordo? — indagou o homem, para meu desespero.

Meu irmão nomeou a maioria dos homens jovens da tribo e concluiu, aconselhando-o:

— Converse com eles. Pense. Você é jovem como nós, e a vida, meu caro, passa e não volta.

O silêncio que se seguiu à fala de Yasar foi revelador. Instantes depois, ouvi passos rumando em direções opostas. Apressada, olhei a porta da tenda. Não vi nenhum deles. Saí rapidamente. Estava zonza, aturdida, não sabia o que fazer.

Meus irmãos tramavam o assassinato de nosso tio e líder, e aquilo me decepcionava tão profundamente, que não havia palavras para descrever meus sentimentos. Mas, em meio à confusão emocional, eu sabia que tinha que tomar uma atitude.

Sem saber como cheguei à frente da tenda de Rana, ouvi-a cantarolar enquanto preparava os alimentos.

Avancei, falando rápido, transbordando angústia e aflição, mas, apesar do sofrimento mental e emocional em que a descoberta da manhã me lançara, havia controle. Eu não sabia responder de onde, de qual parte de mim procedia aquele domínio quase férreo. Falei:

— Rana, você sabe que os homens tramam a morte de tio Pepe?

A vasilha de cerâmica que ela segurava caiu ao chão, partindo-se em duas. Com o medo e a surpresa estampados na face, gaguejou as primeiras palavras da resposta:

— Co...co...como so...soube disso?

Ao ouvir essas palavras, a surpresa mudou-se para a minha face. Num piscar de olhos, compreendi que não estava dando uma informação nova.

— Você sabia! — acusei-a, sem piedade.

Uma fúria irracional emergia de meu íntimo.

— Você sabe de tudo. E até agora não disse nada. Você deixará que matem o seu pai sem fazer nada. Que coisa horrível! Rana, você concorda com esse plano?

— Calma, Eshe. Não é como você está pensando. E a vida não é tão simples como você crê. A situação piora a cada dia... — e repetiu, quase de maneira literal, o discurso de Yasar. Aquele que eu tinha ouvido pouco antes.

Escutei cada palavra como se fossem lanças ferindo meus ouvidos. Queria sair dali, correr para longe, mas meus pés se recusavam a obedecer ao meu comando. Sentia-os pesados, grudados ao solo, como se eu fosse um monumento qualquer: dura, rígida, fixa, imóvel.

Mas senti-me espiritualmente acompanhada e fortalecida por alguém muito querido. Pensei em meus pais, mas, no fundo, sabia que não era nenhum deles. Aquela presença inspirava-me autocontrole e a ideia: "é preciso conhecer do que é capaz o ser humano. Que nada do humano nos seja estranho ou desconhecido. Evite julgar. Nas mesmas condições dela, você faria igual."

Estarreci por completo ao ouvir a voz sempre chorosa de Rana declarar:

— A vida é coisa prática, Eshe. Tem leis rígidas. Quem quiser viver bem que se adéque. Agora sou, em primeiro lugar, a esposa de Daros. Meu dever é apoiá-lo.

— Já ouvi toda essa história, mas, Rana, é o seu pai... Isso não faz diferença? Você continuará a se deitar e a aceitar o comportamento maluco de um homem que pretende ser o assassino do seu pai? Não, Rana, eu não posso entender e nem compreender uma atitude tão egoísta, mas...

— Mas... sempre há um "mas" que explica tudo, Eshe. Você aprenderá! A vida lhe ensinará que nem tudo é como desejamos e, muitas vezes, vivemos por falta de escolha, então temos que nos adaptar às condições. E agora, chega! Eu não sei e nem quero saber de coisa alguma, entendeu? Vá cuidar da sua vida!

Desde o casamento, Rana mudara muito. Notei que era comum falar com menosprezo da vida e declarar que ela lhe pesava, que vivia por falta de opção.

Claramente estava revelando o desejo de morrer e, se não tomava a atitude de suicidar-se, era por medo. Ainda havia uma barreira e, com ela, uma esperança. Porém, passar-se-iam muitos anos até que eu compreendesse a função protetora do medo em pessoas como Rana.

Saí dali mais perturbada do que quando chegara. Minha cabeça ardia. Aliás, meu corpo todo parecia febril. Mil ideias e pensamentos embaralhavam-se em minha mente. O turbilhão emocional da ansiedade e da aflição cobra um preço alto. Eu o estava pagando e caminhava desnorteada pelo acampamento, sem ver as pessoas.

Algumas meninas caminhavam atrás de mim, chamando meu nome, querendo atenção e, ao mesmo tempo, pressentindo que eu não estava bem, desejando ingenuamente me auxiliar.

Em meio à minha agitação, ouvi os chamados de Ty e voltei-me para olhá-la. Era uma bela menina que contava aproximadamente cinco anos. Apegara-se muito a mim, pois sua mãe era irritada, desequilibrava-se emocionalmente com facilidade e tornava-se violenta com os filhos menores. Ty aprendera, desde cedo, a fugir. Seus grandes olhos escuros, a pele suja de pó e os cabelos despenteados me comoveram e abaixei-me:

— *Tá* triste, Eshe? Por quê? — perguntou-me.

Por Alá, como era difícil responder àquela pergunta! Eu sabia os motivos, mas não poderia dizê-los. Encarei-a em silêncio. Depois, puxei-a para os meus braços e a apertei com força.

Não era Ty que precisava do abraço, era eu.

— Sabe, Ty, hoje eu descobri que crescer dói. Só isso.

— Ah! Doem as pernas? Eu tenho dor nas pernas. Mas passa, é só dormir.

Sorri com a simplicidade da resposta. Pensei que não era justo afligir Ty, ela não compreenderia o problema. E não temos o direito de afligir ninguém com algo além de suas forças, de sua compreensão. Apertei-a novamente, eu ainda precisava de conforto. E, disse-lhe:

— É, eu vou dormir e vai passar. Vá brincar. Eu vou me deitar. Depois encontro vocês, está bem?

Ty sorriu, serena. Seus olhos se iluminaram, atirou-se em meus braços, beijou-me e foi embora correndo. Ela era assim... saltitante.

O breve encontro com Ty e o seu carinho ajudaram a acalmar a ansiedade. Mudaram, ainda que por instantes, o rumo dos meus pensamentos, inserindo um toque de ternura nas minhas emoções conturbadas. Tudo isso foi um balde de água fria em um incêndio. Não apagou, mas fez algum efeito.

"Não adianta ficar caminhando à toa", pensei. "Vou ficar com tio Pepe, falarei com ele. Se ele não acreditar em mim, ficarei ao seu lado e o defenderei como puder".

Decidida, caminhei até a tenda dele. Ingressei afoita e aflita. Na verdade, corri para o leito e atirei-me em seus braços. Ignorei o homem que estava com ele.

Tio Pepe acolheu-me amorosamente. Interrompeu a conversa e beijou-me os cabelos. Acariciou-os levemente e sussurrou:

— Calma, Eshe. Já vamos conversar, está bem? Agora fique assim, bem pertinho de mim e, seja lá o que for, confie que tudo ficará bem.

Balancei a cabeça, concordando, e suspirei. Tio Pepe estava enfraquecido pela doença, seu corpo nenhuma segurança podia me proporcionar, no entanto, a força interior dele era um rochedo a me sustentar. Eu não estava preparada para viver sem ele. E mais do que isso: eu aceitaria se Alá o levasse, mas nunca que Daros decidisse o destino dele. Aquietei-me com a cabeça escondida em seu peito. Foi assim que o ouvi ordenar ao homem:

— Traga Daros aqui, imediatamente.

Estremeci, senti um nó apertado na garganta. Ergui-me e sentei-me.

— Tio... — comecei com dificuldade, a voz arrastada parecia arranhar minha garganta fechada. — Tio... cuidado... Daros... quer... matar...

— Calma, minha linda! É por isso que está tão aflita?

Não conseguia falar mais. Lágrimas começaram a correr por meu rosto. Desesperada, senti o peso da impotência. Tive raiva de Daros e de mim, por não conseguir sequer falar.

— Calma, Eshe — repetiu tio Pepe. — Não tente controlar a vida, especialmente a vida dos outros. Deixe-a fluir e aprenda a andar com ela. Meu anjo, não há com o que se preocupar.

— Mas... tio, Daros quer matar o senhor porque está doente... — em um turbilhão de palavras, contei-lhe o que havia presenciado e sentido naquela manhã.

Ele, calmo e sereno, repetiu:

— Calma, Eshe! Não tente controlar a vida. Solte-a, deixe-a fluir e aprenda a mover-se com ela, como se fosse uma dança. Eu sei de tudo e, veja: por um lado, reconheço que Daros tem razão. Nossa tribo precisa voltar a viajar e comerciar. Somente eu estou doente, os outros estão recuperados e poderão ir, retomar a vida...

— Mas o senhor não precisa morrer para que isso aconteça. Por que Daros não vai embora?

Tio Pepe sorriu da minha ingenuidade, assim como eu tinha sorrido de Ty havia pouco. Respondeu-me do mesmo modo:

— Ele está esperando a minha permissão. E eu a darei.

08
Liderança

Afastei-me de seu abraço o suficiente para encará-lo. Não entendia o que ele estava dizendo, o caos emocional ainda dominava a minha razão.

— Calma, Eshe! — repetiu tio Pepe.— Você traz o espanto e o medo estampado nos olhos, minha linda. Precisa aprender a ter calma. As situações difíceis da vida não se resolvem aos atropelos, tampouco escondendo-se a cabeça no primeiro buraco que encontrar. Eu percebi toda a movimentação que Daros fez, sei quais são os seus propósitos e confio que ele deseja o poder, os poucos recursos que temos e a liberdade. Seu irmão é ambicioso, mas não creio que deseje a vida de um homem doente. Por isso, ele não irá me matar depois que eu lhe oferecer o que ele quer. Falavam de um profeta no oriente que ensinava que, se alguém nos pede o manto, devemos dar-lhe também a capa e, se ele nos pede que andemos mil metros, devemos andar dois mil. É uma lição interessante, não acha? Ele ensinava o desapego e a tolerância como forma de bem viver. Mesmo antes de ouvir essa lição eu pensava assim. Cuidei de nosso povo como era meu dever. E o fiz por amor. Todas as minhas ações sempre visaram ao bem de todos. Minha consciência está tranquila e estou pronto para deixá-los partirem. Não tenho laços de apego. Não sofro pelo que está acontecendo. Você entende o que estou dizendo, Eshe?

— Acho que sim, tio. Estou triste com a conduta de Daros. Nunca o imaginei capaz de tramar a morte de alguém, quanto mais a sua, que é nosso tio e nosso xeique. Ao mesmo tempo, uma parte de mim não está surpresa e recebe essa atitude dele como algo comum. Diferente do senhor, eu sinto que ele é, sim, capaz de matá-lo. Desde que descobri essa coisa horrível, sinto-me muito mal. Uma confusão! Eu queria fazer e farei o possível para defendê-lo, tio Pepe. Queria tomar atitudes, mas descobri que precisaria dos outros, e aí minha decepção aumentou... — ao declarar isso, calei-me.

Tomei consciência do que revelaria: a própria filha não estava interessada. Seria muito cruel com alguém tão fragilizado.

— Eshe, Eshe, minha criança! Está sendo uma lição dura, não é mesmo? — o olhar de tio Pepe era pleno de carinho e compreensão.

Balancei a cabeça e murmurei:

— Muito. Doeu mais que as mortes que enfrentamos.

— Sem dúvida, minha criança, sem dúvida. A morte é absoluta. Quando alguém nasce, a única certeza sobre ela é que morrerá. É o destino de tudo e de todos, na matéria. Cientes disso, aceitamos a morte como fato da vida. Simples assim. Após ela, segue-se a dor, mas uma dor resignada; não estava no poder de ninguém impedir a sua ação natural. Matar ou matar-se é diferente. É uma decisão humana, em geral cercada de interesses mesquinhos ou sofrimentos por falta de reflexão e racionalidade. Você viu como pode ser doloroso enfrentar o caos emocional. Você ainda enfrentará muitas situações assim. Lembre-se de buscar a calma antes, ou seja, tranquilize o caos, faça-o desaparecer, esvaziar-se. E, então, pense. Verá como tudo é mais fácil. A dor da decepção com a visão do que pode fazer o homem é profunda. Você perdeu a ingenuidade e a inocência restantes da sua infância. Isso dói, mas a ingenuidade não é uma virtude que eu gostaria de manter em você. Aliás, está longe de ser uma virtude. Não há empenho a ser feito para tornar-se ingênuo. Basta não pensar e não enxergar claramente, então é antes o sobrenome da preguiça do que uma virtude.

Nesse momento, ouvimos os passos de Daros se aproximarem. Meu coração pulava no peito como os cabritos jovens na primavera.

Tio Pepe acariciou-me os cabelos lentamente.

— Psiu... shhhh... — sussurrou, apoiando o queixo sobre a minha cabeça.

A fragilidade de tio Pepe era apenas física, constatei mais uma vez. Era a vida dele que estava ameaçada. Ele que fora traído covardemente pelo genro e pela filha e, no entanto, era quem me amparava com toda a calma do mundo.

Daros entrou. Não tive coragem de olhá-lo. Sentia uma raiva imensa e seria capaz de matá-lo. E a decepção por ele ter essa capacidade era tão grande quanto a ira. Aquilo me dividia e alternava meu estado de ânimo, tirava-me a capacidade de pensar e agir.

Firmemente abracei tio Pepe. Minha atitude revelava meu pensamento: ninguém me afastaria dele.

— Mandou me chamar, tio? — indagou Daros, após os cumprimentos de praxe. A voz dele soava tão normal, como se nada, absolutamente nada, ele estivesse armando.

Para alguém que preparava uma armadilha mortal para o outro, Daros estava cordato e cordial demais.

Ah! A hipocrisia é horrível. Dentre todas as atitudes infelizes das quais o ser humano é capaz, a hipocrisia tem seu trono assegurado, sem sofrer qualquer ameaça.

Ser capaz de pensar e sentir de um jeito e portar-se de maneira oposta por interesse deveria ser indigno da condição humana. Infelizmente, é tão comum! Ainda é. Dia chegará em que as pessoas não tolerarão essas condutas. Serão autênticas e honestas, pois somente vivendo as próprias verdades e assumindo-as conseguimos evoluir.

Meu sangue fervia testemunhando a hipocrisia de meu irmão. Tinha gana de gritar a verdade aos quatro ventos, chamá-lo de assassino, interesseiro, ganancioso, e borbulhavam na minha boca todas as expressões chulas que eu conhecia.

Tomada pela ira, parecia-me que as expressões usuais eram brandas demais. No entanto, observei que, conforme cedia àquela vontade, reduzia-se na mesma proporção a minha capacidade de raciocinar com frieza. Respirei fundo e dominei, uma vez mais, meus anseios.

— Sim, meu filho. Tenho um assunto muito importante a tratar com você. Por favor, sente-se. A conversa pode se alongar.

Estarrecida, ouvi as palavras calmas e corteses de tio Pepe. Ele estava sendo tão hipócrita quanto Daros.

O som de meu irmão se acomodando entre as almofadas próximas ao leito chegava aos meus ouvidos como o som de uma batalha.

— Fale, tio, estou à disposição.

Percebi no tom de Daros que havia certa desconfiança. Ele agia com mil cuidados.

— Daros, como você sabe, estou bastante doente, e já faz alguns meses...

— Mais de um ano — interrompeu Daros, revelando sinais de ansiedade.

— Exato. Você contou todos os dias, meu filho?

Tio Pepe falava em tom de brincadeira, como se debochasse da visível contagem de Daros, e continuou:

— É natural, eu compreendo. Pois bem! Então, faz mais de um ano. Desejo que isso termine...

— Como? — indagou Daros, afoito. — Não pode estar me dizendo que irá se matar.

— Acalme-se, Daros — pediu tio Pepe, serenamente. — Deixe-me falar, está bem?

Daros resmungou uma concordância mesclada com um pedido de desculpas, e tio Pepe retomou a exposição:

— Ninguém sabe quando nem de que forma apraz a Alá chamar um de seus servos. Eu espero ir para junto Dele e gozar do paraíso na salvação de minha alma. Vivi de maneira a ter a consciência tranquila para o momento do qual ninguém escapa. Porém, eu sou o líder de uma tribo. Pessoas e famílias inteiras dependem da minha orientação material e espiritual. Desde que a doença agravou-se, tenho cuidado mais da espiritualidade do que das questões materiais. Não me arrependo. Era necessário após a batalha que quase dizimou nossa tribo. Houve muitas mortes e feridos graves, era imprescindível um tempo de recuperação e cuidados reforçados com a espiritualidade dessas almas. É nos momentos difíceis que a fé nos sustenta, e é neles que precisamos manter o equilíbrio da mente com bons pensamentos, inspirar a paz, a confiança e a certeza de dias melhores. Fiz isso e, agora, noto que eles estão bem. Devem cuidar da vida em sua plenitude e isso implica os aspectos materiais. Bem, para esses a doença impossibilita-me o trabalho. Sinto que é hora de nossa tribo retomar as rotas comerciais, buscar a prosperidade. Por isso o chamei. Quero que assuma a função de xeique da tribo. Eu renuncio e desejo permanecer nesta tenda até o fim dos meus dias. Sei que algumas mulheres e nosso ferreiro mais idoso desejam ficar comigo. Espero que não se oponha. Peço-lhe, também, que deixe uma parcela do rebanho para que possamos sobreviver. Lógico, ficarei com meus pertences, o ouro e a prata que tenho. Há, além disso, apenas uma condição, caso você aceite assumir o comando da tribo.

— E qual é? — questionou Daros, claramente aliviado.

— Eshe ficará comigo e você voltará aqui uma vez ao ano pelo menos, para verificar as condições de vida daqueles que ficarem comigo. Eles são parte da tribo e estão sob sua proteção e responsabilidade. Quando eu morrer, quero ter certeza de que continuarão na tribo.

— Eshe é minha irmã, tio. É minha responsabilidade...

— Eu fico! — declarei, enfrentando Daros e surpresa pela condição imposta por tio Pepe. E mais ainda por notar que meu irmão pretendia discutir. — Eu fico!

Repeti com toda a calma e força existentes em minha alma.

— Isso não se discute. Eu fico viva ao lado de tio Pepe ou fico morta, caso tentem me obrigar a partir.

Daros olhou-me assustado. Não sei o que ele viu, mas foi o primeiro que observei agir sob o comando da minha vontade.

O impulso foi tão forte que ele inclinou a cabeça e respondeu simplesmente:

— Está bem. Eu aceito as condições, tio Pepe. Eshe fica e eu voltarei aqui sempre que puder e, obrigatoriamente, uma vez ao ano. Não deixarei ninguém de nossa tribo desamparado.

— Muito bem — falou tio Pepe. — Temos um acordo. Chame o povo, reúna a todos no centro do acampamento. Eu faço questão de falar-lhes como seu xeique pela última vez.

Daros aquiesceu e ergueu-se prontamente para cumprir a tarefa.

Acompanhei, incrédula, a saída dele. Suspirei aliviada e logo fui acometida por uma tremedeira.

Tio Pepe puxou-me para junto dele, recostei-me nas almofadas do leito. Ele acariciou devagar minha cabeça, correndo as mãos por minhas tranças.

— Tudo ficará bem, minha linda. Confie. A providência divina não nos deixa ao desamparo. Temos forças incalculáveis em nosso íntimo. Precisamos confiar nesse poder e usá-lo. Veja a ordem e a harmonia da natureza: tudo se arranja e rearranja, sempre resultando no melhor para todos. Por que conosco, seres humanos, seria diferente? Nós é que, arrogantes e prepotentes, queremos dominar e controlar a tudo e a todos, esquecidos de que o olhar onipotente e onipresente pertence a Alá, o misericordioso e supremo criador.

Refleti sobre aquelas palavras. Será que eu fora arrogante e prepotente tentando controlar uma situação que estava fora do meu alcance?

Neguei aquilo naquele instante, mas depois pensei muito sobre o assunto. Acabei reconhecendo que tinha desejado controlar a vida alheia e que tal atitude gerava sofrimento. Não pretendia repeti-la, era desgastante demais.

Aliás, nos dias que sucederam àquela conversa, desvendei aprendizados encobertos pelo tempo. Como se diz, amadureci em pouco tempo o equivalente a muitos anos. Não se trata de avançar, de progredir, mas, antes, de desvelar o que o passado encobre. A força de Verônica reaparecia temperada e amadurecida pela dor e pelo aprendizado. Eu deixava de ser uma adolescente, o que os episódios que se seguem ao acordo sobre a liderança da tribo representam é o acelerar do processo reencarnatório. Em condições normais, eu teria até o fim da adolescência física para retomar a plenitude da minha personalidade espiritual, porém, a vida exigia que isso acontecesse antes.

Este processo não foi um privilégio meu. É o que vemos a todo instante quando criaturas muito jovens assumem responsabilidades maiores do que elas mesmas, tangidos pelas mãos da mestra necessidade. Dizemos, então, assombrados: Oh, quem diria que uma quase criança faria isso!

Nunca é uma quase criança a assumir essas responsabilidades, mas um espírito imortal que se vê obrigado a dissipar os últimos vestígios da perturbação que acompanha o reencarne e mostrar-se tal qual é, inteiro, com todos os seus vícios e virtudes.

Mas volto à saída de Daros da tenda de nosso tio.

A ânsia de meu irmão pelo poder e pela fortuna era tanta que em segundos reuniu a tribo no centro do acampamento. Algumas velhas e crianças que vigiavam o rebanho de cabras e os poucos camelos que possuíamos eram as únicas ausências.

O barulho da intensa movimentação fizera fundo à conversa com tio Pepe. Embora atenta às colocações dele, eu ouvi. Não nos surpreendemos quando Daros retornou acompanhado de Yasar e outros dois homens, prontos para transportarem o enfermo até o local da reunião.

— Tio — chamou Daros, adentrando a tenda. — Cumpri suas ordens. A tribo está reunida e ansiosa por ouvi-lo. Estão surpresos com esse chamado pela manhã... Há muito tempo o senhor não fazia isto...

— Eu sei, Daros, eu sei. A ansiedade deles logo será acalmada. Podem esperar mais alguns minutos, creio que muitos já saibam o teor da minha fala — respondeu tio Pepe, gentilmente acariciando minhas tranças.

— Eshe — tio Pepe empurrava-me com delicadeza. — Minha linda, me solte. Vá, ajude os homens a me conduzir. Você estará ao meu lado.

Obediente, saltei do leito e permaneci de pé. De mãos dadas, tio Pepe e eu fomos levados ao centro do acampamento. Daros havia improvisado uma cadeira alta onde o sentaram. Acomodado, ele estendeu-me a mão em um chamado silencioso. Sem vacilar, segurei sua mão e, ao seu lado, encarei a todos.

A tribo, silenciosa, ouviu a breve exposição do velho xeique. Somente ao final percebi murmúrios e agitação. Tio Pepe deu-me uma lição de mestre.

— Desde a minha juventude dedico-me aos interesses da tribo. Jamais pensei fazer outra coisa da minha existência. Sou feliz quando vejo todos saudáveis e serenos. Abençoados por nossa nova fé em Alá, aprendemos a não murmurar contra sua vontade. Isso, ao contrário do que muitos pensam, faz-nos fortes. Saber aceitar a sabedoria suprema nos faz humildes. Quando eu era menino, conheci um velho grego. Tratava-se de homem simples, alegre e bondoso. Duas coisas ocupavam-lhe as horas do dia: ler e trabalhar. Certa vez, ele corrigiu-me quando lhe disse isso, pois, para ele, ler era trabalhar a alma. Tenho tido muito tempo desde que Alá decidiu enviar-me a doença por companheira. Penso, recordo, leio muito e, ao fazer isso, lembro-me dele. Ensinou-me, esse amigo, que em sua distante terra natal conheceu um famoso templo onde havia, esculpido na pedra, o maior dos ensinamentos de seu povo. "Conhece-te a ti mesmo" era a primeira frase. Abaixo dela, dizia que tinha outra: "de nada em excesso". Segundo ele, essa era a mensagem imortal dos deuses para que os homens vivessem bem. De fato, aprendi com os anos que não vale viver muito se não aproveitamos o tempo para aprender, para crescer interiormente, para descobrir quem somos e buscar saber o que estamos fazendo nesta vida. É preciso refletir. Quando mais jovem e saudável, ocupava-me com mil afazeres, minha mente funcionava para atender às necessidades impostas por mim para o trabalho. Eu não me dava nenhum tempo para pensar, refletir, observar, questionar a mim mesmo, à natureza ou aos outros. Ao fim do dia, o corpo cansado exigia repouso, e assim escoaram-se os anos. Sabe, meu povo, naquele tempo eu não aprendi nada. Agora, sei que passei por aqueles dias sem tê-los aproveitado, pois tudo que fiz começou e terminou ali. Eu não refletia. Depois, passei a viver de verdade. Meus dias ganharam sabor de eternidade. Aprendi a arte de estar sempre presente no momento que vivo. No passado, angustiava-me facilmente.

Afligia-me o futuro e minha mente estava sempre voltada a ele. Belas cenas, vivências e lições eu perdi por não estar com a minha atenção voltada ao minuto em que eu vivia, mas além, querendo saber, dominar e controlar o que pertencia a Alá. Muitas vezes, torturei-me com dificuldades imaginárias vislumbradas nesse terreno inconstante do futuro.

Depois de tomar fôlego, continuou:

— Após muito sofrer, um dia comecei a pensar e enxerguei o que fazia comigo mesmo e com os outros, pois eu transmitia esse estado de ânimo aos que me cercavam. Afligia-me enxergando monstros, dificuldades enormes e impossíveis, quando, na realidade, a vida nos prepara a cada instante para que tenhamos sempre as condições necessárias para encarar as dificuldades que ela nos apresenta. Por isso, a partir do instante em que comecei a refletir, a pensar, conquistei uma calma muito grande e entendi que eterno é o agora. E, enquanto vivermos nele, estaremos bem, avançando de acordo com o ritmo natural da vida. Cada minuto nos oferece uma chance de aprender, de progredir e poder enfrentar o seguinte em melhores condições. Mas, estou falando muito e torturando a vocês, que têm pressa de partir. Perdoem-me. Como disse, Alá tem me dado a oportunidade de crescer muito nos últimos meses, de trabalhar com a alma. Tenho lembrado o velho grego e sua lição de conhecer a si mesmo, que é também, e em última análise, conhecer onde estamos: em um mundo feito pelo nosso Criador, nele somos parte tão viva e ativa quanto qualquer outro ser. O que nos diferencia, no entanto, é a capacidade de nos reconhecermos como seres criados e submetidos a uma vontade soberana, a uma inteligência suprema que nos guia. Quero que o meu legado seja a lembrança desta lição: conhecer a si mesmo e a lógica implicação de que fazemos parte de um universo muito maior do que nossa visão alcança. Nele, mesmo as calamidades, as tempestades e as guerras colaboram para a harmonia. Só uma coisa quebra essa grande lei: o abuso. Entre todos os seres vivos, somente nós, humanos, somos capazes de abusos. O velho grego falava-me da fúria dos deuses contra os abusos humanos, pois abusar é querer ser um deus, é atentar contra a harmonia. Na jornada que empreenderão sob a direção de Daros, lembrem-se: preservem a harmonia, não abusem, não deem esse triste exemplo, pois o preço é alto. Sejam felizes!

Inquietos, muitos homens baixaram a cabeça. Perguntei-me se faziam isso por sentirem culpa pelo máximo abuso e desrespeito que tramavam ou se era por vergonha.

Tio Pepe foi reconduzido à sua tenda e eu fui junto. Na hora em que esses fatos aconteceram, não dei grande importância à atitude dele. Tempos depois, eu entendi. Ele nomeou Daros seu sucessor e ordenou aos homens saudáveis que partissem. Mas, ao colocar-me ao seu lado, ao segurar em minha mão e pedir que eu ficasse, deixou claro que desejava que eu o sucedesse, e não meu irmão.

Fosse a culpa ou a vergonha que tivesse tocado o coração de alguns dos conspiradores, ela durou muito pouco. Assim que não enxergaram mais tio Pepe, começaram a preparar a partida aceleradamente.

Amanhecia e, da porta da minha tenda, espiei a partida. Foi rápido demais! Então, entendi que todos já estavam prontos para partir havia dias, apenas colocaram às claras tudo que estava oculto.

Era cedo. "O trabalho diminuirá muito, não preciso ficar de pé", pensei e, sonolenta, retornei ao leito.

Quanto podemos nos enganar por querer que os fatos sejam como desejamos! Meu futuro não seria nada pacato e tranquilo, como eu desejava naquele momento.

09
A ARTE DE RECEBER

Cochilei apenas, pois estava preocupada. Aquele seria o primeiro dia de uma nova realidade. Não havia mais uma tribo acampada, éramos meia dúzia de tendas ocupadas por algumas idosas, um homem doente, um ferreiro e eu, uma adolescente.

Não haveria mais agitação. Mas teríamos ainda o cuidado com o rebanho, nossa fonte de manutenção. Imaginava alguns dias de tristeza, pois logicamente sentiríamos a ausência dos outros. Além do mais, eram pessoas idosas. A morte, e não o nascimento, é que espreita em torno deles.

As mulheres eram velhas, mas saudáveis, confabulei com meus pensamentos, mas logo veio a advertência: meus pais eram jovens e saudáveis e morreram antes de todos. Não é só a doença que mata. As batalhas, os saques, a violência também espreita e não faz distinção de idade.

Esse pensamento acelerou meu coração e um nó se formou em minha garganta. Sim, havia a questão da segurança. Pepe pensara na sobrevivência, em termos uma fonte de recursos com o rebanho. Mas, e a segurança? Por Alá, somos um alvo muito fácil! E o rebanho complica mais a situação. “É um atrativo”, considerei.

Um pensamento chama mais uma dúzia, e precisamos vigiar o teor do que circula em nosso íntimo. Um único pensamento desestabilizador gera, naturalmente, vários outros e, se os alimentamos, é rápido formar uma grande bola. Mergulhamos numa atmosfera densa e atraímos seres encarnados e desencarnados que auxiliarão na ocorrência dos fatos afins com o nosso estado mental. Essa é uma lei natural, ninguém escapa.

Por isso é tão necessário à evolução humana o autoconhecimento. Sabendo como funcionamos e as consequências de uma mente à solta, sem freio nem disciplina próprios, entendemos com facilidade a advertência do sábio Jesus: orai e vigiai. A oração conecta nosso pensamento a Deus, e a vigilância o mantém harmonizado. Vigiar é prestar atenção, zelar, cuidar, olhar. Em momento algum ele ensinou que deveríamos vigiar os outros, portanto, a vigilância é sobre nós mesmos. A fonte de paz, de harmonia, está no íntimo de cada um, assim como as fontes do caos.

Por natureza, eu não apreciava sofrer. Tinha aversão a qualquer sensação de incômodo. Suportava-as com dificuldade. Tão logo meus pensamentos geraram emoções carregadas de sofrimento, reagi.

— Pare com isso, Eshe — ordenei a mim mesma no escuro silencioso da minha tenda. — Não pense em desgraças, isso atrai. Chega! É melhor levantar e ocupar-se com algo útil. Ficar aqui criando medo não resolverá nada.

Com esse intuito, comecei o primeiro dia do que seria a tônica daquela existência.

Evitei entristecer-me pela falta das outras tendas. Aquela era a realidade do presente e lembrei-me: era o momento de ser grata ao meu Criador pelo que eu tinha, pelo que me faltava, pela oportunidade do dia. Iluminava-me a certeza de que a vida nos dá exatamente o que necessitamos para crescer e nos tornar seres humanos melhores. O momento atual é sempre o melhor de todos, nada nele poderia ser diferente. Alá, o Deus de meu culto, era amor e sabedoria. Para ser uma boa muçulmana, eu precisava ser submissa a Ele.

Procurei alinhar minha posição à orientação de Meca, ajoelhei-me, apanhei um punhado de areia entre as mãos, esfreguei os braços e o rosto. Limpa, purificada, rendi graças ao Criador.

Eu fora educada desde o nascimento a orar, já que meus pais eram muito religiosos. Mas eles não entendiam meu comportamento de intimidade com o Criador e, algumas vezes, nas minhas preces infantis, dirigia-me à mãe e não ao pai divino. Eles corrigiam-me, mas o "erro" se repetia involuntariamente. Somente depois, de tanto ser corrigida, passei a dirigir-me a um Deus masculino.

Ainda havia muitos templos dedicados às deusas cultuadas por diferentes povos árabes. Tinha vagas lembranças de alguns deles, atraíam-me como o mel às moscas.

Aquele dia, em meio à minha prece, após anos, meu ato falho tornou a se revelar. Quando me dei conta, conversava com intimidade com "uma grande mãe". Sentia-me entregue, confiante. Esqueci as reprimendas de meus pais e pensei que tanto faria se fosse deus ou deusa, era muito superior à mesquinharia de ofender-se pela forma como o chamasse. Além disso, talvez houvesse os dois ou até os dois fossem um só. Mas isso cruzou minha mente, eu orava por mim e pela minha tribo. Senti naquele instante a responsabilidade: eu não pertencia mais a uma tribo: eu tinha uma tribo muito especial que dependia de mim.

— Dai-me forças! Alimenta minha fé, minha vontade. Que eu não vacile, que à Tua superior vontade eu nunca desobedeça — implorei.

Tinha os olhos fechados, a testa encostada à areia do deserto. Nunca tinha pressa quando orava. Dava a Deus toda a minha atenção, afinal era isso que eu recebia Dele durante todo o dia. Por isso, não sei quanto tempo fiquei em oração. Somente quando ouvi, a distância, choro e alarido de crianças é que concluí meu momento com Deus. Então, ergui o tronco e a cabeça, agucei os ouvidos, cobri os olhos com a mão fazendo sombra, na tentativa de ampliar meu campo visual.

Ao longe, vi pequenos vultos e tornei a ouvir choro e gritos. Fixei o pequeno grupo e, conforme se aproximavam correndo, comecei a identificá-las. Eram as meninas da tribo, Zaynah, Ty, Naia, Samia, Lia. O que estariam fazendo andando sozinhas pelo deserto?

Aflita, corri até elas. Todas choravam, estavam roucas de tanto gritar, além de assustadas, desesperadas, histéricas. O medo estampado no olhar, nos lábios que tremiam sem controle, na face pálida sob o bronzeado.

Abracei-as. Meus braços não abrigavam todas, mas de alguma maneira elas sentiram meu amparo, pois lentamente acalmaram-se.

Acariciei os cabelos da maior e indaguei:

— O que houve? Por que estão aqui, Zaynah?

Ela soluçou e informou:

— Eles caminham muito rápido, deixaram a gente pra trás. Gritamos, mas Daros disse que não podiam ir devagar. Mandou nos deixarem pra trás que os alcançaríamos depois, mas... — ela soluçou outra vez — mas aí a gente não aguentou mais, e sentamos, e depois não vimos mais nem os rastros deles. Fiquei apavorada e só queria voltar pra cá, mas não sabia se ia encontrar o caminho certo.

— Você achou, Zaynah. Você achou — murmurei.

Olhei ao longe na esperança de avistar a tribo. Vã tentativa. Sequer uma nuvem de pó havia no horizonte daquele amanhecer. Deviam estar a horas de caminhada. Eu não sabia que direção tinham tomado. Daros não nos dera informação alguma sobre o destino deles.

Céus! Velhos e crianças abandonados. Daros não tinha juízo nem piedade. Entregara aquelas criaturas desvalidas à morte inclemente no deserto. "Isso é pura crueldade", pensei.

— Tô com sede — declarou Lia, choramingando.

Havia necessidades vitais prioritárias a serem atendidas antes que eu pudesse refletir sobre a conduta de meu irmão ou entregar-me à raiva e à vontade de esganá-lo. O momento presente, pelo qual eu agradecera havia pouco, vinha socorrer-me da ira, lembrando-me da urgência do agora, que me tirava do devaneio do futuro.

— Vamos — convidei.

Ergui-me, coloquei-as à minha frente e as conduzi como se fossem pequenos cordeiros de volta ao lar. Ao meu lar que também seria o delas; eu não enxergava outra opção.

Obedientes, tristes, chorosas e cansadas, elas andaram vacilantes na direção indicada.

Levei-as à minha tenda, dei-lhes água e as fiz descansar. Estavam habituadas comigo, confiavam, sentiam-se protegidas e logo adormeceram. O sofrimento exauriu.

Deixei-as e fui à tenda de tio Pepe. Para minha surpresa, encontrei-o de pé, segurando-se nos móveis, enquanto reunia alguns alimentos sobre a mesa.

— Tio Pepe! — gritei, assustando-o. Vi que suas pernas magras tremeram sob a túnica negra.

— Não me assuste, menina! — ralhou ele. — O que você quer tão cedo?

Ignorei a pergunta, mas moderei o tom da voz.

— O senhor está bem? Não precisa de ajuda? Não é melhor o senhor deitar e eu alcançar-lhe o que precisa?

— Não — respondeu tio Pepe, firme. — Sempre disse que podia ficar de pé, eles é que não tinham paciência nem tolerância para aguardar que eu fizesse o que queria. Estou lento por causa da fraqueza, mas posso, quero e vou fazer o que desejo. Fui claro, Eshe?

— Sim, tio, foi. Eu espero o senhor fazer o que quer, mas... — tio Pepe lançou-me um olhar atrevido, fingidamente severo. Eu sorri e completei: — Se o senhor quiser, eu posso ajudá-lo, certo? É só me dizer.

— Está bem! Então sente-se e espere. Estou cansado de as pessoas acharem que sabem o que eu quero ou preciso. Desde quando a doença nos torna transparente para que os outros saibam nossos desejos ou pensamentos? É irritante, sabia? Muito irritante. A doença por si só acarreta limites, e a falta de paciência e de tolerância dos que nos cercam impõe outros. Para nos incomodar menos, precisamos aceitar as vontades alheias e ainda sermos gratos. É demais!

— O senhor nunca reclamou da forma como lhe cuidavam antes — adverti.

— É claro que não, não sou bobo. Se fizesse isso, eles não compreenderiam e acabariam dizendo que, além de doente, eu estava louco, furioso, e que era uma pessoa difícil de tratar. É isso que dizem quando não lhes fazemos as vontades, eu sei. E sabe por que eu sei?

Balancei a cabeça em negativa, e Pepe prosseguiu:

— Fiz isso aos outros. Mas, afinal, o que veio fazer aqui tão cedo? Imaginei que viria perto do meio-dia.

— Bem, é que aconteceu algo que eu não esperava... — fiz uma pausa procurando, com dificuldade, as palavras para narrar os acontecimentos recentes.

— Sim — incentivou tio Pepe ante o meu súbito silêncio. — E o que foi?

— As meninas voltaram — declarei de supetão.

— Como assim? O que você está querendo dizer?

— Tio Pepe, as meninas estão na minha tenda. Elas não conseguiram acompanhar o ritmo da caminhada dos outros e ficaram para trás. Acabaram se perdendo e voltaram para cá, à nossa procura — contei, atropelando as palavras.

Vi os olhos de tio Pepe se arregalarem. Ele vacilou e apoiou-se no tampo da mesa.

— Estou tonto — informou. — Ajude-me a sentar. Conte-me essa história com calma e em detalhes.

— Não há detalhes, tio Pepe — declarei seca e incisivamente. — Isso que contei é tudo.

— Não pode ser — retrucou inconformado. — Nem um animal abandona sua cria no deserto desse jeito. Até eles sabem que o filhote morrerá.

— Sim, eu sei. Mas é o que elas contaram e deve ser a verdade. Do contrário, não estariam aqui, e sim com eles — argumentei.

— É — concordou meu tio, relutantemente —, deve ser verdade. Elas não têm por que mentir, e o fato de estarem aqui é prova suficiente. Todas voltaram?

— Cinco — respondi.

— Grande diferença! — debochou ele. — Eram seis. Uma era bebê de colo. Daros ficará louco de preocupação quando der falta das crianças...

— Foi dele a ordem de deixá-las para trás — informei irada. — Zaynah ouviu.

Tio Pepe respirou fundo, balançou o tronco e olhou ao longe, como se pudesse enxergar através do couro escuro da tenda.

— Absurdo! É desumano... — murmurou, entregue aos seus pensamentos, esquecido da minha presença. — E agora, o que fazer?

— Cuidar delas — respondi prontamente.

— Sim, sim, é claro — concordou Pepe. — Mas se foi capaz de um ato cruel contra meninas indefesas, entregando-as à morte penosa no deserto, o que não fará com os adultos? Eshe, não pense que ele tenha duas condutas. Não, minha querida, é uma só. Não espere de alguém desse tipo exemplos de dedicação ao próximo. Se na primeira dificuldade ele entrega os fracos à própria sorte, em qualquer situação pensará sempre primeiramente na sua própria vontade, no seu prazer e bem-estar, não importando quem ou o que tenha que "pagar" por isso, ou quanto. Pensava no que fazer para proteger nosso povo...

— Esqueça, tio Pepe — falei severa. — Eles se merecem, são iguais. Eles tinham aceitado que matassem o senhor para viajarem em busca de fortuna. Tudo estava pronto, partiram rápido demais para quem tinha de arrumar tudo. Seriam ingratos...

— Foram ingratos, Eshe — corrigiu-me tio Pepe. — Foram ingratos. Não é porque salvei minha vida que a atitude deles mudou. Eu sei. Dói reconhecer isso em criaturas que eu vi nascer, mas é um fato.

— E as meninas? — indaguei.

— Cuidaremos delas — confirmou tio Pepe. — Alá não as mandaria para nós se não confiasse que podemos ajudá-las.

Respirei aliviada. Apesar do susto inicial, tio Pepe agira conforme eu esperava. Seu bondoso coração não se fecharia para as meninas da tribo.

Mas as velhas não foram tão compreensivas. Foram intolerantes. A matéria oferece muitas ilusões, e a aparência talvez seja a maior delas. Afoitamente julgamos o que vemos, deduzimos ideias mais rápido do que um piscar de olhos. Elas estão latentes, jazem nas profundezas de nossas mentes. Foram aprendidas ao longo dos séculos pelos diferentes "eus" que fomos. Pensamos que tudo está esquecido, não é verdade. A poeira dos tempos encobre apenas os fatos. A barreira do esquecimento não é absoluta nem impenetrável, apenas uma benévola proteção do amor divino.

Eu, acostumada à companhia de tio Pepe, carregava a concepção de que toda pessoa idosa ou doente é paciente, tolerante, sábia, indulgente e amorosa com os mais jovens.

Que engano! Conhecia as velhas, é claro. Corrijo-me: eu via as velhas. Ver não é sinônimo de conhecer ou conviver. Eu as via pastoreando o rebanho, preparando chás, costurando tendas. Eram atividades pacatas. Elas andavam em bando, sempre juntas. Não se misturavam muito. Dei-me conta de que eram uma presença ausente. Um conceito dúbio, mas desconheço outro melhor para dizer que elas estavam fisicamente conosco, mas mental e emocionalmente distante. Algumas presas ao passado, cultivando lembranças, incluindo-se nisso mágoas e rancores; outras se imiscuíam na vida alheia, considerando a própria vazia, sem prazeres nem interesses. Esses estados, em verdade, misturavam-se em todas. Mas sobressaíam-se em algumas, por isso era mais fácil notá-los. Acrescenta-se a isso o medo da morte.

Fui procurá-las pedindo ajuda para cuidar das pequenas, não sabia o que fazer. Elas precisavam de uma mãe, e eu era uma adolescente inexperiente. Como poderia me tornar mãe de cinco meninas de uma só vez? Pedi-lhes socorro.

— O que você está dizendo? — indagou Rute, sonolenta, sentada em sua tenda enquanto bebericava chá. — As crianças voltaram? Que maldição! Mas o que estão pensando essas mulheres de hoje? Não conhecem seus deveres? Por que querem se livrar dos filhos? Mande-as de volta, é o melhor que tem a fazer. Elas incomodam, dão trabalho, precisam de muito cuidado. Não, não, eu não preciso disso. Estou velha, mereço descansar.

Desolada, procurei Zara, encontrei-a arrumando a tenda, devagar, arrastando os pés quando andava. Um péssimo costume, que tinha o dom de tirar-me a paciência. O som de um andar arrastado irritava-me como o zumbido dos insetos noturnos.

— Enlouqueceram! — exclamou Zara, sentando-se pesadamente entre as almofadas e me encarando. — O que eles pensam que podemos fazer? Somos mulheres velhas e sozinhas. Só desejamos da vida sossego e paz para o fim de nossos dias. Aceitamos a solidão que nos impuseram. Mas sei muito bem que eles, os mais jovens, nos consideravam um fardo. É, sei disso. Como podem lançar sobre nossos ombros cansados mais esse peso? Não, não, isso não é bom. Leve-as de volta à tribo. Não podem estar tão distantes assim...

— Mas não sei para onde Daros conduz a tribo — respondi. — A senhora sabe? Se eu levá-las de volta para o deserto sem rumo, o provável é que morreremos de sede ou insolação, qualquer um sabe disso.

— É — concordou Zara. Com o semblante fechado, a face ficava ainda mais enrugada e vincada. — Então vamos pensar.

Suspirei, talvez houvesse uma esperança. Ao cabo de alguns instantes, ela tornou a falar, com alegria:

— Vamos vendê-las! Será bom para todos nós. Elas ganharão uma casa que as abrigue e nós teremos dinheiro, que na nossa idade é muito necessário. O futuro é sempre incerto, no entanto, o dinheiro o torna mais fácil.

— Que horror! Você está condenando as meninas da tribo à prostituição. Sabe muito bem que são eles, os donos de casas de prostituição, que compram meninas. Todo mundo sabe que elas vivem horrores nas mãos dessa gente — protestei, indignada.

As duas outras visitas não foram diferentes, apenas acrescentaram elementos contrários à presença das meninas. E, tal qual um hino, repetiram-se os argumentos e sugestões para mandá-las embora.

O sol despontava iluminando o dia. Olhei para fora e lembrei-me da conversa que tivera com Muna sobre o sabor incomparável do sol. Resolvi descansar. Despedi-me das velhas. Confesso que sacudi o pó das sandálias na saída de suas tendas. Isso significava que eu não desejava levar nada daquele encontro. Era um gesto de educado desprezo. Era o bastante para dar a conhecer a minha indignação e repúdio ao que ouvira.

Quando retornei à minha tenda, as meninas dormiam aconchegadas umas às outras. As menores agarravam-se às maiores em um pedido inconsciente de amparo e proteção. Comoveu-me vê-las daquele jeito, os rostinhos marcados pelo medo, sujos com o pó do deserto. As lágrimas tinham traçado uma rede em cada bochecha.

— São minhas! — declarei solene, reconhecendo que me era impossível largá-las à própria sorte, mais correto seria dizer azar. — São a minha tribo! A tribo de Eshe. Seja como for, ficarão comigo. Dividiremos o alimento e tudo dará certo. Como diz tio Pepe: nada nesta vida está fora do lugar. O lugar delas deve ser aqui, comigo. O porquê disso somente Alá poderá me dizer um dia. Danem-se as velhas!

Coloquei em prática desde aquele minuto a lição de tio Pepe: faça o que está ao seu alcance e de acordo com a sua consciência. Para isso, não peça permissão nem preste contas a terceiros. É uma questão entre você e o Criador.

Recebi as meninas e aceitei tornar-me a mãe de todas. Muito agradeci no longo futuro que tive à frente por haver decidido aceitá-las. Minhas filhas adotivas foram bênçãos na minha vida.

10
Mais crueldade

Sentei alguns minutos e fiquei observando-as, recordando que me aproximara delas para ensinar-lhes a não aceitar que as agredissem. A vida me dava o que eu pedira. Só tinha que agradecer ao Criador. As cinco meninas naquela situação não era o que tinha imaginado, mas sim o que eu tinha pedido. E Ele as dava para mim na melhor condição possível para cumprir meus propósitos: estava em minhas mãos a tarefa de educá-las.

Meu pensamento ligava-se à vida superior com facilidade, o que me fazia grande bem. Senti uma calma profunda, uma certeza inabalável de que tudo daria certo, senti-me uma leoa africana — capaz de qualquer coisa para proteger meu bando; eu era a fêmea alfa, ali todos dependiam de mim. Estranhamente, isso não me assustava. Ao contrário, agradava-me, fazia-me feliz por ser útil e acima de tudo porque me dava uma liberdade que pouquíssimas mulheres do deserto tiveram.

No entanto, a liberdade sempre vem acompanhada da responsabilidade. Velhos e crianças precisam comer. Lancei um último olhar às minhas meninas e fui verificar o rebanho que Daros nos deixara.

Choque, espanto e raiva rugiram dentro de mim tão fulminantes, que me fizeram cair de joelhos diante do cercado em que estava a porção do rebanho da qual deveríamos tirar nosso sustento.

— Miserável! Mil vezes miserável! Demônio! Infeliz! Desgraçado! Que todas as pragas do Egito o atinjam, miserável! — gritei, entre lágrimas, contemplando muitos bodes e duas cabras velhas e doentes. Deixara-nos também dois cavalos razoáveis e um camelo.

— O que posso fazer com esses animais? Não teremos leite... Essas cabras estão... velhas, nem sei se ficam prenhas... Alá, me ajude! — implorei.

A raiva dominava-me, Daros entregara-nos a um destino semelhante ao que condenara as meninas. Ele não pretendia cumprir o trato. Tirava-nos a principal fonte de alimento: as cabras. Não tínhamos leite, nem queijo, nem coalhada, nem mingau. Apenas poderíamos matar os machos e comer a carne, que era pouca. Se ao menos fossem cordeiros...

O sangue fervia em minhas veias. Aos pensamentos raivosos, cheios de desejo de vingança, intercalavam-se a preocupação com a necessidade de alimentar as pessoas que estavam comigo e pragas contra Daros.

Mas houve um instante em que calei todas as pragas e segurei a raiva em minhas mãos. O dia amanhecia e logo as crianças pediriam leite. Conscientizei-me de que aquele era o presente e no que eu devia me concentrar. Estranhamente parecia que eu falava com alguém invisível que, com muita dificuldade, conseguira se fazer ouvir no caos da minha mente. E, de fato, alguém me acompanhava.

— O que eu faço? — murmurei ao vento, pois percebia alguém invisível ao meu lado e confiava que obteria respostas.

Meus pensamentos organizaram-se, as emoções serenaram, recuperei o foco do presente. Vi com clareza a questão. Logo, surgiram-me ideias. Depois, muito depois, quando revi aquele momento, já desencarnada, identifiquei minha boa e velha amiga Safia[2].

— Seja humilde, Eshe. Reconheça a necessidade de pedir ajuda e faça isso objetivamente, pedindo o que deseja à pessoa certa. Você precisa alimentar a "sua tribo", como os chamou. Precisa de leite. Lembre-se onde viu esse alimento em abundância.

Notei um leve roçar na minha testa, como se uma mão pousasse suavemente. Automaticamente, levei a minha mão ao local. "Leite, leite", pensava quase em desespero. De repente, ao tocar a testa, lembrei-me de Muna, da casa de pedra e da enorme quantidade de leite que havia lá.

— É isso! Pedirei ajuda a Muna.

---

2 Referência ao personagem Safia do romance *Em tempos de Liberdade*, publicado pela Editora Vida & Consciência.

Esqueci-me de Daros, dos bodes, da raiva, das pragas. Corri até a casa de pedra.

Afogueada, invadi a casa e apenas cuidei que a mulher gorda não estivesse na cozinha. Encontrei Muna em seu quarto, sentada ao lado da janela. Ela voltou-se assim que ouviu o ranger da porta, entreaberta como sempre. Notei que estava mais corada, a pele e os cabelos recuperavam o brilho. Timidamente, Muna sorriu e disse-me:

— Eshe! Que bom que se lembrou de voltar!

— Eu prometi, não foi? — respondi e, sem cerimônia, sentei-me na cama. Estava exausta.

— Sim, mas disse que voltaria no outro dia — lembrou-me Muna, com leve censura na voz. — Mas eu a via correndo e brincando com as outras crianças. São belas crianças. São da sua tribo?

— É, são! Agora mais do que antes — respondi, recuperando o fôlego.

— Por quê?

— É que agora elas são a minha tribo e não da minha tribo, entende? — e relatei tudo que tinha acontecido.

— Deus! — exclamou Muna, espantada. — Que coisa horrível! Como pôde o seu irmão fazer isso? Quantas crianças ele abandonou?

— Cinco meninas.

Muna balançou a cabeça em desaprovação.

— É horrível ver como usam as fêmeas! É tão desrespeitoso, fico indignada! O único pensamento é usar e descartar quando elas não têm "utilidade" para suas vontades e negócios. Tratou as meninas e as cabras com o mesmo pensamento: as cabras eram úteis, por isso as levou; as meninas ainda são peso inútil, por isso abandonou-as no deserto. Seriam mais úteis mortas. Eu abomino essas condutas...

Gratamente surpresa, ouvi Muna. Eu começava a entender a verdade contida em suas palavras. Nossa cultura tribal valorizava pouco o feminino, mas Muna não pertencia a ela. Mesmo assim, entendia corretamente os fatos. Então, não eram as mulheres nômades as privilegiadas com aquele tratamento.

— Você tem razão. Senti isso, mas não tinha entendido — declarei, baixando a cabeça. — Ocupei-me com o imediato e esqueci-me do resto. Muna, preciso de leite para as meninas. Você pode me ajudar, me dar esse leite, até que eu e tio Pepe consigamos resolver o problema? Sou sincera! No meu desespero, lembrei-me da sua cozinha cheia e decidi vir pedir-lhe ajuda.

Muna olhou-me séria. Levantou-se com certa dificuldade, estava fraca e andou até mim. Acariciou meus cabelos revoltos, as tranças tinham desmanchado na corrida. Seu toque era suave e terno. Por instantes, fez-me lembrar de minha mãe.

— É claro, Eshe! Eu a ajudarei e quero conhecer a tribo. Anísio levará tudo o que precisa. Vamos, ajude-me a ir até a cozinha. Separaremos os alimentos para vocês.

Ergui a cabeça e a encarei sorrindo, agradecida e aliviada. Lépida, atendi ao seu pedido e, com calma, a conduzi à cozinha. Ela falara em Anísio, mas eu nem perguntei de quem se tratava.

Experimentando pela primeira vez a justa satisfação com o poder de solucionar problemas, ajudei Muna a encher vários sacos com diferentes alimentos: farinha, gordura, leite, vinho, frutas secas, queijo, pão. A cada coisa que colocava nos sacos, perguntava-me:

— Sua tribo gosta disto?

E eu olhava e respondia sim ou não.

— Muito bem — incentivava-me ela. — Isso é o certo.

— O que é o certo? Não entendo do que está falando, Muna — retruquei.

— Estou falando sobre dizer clara e francamente do que gosta, do que precisa e do que não gosta, ou não precisa, ou não quer. Sabe, as pessoas têm apenas dez dedos, segundo a sabedoria de Deus, nosso criador; mas, por sua burrice, enchem-se de mil dedos, e no fim nenhum serve para nada. Ficam tão preocupadas com eles que esquecem o principal: usar o necessário, com toda a simplicidade e clareza que a vida deu. Você está fazendo isso e eu a admiro. Você veio me pedir o que precisa e está aceitando o que lhe será útil, não simplesmente tudo que eu queira lhe dar. Há pouco, você disse não para um alimento que ofereci. Isso está certo, pois vocês não comem aquele tipo de alimento, então, ainda que eu estivesse dando com todo o prazer do mundo, você teria dificuldade em receber, pois pensaria: o que faço com isto que ela me deu?

Muna, então, sorriu e disse:

— Quero lhe propor algo, Eshe. Vamos manter nossa relação assim: você tem toda a liberdade de pedir-me o que precisar e de se negar a receber algo que eu queira lhe dar, mas que não servirá para nada além de incomodá-la. E eu poderei negar-lhe algum pedido, e aceitarei de volta o que você não quiser que eu lhe tenha dado. Nenhuma dessas atitudes poderá causar danos à nossa amizade, certo?

Olhei Muna e sorri abertamente, balancei a cabeça afirmativamente:

— Você é inteligente, Muna! Muito inteligente e bonita. Por que vive encerrada naquele quarto?

— Ei, ei, mocinha, acabamos de combinar que a nossa amizade não seria feita de melindres, mas que se apoiaria na sabedoria de receber e dar — advertiu Muna, retomando a expressão fechada e pesada que a caracterizava desde que a conhecera.

— Eu apenas fiz uma pergunta — defendi-me.

— Informações também são dadas e recebidas, caso ainda não tenha notado — advertiu-me, mantendo o semblante fechado. — Exigem a mesma arte que as coisas materiais, ou até maior. Se eu me puser a falar sobre assuntos que não lhe interessam, você terá dificuldade em receber o que estou dando; e se você quiser ser informada de assuntos sobre os quais não quero falar, terei dificuldade em receber o que está me dando. Viu como é difícil dar qualquer coisa, principalmente informações? Exige respeito ao outro. As pessoas brigam muito, Eshe, e um dos motivos é não saber respeitar-se nem respeitar o outro. Os limites das relações entre as pessoas são invisíveis, estão dentro de cada um.

Infelizmente, elas olham pouco para si mesmas e, a contar pelo número de cercas, muros e muralhas que se erguem todos os dias delimitando a propriedade alheia, não conseguem respeitar senão construções feitas de pedra.

— Desculpe-me — pedi com sinceridade, entendendo que minha bisbilhotice, um traço ainda infantil, podia ferir —, você está certa. Foi um comentário que fiz sem pensar.

— Está bem, eu a desculpo. Agora me diga: isto basta por alguns dias?

Sobre a mesa havia sacos e jarros repletos de alimentos que eu precisava e aprovava.

— Sim, é claro. Tenho certeza de que tio Pepe conseguirá encontrar soluções. Mas ele está doente, não queria pressioná-lo com a fome dos velhos e das crianças. Aliás, eu também não conseguiria pensar. Só pensaria no problema, e não na solução. Por isso, vim pedir-lhe ajuda. Que Alá, o misericordioso, a proteja e abençoe.

Muna meneou a cabeça e comentou:

— Obrigada por suas preces, Eshe. Eu não conheço muito da sua religião, é nova, não é verdade? Mas faça bom uso do que lhe dei e estarei satisfeita e abençoada. Ser útil me fez bem, já me abençoou com a sua confiança e exemplo de humildade. Agora, espere aqui. Não se assuste se Yona voltar antes de mim. Vou procurar Anísio e mandar que a acompanhe até a sua tribo.

Concordei com um gesto de cabeça. Com passos lentos, Muna moveu-se em direção oposta ao corredor, e foi então que notei que a casa tinha cômodos paralelos à cozinha.

— Como é grande! — murmurei espantada.

A curiosidade falava em meu pensamento: o que será que tem lá? Por que Muna não me levou?

Mas, logo, objetos e móveis que eu não tinha notado nas outras visitas chamaram minha atenção. Vi cereais, mel, comida, muita comida. Sorri satisfeita por Muna ter partilhado a fartura comigo.

Um grito de espanto vindo da entrada da cozinha assustou-me e olhei para a porta.

— Ah! É você — falei com intimidade. Para mim, Yona era a mulher gorda que eu conhecia e cujo comportamento eu observava há meses. Era conhecida.

Mas ela estava assustada comigo, eu era estranha e beduína. Algumas pessoas tinham um medo supersticioso de nós, especialmente das mulheres, por causa da leitura das mãos e das muitas videntes, comuns em nosso povo.

— Acalme-se — falei. — Vim pedir ajuda a Muna. Ela foi chamar um homem, se não me engano o nome dele é Anísio, e pediu que eu a avisasse.

— Jesus Cristo! Isso não pode ser verdade! Muna não sai do quarto há muito tempo... Você a enfeitiçou! É uma bruxa! — acusou-me.

Sorri divertida com a reação exagerada da mulher gorda. Eu sabia o seu nome, mas não conseguia pensar nela como Yona. Era a mulher gorda.

— Nada disso, eu apenas conversei com Muna — respondi. — Achei que fazia muito tempo que ela não saía, mas não fazia ideia do quanto. Olhe, fique calma. Eu apenas vim pedir comida. Se quiser, posso aguardar no jardim.

— Você falou o nome do homem que Muna foi procurar, repita — ordenou a gorda, olhando-me séria.

— Anísio — informei.

— É milagre! — gritou a mulher, caindo de joelhos sob o batente da porta e juntando as mãos em frente ao peito. Começou uma ladainha numa língua que eu nunca tinha ouvido antes.

Olhei-a com redobrada atenção. A expressão do rosto estava transfigurada, havia um brilho doentio de medo no olhar. Vez ou outra, ela vacilava na prece, o que me levou a pensar que era decorada e ela não conhecia o significado do que dizia, apenas repetia. A voz era exaltada, mas inexpressiva, não canalizava nenhuma emoção.

Tive piedade dela, imaginei o quanto devia se sentir perdida e sozinha no mundo, sem um ser superior que amasse e com quem mantivesse estreita amizade. Não é à toa o medo que brilha em seus olhos, pensei. É consequência direta de ignorar sua origem, de não saber onde estava e de não se sentir nem amada, nem protegida. Se ela não fala com quem lhe deu a vida de maneira simples e natural, não tem intimidade com Ele. Se O teme, pior ainda, pois então terá medo de tudo sem controle. Como se sentir segura se, no íntimo, se reconhece como alguém perdida e sem identidade?

— Pobre gorda — murmurei e, movida pela piedade, a deixei.

Aguardei Muna e o homem que ela fora chamar próximo do jardim. Sentei-me no chão, à sombra de um arbusto, e fiquei contemplando o céu. Agradeci ao Criador por ter conseguido superar a primeira dificuldade gerada pela ação de Daros.

11
Um grande amigo

Passou-se algum tempo, não sei precisar quanto. A mulher gorda, tão logo terminou a prece, levantou-se apressada e, ao ver que eu estava no jardim, bateu a porta com força. Um leve movimento na janela denunciava que me espionava. Sorri e balancei a cabeça, divertia-me o seu medo supersticioso.

Porém, a manhã avançava e a demora de Muna começava a preocupar-me. As meninas e tio Pepe necessitavam de mim e dos alimentos.

A experiência de sentir-se útil faz maravilhas pelo ser humano, amadurece bem mais do que a dor, pois impulsiona o trabalho e a inteligência. Sentir-se produtivo faz girar a roda da evolução com o lubrificante da alegria, da satisfação. Os pés ganham asas, e a existência torna-se leve.

Eu já não era mais uma adolescente. Meu corpo ainda guardava aquele misto de contornos infantis e ensaio de curvas femininas adultas, mas minha mente vencera as barreiras da perturbação reencarnatória e minha personalidade imortal se mostrava.

Com alívio, vislumbrei a figura trôpega, pela fraqueza e isolamento, de Muna. Vinha amparada pelos braços de um homem adulto, forte, trajado com roupas rústicas. A distância não me permitia ver seus traços, apenas formava uma imagem geral. Ele andava tranquilo, a passos lentos, acompanhando a senhora.

Conforme se aproximavam, reparei que, diferente da mulher gorda, aquele homem agia com naturalidade, embora não escondesse o brilho de alegria nos olhos por ver Muna fora do quarto escuro. Inclusive, parecia, pela atitude que ele adotou, que era comum vê-la caminhando nos jardins àquela hora.

Quando eles estavam mais próximos, pude avaliá-lo. Ele tinha os cabelos grisalhos, o rosto marcado por suaves linhas de expressão, a pele morena, traços tipicamente gregos. O que estaria fazendo ali? Perguntei-me, curiosa.

— Olá, menina! — saudou-me ele. — Muna está cansada, busque uma cadeira na cozinha, está bem?

Virei a cabeça em direção à casa, a porta continuava fechada. Voltei a olhar para Anísio e Muna, mas, antes que eu dissesse qualquer coisa, ele comentou rindo:

— Não dê importância à rabugice de Yona. É uma boa mulher. A porta deve estar aberta, tente!

Simpatizei com Anísio e seus modos francos, diretos e amistosos. Inspirou-me confiança. Obedeci a seu pedido sem dar-me conta do que fazia, era simples e natural que fosse assim.

A porta realmente estava aberta, mas era muito pesada e fiz força, muita força, para abri-la. Fiquei tonta por um instante, mas insisti.

A mulher gorda, de costas para a porta, limpava alguns legumes de um cesto que colocara sobre a mesa, ao lado dos alimentos que Muna me dera. Moveu rapidamente a cabeça e, assim que me viu, seu olhar mudou. Tive pressa em acalmá-la não por medo que me fizesse algum mal, mas por piedade. Eu me apiedava com facilidade das pessoas dominadas pelo medo, um sentimento que considero difícil de ser dominado, e as emoções que brotam dele carregam sensações profundamente desagradáveis.

— Não se preocupe, Yona. Foi Anísio quem mandou buscar uma cadeira para Muna descansar no jardim — revelei, com voz pausada, demonstrando calma e segurança. Desejava contaminá-la com tais sentimentos e atitudes. E continuei informando: — Vou pegar e vou embora.

Coloquei minhas palavras em prática. Ela olhava-me, temerosa. Relaxou quando percebeu que eu cumpria o que dissera.

— Vá! — disse Yona, e sua voz soava sem notas de medo ou raiva.

Achei melhor não responder, fechei a porta e levei a cadeira. Anísio, assim que me avistou, aproximou-se e carregou a cadeira. Caminhamos lado a lado em agradável silêncio.

Ele acomodou Muna e sentou-se no chão em posição oriental. Imitei-o. Adorava sentar no chão, descontraía-me.

— Anísio — chamou Muna. — Esta é a pequena Eshe. É minha amiga, por isso, cuide muito bem dela. E não se iluda: as aparências enganam. E no caso de Eshe, essa antiga sabedoria é a expressão da verdade. Esta menina é uma sábia mulher do deserto.

Anísio, com toda a calma do mundo, analisou-me com olhar franco e direto. Lembrei-me das minhas meninas, elas também agiam daquela maneira: se algo as interessava, olhavam direto e com toda a atenção, sem pressa. Fiz o mesmo e o vi sorrir apreciativamente. Quando concluiu o exame, inclinou a cabeça, respeitoso. Era a sua maneira de cumprimentar-me. Sorri e comentei:

— Gostei de você, é fácil ver o que está pensando ou sentindo. Gosto muito disso. Meu tio Pepe é assim. Sei o que ele pensa ou sente apenas pela maneira como acaricia meus cabelos. É bom conviver com pessoas assim. A confiança é natural e segura. Não gosto de gente hipócrita, nem fingida.

— Hum! — murmurou Anísio, tratando-me como se eu fosse uma criança sagaz, mas, mesmo assim, a surpresa era cristalina em sua expressão. — Concordo com você, Eshe. Temos o principal para sermos bons amigos, nos entendemos sobre um ponto importante: não gostamos de hipocrisia.

— Ótimo — respondi e dirigi-me para Muna: — Será que podemos ir agora? Prometo que volto ainda hoje, apenas para conversar com você. Mas estou preocupada... ansiosa para ser honesta! Não sei como a tribo acordou. Não quero que se desesperem.

— Eu entendo — falou Muna. — Você tem motivos de sobra para estar ansiosa. É claro que podem ir.

Muna ordenou com naturalidade:

— Anísio, busque uma carroça, carregue as cestas e sacos com os alimentos que estão sobre a mesa da cozinha. São presentes meus para a tribo de Eshe. Essa menina fez-me grande bem, retribuir é um prazer. A gratidão é um sentimento bom de experimentar. Já tínhamos conversado sobre isso, lembra?

Anísio balançou a cabeça e encarou-me curioso, porém nada disse. Respondeu simplesmente:

— Sim, eu recordo. É uma parcela de amor, a meu ver. Os ingratos não amam nada nem ninguém além deles mesmos...

— Os ingratos são também egoístas? — indaguei, interessada no assunto.

A descoberta de que nem todos da minha tribo eram perfeitos e bons despertara meu interesse em conhecer as ações e reações humanas.

— São — respondeu Anísio. — O amor que possuem ainda é insuficiente para que possam doá-lo a outras pessoas. Vivem pensando que são a parte mais importante do mundo. Não reconhecem que não podemos viver sozinhos. Dependemos uns dos outros, portanto, ser grato é intrínseco.

— É o quê? — perguntei. Não tinha entendido a palavra.

— É algo que faz parte, que está num local profundo dentro da gente, é como se fizesse parte da nossa natureza — explicou Muna, intervindo na conversa.

— Ah! — disse.

Pensei em Daros e em suas ações recentes. Ele era egoísta, ingrato e cruel, mas continuava sendo meu irmão. Não nego que uma sensação desagradável e indefinível, misto de muitas emoções, me atingiu.

Anísio sorriu. Aliás, ele sorria sem cerimônia. O sorriso era franco como o olhar, não escondia a imperfeição dos dentes. Expor com tamanha aceitação a imperfeição fazia com que ela não chamasse atenção. Sumia na beleza do sorriso.

Ele balançou a cabeça, ergueu-se e dirigiu-se à casa de pedra. Colocou junto à parede "meus presentes", como denominara Muna. Depois de largar ali o último saco é que Anísio dirigiu-se ao galpão, onde estavam as charretes e carroças. Minutos depois, saiu de lá conduzindo uma carroça grande, puxada por dois bois fortes.

— Pronto! — exclamou Muna. — Anísio pensa em tudo!

— É mesmo — concordei. — Que bom! Eu não tinha pensado em como seria carregar tudo até o acampamento.

Sinto-me tão aliviada com a ajuda que você me deu, que, sinceramente, não tinha pensado em quão penoso seria.

Anísio parou a carroça, carregou tudo, olhou-me e convidou:

— Venha, menina! Diga-me: onde fica o seu acampamento?

Feliz, aliviada, satisfeita comigo e com as pessoas ao meu redor, abracei Muna, beijei-lhe as faces e agradeci pelo generoso auxílio.

— A felicidade é maior para quem dá, Eshe. Mas eu tenho consciência de que isso — apontou a carroça carregada — é apenas retribuição. Você me ajudou muito mais.

— Que é isso, Muna? Nós apenas conversamos...

— Sim, e suas palavras despertaram a minha vontade de viver. Você é uma criatura muito sábia. Será uma mulher fabulosa um dia. Espero que não se arrependa. O mundo precisa disso.

Fiquei constrangida com o comentário de Muna. Senti uma vergonha desconhecida, a sinceridade da declarada admiração me fez sentir pequena. Havia, em um lugar secreto do meu ser, a lembrança, a imagem de mulheres verdadeiramente sábias, fortes, determinadas. Eu ainda precisava libertar-me interiormente para pensar em aproximar-me desse ideal. Eu não era boba nem simplória, sentia-me forte, destemida, enxergava a vida com alegria e disposição, mas ainda estava distante do meu modelo.

— Concordo com você, Muna. O mundo precisa de mulheres melhores, precisa que elas mostrem sem medo a força que possuem, as suas capacidades e, acima de tudo, precisa que elas valorizem a si mesmas. Ninguém valoriza o que o dono não valoriza, é uma regra do comércio, tio Pepe vive falando nela. Vejo mulheres que não se dão valor, permitem que lhes cuspam na cara, aceitam ser maltratadas, aceitam uma mordaça invisível que protege seus agressores. Elas choram sozinhas e lambem suas feridas longe do olhar dos outros. Isso piora tudo. Longe das demais pessoas é que corremos o risco de perder a nossa humanidade. Adoecem.

Que filhos darão à vida? Elas pensam que dão filhos ao marido, mas nós pertencemos à vida antes e acima de tudo. Eu estou me esforçando, um dia serei uma velha sábia — enquanto retrucava o pensamento de Muna, imagens de Rana, das mulheres da tribo trabalhando da manhã à noite e, por fim, das velhas intransigentes e intolerantes formaram-se na minha mente.

"São todas doentes", pensei. Isso explica um pouco dos acontecimentos e de como os fatos se repetem.

Notei o olhar atento de Anísio sobre mim. Sorri e abracei Muna com todo o carinho que era capaz de sentir naquele momento.

— Obrigada! — agradeci.

Alcancei a carroça com poucos passos. Subi e sentei-me no banco tosco ao lado de Anísio. Ele movimentou as rédeas, as rodas rangeram e os bois puxaram lentamente a carroça. Observei a reação de Anísio, ele limitou-se a sacudir as rédeas e gritar alguns sons de estímulo aos animais. Intimamente aprovei-o, mais uma vez. Não suportava maus-tratos a nenhum ser vivo. Suspirei alto, chamando-lhe a atenção.

— Está com pressa? Lamento, mas não gosto de bater em animais. São ótimos bois, espere alguns instantes e eles andarão mais rápido — confortou-me Anísio, supondo-me aflita.

— Não, não é isso. É bem o contrário. Eu detesto que maltratem animais, tenho horror a cocheiros que vivem com o chicote no ar, estalando no lombo dos animais. Queria ver se fosse nas costas deles! O acampamento é perto. A ajuda deles em nos puxar até lá não tem preço, é valiosa demais. Não fossem os bois e a carroça, teríamos que fazer esse percurso várias vezes. Aliás, agradeço a sua ajuda.

— Eu obedeci ordens — lembrou Anísio.

— Sim, mas isso é verdade apenas em parte. Você pensou a melhor forma de cumprir a ordem, é isso que estou agradecendo: sua boa vontade em me ajudar.

Ele sorriu e ficou calado até chegarmos à tribo. Eu continuei falante, orientando o caminho.

Com o passar do tempo, descobri que Anísio, ao contrário de mim, falava pouco. Com ele aprendi a arte de ouvir e observar, e, acima de tudo, a sabedoria de agir com calma em qualquer situação. Ele era manso, uma característica que eu pouco conhecia.

Uma alma mansa é doce, serena, agradável. É alguém que educou-se a si mesmo, tornou-se senhor de si. A raiva é dominada, submete-se ao império da razão. Aliás, todas as emoções são sentidas, vividas, exteriorizadas de forma racional. Anísio ensinou-me que ser racional é diferente de ser frio ou egoísta. É tão somente usar a inteligência para dirigir a emoção e fazer boas escolhas. A maioria das pessoas ainda é dirigida pela emoção, por isso tanta barbárie. Crimes são cometidos por ciúme, por surpresa, por ira, no calor de paixões extenuantes. A vida doméstica é violenta porque é passional. Discussões bobas, por queixas do cotidiano, tornam-se causa de maus-tratos, de agressão física. Basta, por exemplo, alguém não apreciar um trabalho; em vez de dizer que poderia ser melhorado ou indagar os motivos do resultado insatisfatório tomado pela surpresa, que carrega em si um componente de raiva, a criatura age emocionalmente e diz: "porco(a), relaxado(a) etc". Agrediu a pessoa, não o ato ou a coisa em si, que realmente gerou a discórdia. Isso despertará emoções no outro, reações. Está pronta a confusão. Reina Éris, a deusa da discórdia.

Anísio conhecia Éris. Enxergava-a a enorme distância, tal qual nós, beduínos, enxergamos as tempestades no deserto — basta uma nesga escura no céu. O pomo de Éris[3] não o atraía, ainda que fosse do melhor ouro, deixava-o rolar no salão sem abaixar-se para apanhá-lo. Note, a discórdia é representada por um pomo rolando no chão, é rasteira e quem adere a ela precisa descer de nível.

3 Segundo a mitologia grega, Éris não foi convidada para o casamento de Tétis, mas compareceu e levou consigo uma maçã (o pomo) de ouro, que deixou rolar no chão no meio da festa, dizendo que ele pertenceria à mais bela das deusas presente. Estava lançada a discórdia que inicia a trama que culmina na Guerra de Troia.

Anísio sabia onde estava e não descia, igualando-se a alguém descomedido. "Quando o pomo da discórdia rolar no salão da sua vida, deixe-o no chão, não se rebaixe", ensinou--me ele em muitas oportunidades.

Por ter esse olhar tão atento ao comportamento humano, quando chegamos ao acampamento ele logo percebeu os sinais da passagem da discórdia. As velhas não aprovavam a permanência das meninas. Estavam contrariadas, irritadiças e desdenhosas. Mal me olhavam, com desagrado responderam à minha saudação alegre. Eu estava feliz por ter solucionado um problema, intimamente satisfeita com a descoberta da minha capacidade. Estranhei, porém não comentei.

Anísio deixou a carroça próximo à minha tenda. As meninas correram ao meu encontro, Ty vinha por último e mantinha o passo lento e a cabeça baixa. Diferente das outras, estava silenciosa. Percebi que algo não estava bem.

Abracei as pequenas agarradas às minhas pernas e contemplei Ty.

Anísio subiu na parte traseira da carroça e chamou-me:

— Eshe, vamos descarregar a comida. Pense e indague o que houve depois.

Ele falou tranquilo e firme. Nem pensei em discutir, tratei de carregar e armazenar os víveres doados por Muna.

Ao voltar para levar nova remessa, olhei-o e questionei:

— Como sabe o que eu estava pensando?

— Simples, reparei nos rostos, eles revelaram tudo. As crianças, à exceção daquela mocinha — e apontou Ty —, estão felizes e demonstram mais segurança e habilidade na sua presença. Era o que estava observando. Já nas senhoras... bem, é visível a contrariedade. Estão rígidas, semblante fechado, olhar sem brilho. É compreensível, já que crianças exigem paciência, um bem que frequentemente é raro na velhice. Elas desejam sossego e, onde há crianças, isso não existe. A vida pulsa com força nos pequenos e eles se tornam tiranos — Anísio riu.

Olhei-o e rimos juntos. Reconheci naquelas poucas palavras o mundo de dificuldades que me esperava, mas de que adiantaria chorar? Eu não abandonaria as meninas, tampouco deixaria as velhas. Tanto quanto as pequenas, elas não conseguiriam viver sem auxílio.

— Bem, bem! Então alguém terá de ter paciência nesse embate inevitável da vida que chega e da vida que se esvai — comentei. — Creio que seremos eu e tio Pepe.

Anísio balançou a cabeça, concordando, e entregou-me um jarro com leite. O cheiro do leite de cabra chegou-me às narinas, mas não franzi o nariz enojada. Fui indiferente. O que antes me desagradaria, agora não estragava minha felicidade. Eu tomaria o leite agradecida, sabia de antemão.

— Você é uma jovem muito inteligente — elogiou-me Anísio. — Sugiro que mantenha uma distância relativa entre elas e tudo ficará bem. A infância e a velhice têm muito a aprender uma com a outra, mas nem todos são alunos da vida, eis o problema.

— Não entendi o que disse, pode me explicar?

— Entre os velhos é comum a crença de que já aprenderam tudo, o que é um grande erro. As crianças, por outro lado, não se deixam ensinar porque também pensam que sabem ou querem descobrir sozinhas.

— Entendi! Não se deixam ensinar, não se permitem aprender.

— Exatamente. Uns porque viveram muito, outros porque viveram pouco, mas ambos são indóceis.

Pensei sobre o que ele dizia, gostei da sua forma de ver o episódio e das suas atitudes. Entretanto, as meninas cercaram-me, e a alegria com o cheiro do leite que vi em seus rostinhos empoeirados tirou-me a atenção da conversa com Anísio.

— Eshe, você trouxe comida! — exclamou Ty, aproximando-se. — Eu tinha certeza de que você conseguiria, nem por um instante acreditei na conversa de Zara de que morreríamos de fome sem os homens jovens e sãos da tribo.

Encarei-a séria, não era um momento para rir. Entendi que todos se sentiam abandonados, traídos, desprotegidos e fracos. Devia ser muito ruim.

— Eu trouxe, sim. E, além de comida, conquistei um amigo. Este é o senhor Anísio.

— O senhor vai vir morar com a gente, na tribo? — indagou Lia, sem disfarçar a esperança na voz.

Anísio ficou surpreso com o questionamento e, talvez entendendo o sentimento de abandono e medo como eu, ficou sério ao responder:

— Você gostaria que eu morasse na tribo, pequena?

Anísio cativou-me definitivamente naquele instante. Compreendeu que as meninas pediam carinho e proteção. Estavam alegres, é verdade, mas a carência espreitava por trás do brilho fugaz daqueles olhinhos brejeiros. Num piscar dos cílios, como se fosse um ato de teatro, a cena mudaria. Anísio entreviu e eu, com a respiração suspensa, observei sua conversa com Lia. Ela era insistente, curiosa e muito emotiva. Crises emocionais e de birra não faltavam! Era uma menina, somos assim. Os meninos são facilmente distraídos de seus interesses, mas não experimente fazer o mesmo com uma menina.

Ela afastou uma mecha dos cabelos castanhos, tão empoeirados que estavam duros, moveu graciosamente a cabecinha e, muito séria, respondeu cuidadosa:

— Seria bom ter um homem além de tio Pepe. O senhor sabe, ele está doente, não pode cuidar da gente. Mas... eu não o conheço. Veio com Eshe, é amigo dela?

— Amigo? Ainda não sei. Recém conheci Eshe, trabalho na casa de pedra, sou cocheiro, cuido dos bois, cavalos e camelos do senhor Nazim — informou Anísio, com calma. Aguardando outra pergunta.

— E por isso não pode ser amigo de Eshe?

— Não, pequena, de maneira alguma. Posso ser amigo de Eshe, de todos vocês, de quem eu quiser, mas para ser amigo é preciso tempo, é preciso conhecer, aprender a gostar para ter paciência com os erros, tolerar as coisas de que não gostamos no outro...

— É, mas muita gente não é nossa amiga porque somos beduínos. Minha mãe falava isso todos os dias — interveio Lia, séria.

Anísio riu com gosto da expressão séria da menina. Depois, voltou a encará-la, dizendo:

— Pequena, quando você crescer vai ser muito difícil conversar contigo. Você é muito inteligente, gosto disso — Anísio elogiou e, abaixando-se, fitou Lia. — Não se importe com as pessoas que não gostam de vocês. Valorize as que são suas amigas. Você nunca teve o que elas lhe negam, e nunca lhe fez falta. Talvez sua mãe valorizasse o que lhe faltava, não o que tinha, e por isso lhe disse isso. Mas deve compreendê-la. Por melhor que sejam, as mães também são humanas e erram.

Admirando a beleza e o encanto infantis de Lia, compreendi a extensão das palavras de Anísio. A mãe dela abandonara a filha, aceitando que o líder a abandonasse, valorizava o que não tinha, o que estava no terreno incerto e nebuloso do futuro. Talvez venha a ter, talvez não. Mas ela, assim como as outras mulheres da tribo, haviam se entregado à necessidade, sem qualquer domínio emocional. A ânsia do querer as cegara. A mãe de Lia ficara tão cega que não vira aquela bela criança. Não valorizara o afeto, o concreto, o real, o presente. Valorizara o imaginário, o futuro. Porta larga para uma vida delirante e insatisfeita.

— Lia, com o tempo é possível que Anísio se torne nosso amigo — falei, também me abaixando à altura dela e tocando-lhe o braço. — Ele não precisa vir morar aqui. Ele tem uma casa, um trabalho. Não é da tribo, sua vida é diferente da nossa. Mas podemos ser amigos e ele pode nos ajudar. Agora, faça-me o favor de buscar as outras meninas. Quero todas aqui.

Ela obedeceu-me de pronto e Anísio sorriu, aprovando a maneira como eu lidava com ela.

— Você é boa com crianças, isso é raro — disse-me.

— É, eu sei — concordei, recordando os gritos nervosos, quando não histéricos, de algumas mulheres da tribo com as crianças. — Elas precisam sentir-se seguras e, se confiam, tornam-se mais dóceis.

Ele meneou a cabeça concordando, depois contemplou a carroça, ainda com metade da carga. Suspirou, arregaçou as mangas e convidou-me:

— Vamos terminar o serviço?

Minha resposta foi acompanhá-lo.

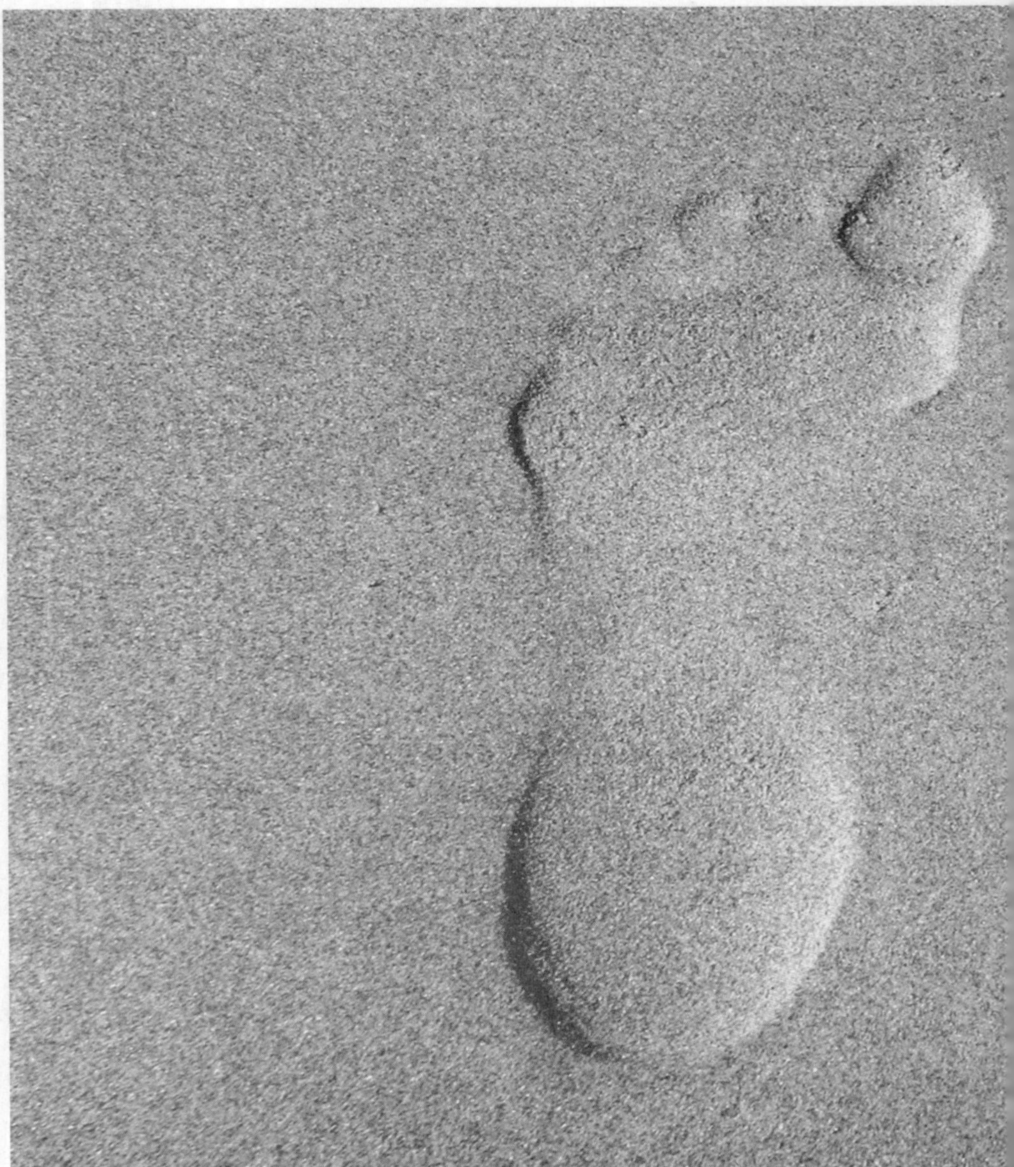

12
SEGUINDO EM FRENTE

A vida tem apenas uma seta que orienta o caminho e manda seguir em frente. Não importa o que se faça ou tenha feito de bom ou de mau, o fato é que é necessário prosseguir.

Pode parecer banal dizer isso. Afinal, quem não sabe que o tempo não volta? Mas já contou quantos adoecem por não aceitarem que, não importam os acontecimentos, é preciso seguir em frente?

Uns foram famosos, idolatrados, autoridades; outros perderam tudo, bens, afetos, posição social; uns viveram a ventura, outros a desventura, e muitos ficam remando em águas calmas sem se aventurar a buscar o novo, a ampliar os horizontes, levam a vida a brincar, gastando irrefletidamente as horas. Não importa, a lei é a mesma para todos.

O tempo passa e leva consigo simplesmente tudo. Se formos hábeis e inteligentes, retiraremos dele a experiência, o crescimento pessoal e a nossa felicidade e bem-estar. Se negarmos essa lei, adoecemos e arriscamos a própria lucidez em uma empreitada inglória, vivendo fora da época e da realidade em torno.

Eu carregava muitas experiências transformadoras. Desde o despertar doloroso como Dalilah até a encarnação ora narrada, muito vivi e aprendi. O momento era de libertação. Meus "eus" antigos habitavam comigo, nenhuma de nossas "personalidades" se apaga; elas se somam e se transformam. Vozes do passado ecoam em nossa mente como tendências, aptidões inatas, afetos ou desafetos instantâneos, ou traumas. Apagam-se fatos, superamos sentimentos e emoções destrutivos, apuramos a compreensão das leis da vida, melhoramos.

Os medos vencidos, e agora sob controle, davam-me prudência, faziam-me parar, pensar e agir. Disciplina e amor ao saber convidavam-me sempre a olhar mais além, a ter a curiosidade saudável da criança mantendo a mente aberta para aprender e ampliar minha consciência.

Cada vivência nova alarga nossa visão. Não precisa ser uma revolução, não; refiro-me às oportunidades singelas que a vida nos dá de mão cheia. Abrir-se, libertar-se, voar é uma escolha, tanto quanto encerrar-se em um mundo pequeno, limitado e triste. As vivências como Verônica acrescentaram-me muito, compreendi que a melhor lição — a mais bem assimilada — é aquela sentida na própria pele. Meu intelecto fora despertado e bem trabalhado, mas a transformação real veio com a necessidade de empregá-lo para encontrar forças interiores, fazendo brilhar a minha própria luz.

O Egito foi um abençoado berço para o meu espírito. A roda da evolução gira conforme a cultura, e muitos espíritos renascem com a tarefa de acelerar esse giro, ou seja, de transformar culturas. São os causadores dos escândalos necessários, os pioneiros, os reformadores, todos que impulsionam o progresso em qualquer área.

Por tudo isso, cada um de nós é o que é, e representa o melhor possível neste momento. É o rumo da seta.

Eu não alimentei a ira contra Daros e a tribo. Aquilo apenas consumiria energia, me desgastaria e amarguraria os meus dias. Sabia que o descomedimento emocional não me levaria a um bom resultado. Pés no chão, olhar ao longe, mirando o infinito, mãos ativas no presente, coração livre como o vento. Essa cantilena interior emergia de algum lugar do passado; eram os meus aprendizados ditando a conduta atual.

Assumi a direção da tribo. Meu compromisso maior era abrir-me ao outro, libertar-me de vez de um período infantil de desenvolvimento, no qual o mundo é limitado aos nossos próprios interesses e amamos pouco, apenas alguns familiares.

Amadureci a cada instante. A tarefa não era fácil, mas fazia-me feliz.

A saúde de tio Pepe, após o abandono de Daros, melhorou e estabilizou-se.

Ele sofria resignadamente, jamais ouvi de sua boca uma palavra de queixa ou um pedido para a vida explicar o porquê daquela longa e desgastante enfermidade.

— Alá permite — dizia-me, e com essas duas palavras calava qualquer resmungo que pudesse haver.

Eu e Zara estreitamos nossa relação. Descobri que por trás da rabugice havia uma guerreira cansada. Passados os primeiros dias de azedume, ela reergueu-se para minha felicidade. Estendeu-me as mãos e a sua longa experiência contada não pelas rugas de sua face, mas pela firmeza do olhar juvenil e saudável. Exultei. Aquilo facilitava o convívio e o bem-estar da minha estranha tribo.

— Daros levou as fêmeas. É, os homens são assim mesmo, Eshe. Não valorizam as fêmeas, mas sabem que não vivem sem elas. Podem não viver para elas, isso é bem diferente, mas que precisam não resta dúvida. Não há de ser nada. No comércio, ao menos aí, trocamos dois ou três machos por uma fêmea. Iremos ao mercado — decidiu Zara. — Com algumas cabras e um macho, logo teremos leite e aumento do rebanho.

Concordei com os planos dela e sugeri:

— Zara, o que você acha de fazermos uma plantação? Poderíamos cultivar trigo, legumes, frutas...

— Nunca plantei, Eshe. Não tenho ideia de como se faz uma lavoura, mas podemos aprender. Temos poucas ferramentas, não sei do que precisa, mas é algo bom, é possível, será útil...

— Vamos descobrir — declarei entusiasmada, lembrando-me da horta de Yona. — Vou conversar com Muna.

— A mulher que nos deu comida? — indagou Zara.

— Sim, ela mesma.

— Uma santa mulher! Que Alá, o misericordioso e benevolente, a ampare para sempre.

Muna tornou-se minha melhor amiga e benfeitora da minha pequena tribo. Naqueles últimos anos, tivera alguns períodos de tristeza e solidão, mas, em geral, estava bem. Tossia muito quando havia mudanças climáticas. Acompanhada de

Anísio, visitava-nos regularmente. Desenvolvemos uma relação benéfica a todos. Pepe encantava-a com sua sabedoria e simplicidade. Ele e Anísio tornaram-se grandes amigos. Tanto que, nos dias em que tio Pepe piorava, ele vinha ajudar-nos, passava as noites em claro, velando a cabeceira do doente.

Anísio soube de meus planos quando eu e Zara voltávamos do mercado, conduzindo muito satisfeitas duas cabras com cria. Eu tinha ojeriza a leite de cabra, mas olhava embevecida os úberes cheios dos pequenos animais e respirava aliviada. As meninas não passariam fome. Não teríamos fartura, mas teríamos o necessário. Minha mente, em prece, dava glórias ao Criador pela bênção recebida. Vez ou outra, eu escorregava nas tendências do passado e rendia louvores à mãe do céu.

— O senhor Pepe me disse que você deseja fazer uma horta. Posso ajudá-la, se quiser. Conheço agricultura, já trabalhei muito na terra e agora é o tempo certo para o plantio de vários legumes. Se quiser...

— Não precisa perguntar, Anísio, é claro que eu quero. É o melhor que temos a fazer para termos comida. Não podemos viver só de leite. Quando começaremos?

Ele olhou para o céu, calculando mentalmente por quanto tempo ainda teríamos a luz do sol.

— Hoje — respondeu Anísio, após um bom exame do firmamento. — Pedirei o arado a Muna. Tenho certeza de que ela nos ajudará. É um coração divino!

Mais tarde, no mesmo dia, ele retornou carregando o material para preparar uma horta.

— Vamos ver como é o solo perto de onde pastoreiam as cabras — anunciou Anísio, lançando sobre os ombros uma enxada.

Eu o acompanhei carregando um cesto com sementes, água e pão. O solo próximo ao deserto é pobre. Tínhamos uma boa fonte de água, mas estávamos longe dos melhores locais do Egito, longe do chamado crescente fértil. Nosso solo era arenoso, a vegetação era escassa, havia arbustos e gramíneas ressecados por pouca chuva. Mas, ainda que chovesse, o solo não retinha umidade.

Comentei isso com Anísio enquanto caminhávamos.

— E isso não a desanima, Eshe?

— Não. É preciso tentar, não posso desistir antes de ter tentado.

— Às vezes, é sábio não realizar um trabalho improdutivo — argumentou Anísio, sério.

— Concordo, mas como posso saber se será improdutivo? É preciso tentar, não lhe parece? — retruquei rindo. — O que pode acontecer de pior é não colhermos nada. Teremos despendido trabalho e sementes inutilmente. Mas não posso comer sementes. Ao menos, não estas — ergui o cesto indicando a que me referia. — Quanto ao trabalho... bem, aprendi com tio Pepe que o trabalho desenvolve nossa inteligência. Ele sempre diz que as beduínas são mais inteligentes que os homens porque trabalham mais. Quem trabalha pensa. Se as sementes não derem frutos, meu esforço será recompensado pelo acréscimo de inteligência que terei. E, além do mais, já estou ganhando, pois aprenderei algo que não sei. Se aqui não produzir, quem sabe se não precisarei desse conhecimento em outro lugar, no futuro.

Anísio riu, olhou-me com carinho, como um pai gentil, e falou:

— Menina inteligente! Ajudarei você. Venha.

Ele avançou por um terreno em que a gramínea era mais verde, e apontou a terra.

— Veja! Conhece-se um bom solo pela vegetação que o cobre. Estão bonitas, verdes, graúdas. Significa que o solo é rico e úmido.

Desceu a enxada dos ombros e apoiou-se nela por alguns instantes. Admirou as cabras que pastavam pelos arredores e completou:

— Os animais vêm para cá porque o alimento é bom. O interessante é que, quanto mais vêm para cá, tornam esse solo melhor, pois o adubam e o remexem com seus cascos. Isso faz nascerem germes, larvas, pequenos animais que o oxigenam e o tornam ainda mais produtivo.

Enruguei a testa, e observei a que Anísio se referia. Tinha uma lógica singular, e sorri.

— Bem, parece que a natureza enriquece cada vez mais aquele que já tem um pouco — comentei. — Aqui temos uma fração de terra boa e logo ali está o deserto. É fantástico!

— Jesus ensinava que, ao que mais tem, mais será dado e, ao que pouco tem, o que resta lhe será tirado. Quando aprendi isso no mosteiro, fiquei encantado com a forma como ele havia expressado uma verdade universal, que se observa em toda natureza. É algo simples como esse solo. Porque algumas cabras uma vez ficaram mais tempo sobre ele, adquiriu qualidades que apenas fizeram atrair mais cabras, que, por sua vez, acrescentaram-lhe cada vez mais fertilidade, até ele se tornar próprio para dar vida abundante, apesar de estar bem perto do deserto.

— O deserto é a parte da lição de perder o pouco que se tem — completei.

— Isso. Ninguém lhe tira nada, muito menos Deus. É ele que pouco tem, pouco oferece, pouco atrai, pouco retém e, por consequência, chega à exaustão, à improdutividade, à perda total.

— É interessante. Conheço pouco da sua religião, Anísio, mas admiro Jesus. Nós o aceitamos como um dos mestres. Você sabe, não é?

— Sim, Eshe. Converso bastante com Pepe, seu tio é um homem admirável. É muito raro encontrar por estas bandas, atualmente, fé e sensatez numa mesma alma. Ele as possui. Mas, vamos ver se toda a nossa conversa vai ser verdadeira. Precisamos encontrar pelo menos umas minhocas magras nesse solo. Se não, Eshe, eu a aconselho a nem ao menos cavar.

— E desistir antes de ter tentado? — perguntei indignada.

— É para isso que serve o conhecimento: para não perdermos tempo na vida com coisas inúteis. Se não houver vida neste chão, é perda de tempo lançar as sementes. Apreciei sua visão de ganhar inteligência, mas você já é suficientemente inteligente para aprender com uma boa teoria e uma pequena experiência. Não precisa mais calejar as mãos e desperdiçar horas importantes para descobrir o que os olhos poderão rapidamente ver e a mente deduzir.

Dizendo isso, ele voltou a erguer a enxada e golpeou algumas vezes o solo, cavando um buraco. Mostrou-me uma camada de areia misturada à terra e depois, um pouco mais fundo, uma terra escura e úmida, com pouca areia.

— Terra boa. Veja, as raízes dos vegetais descem para se nutrir.

Cavou mais um pouco e, exultante, apanhou uma minhoca da terra revirada.

— É vida! Podemos plantar.

Admirada, vi Anísio gentilmente largar a minhoca de volta no buraco e cobri-la com leve camada de terra.

— Não devo destruir o que não posso refazer, muito menos matar por nada um ser tão importante. O que ela faz eu não posso fazer. É melhor deixá-la trabalhar. É a sabedoria e vontade de Deus — explicou-me.

Ele lera minha surpresa com a sua atitude amorosa com a minhoca. Anísio lembrou-me tio Pepe. Ambos justificavam diferentes atitudes pela obediência à vontade do Criador. Aquela submissão reverente tocava-me o íntimo. Eram singelas e ternas, mas ecoavam em mim despertando sentimentos de religiosidade natural, longe dos templos, altares e sacerdotes. Vivências que me uniam a Deus, à vida e ao próximo.

Foi assim, com muita conversa e muito afeto, que nasceu a pequena horta. E eu aprendi a ser uma semeadora. Anísio ensinava-me a arte de cultivar.

Aquela foi uma época de muito trabalho físico e emocional. As meninas, naturalmente, passado o primeiro impacto, sentiram a carência, a falta da família, tiveram consciência do abandono. Descobri que dar-lhes comida, mantê-las vestidas e abrigadas era o mais fácil e simples, embora consumisse horas de labor incessante.

Difícil era dar-lhes suporte emocional e psicológico. A educação da alma, a formação do caráter, essa sim era uma tarefa árdua da qual eu não podia me descuidar. A necessidade afetiva das pequenas era tanta que brotou em mim um amor intenso. Mas eu reconhecia que o sentimento não era pessoal. Eu amava cada uma delas, é claro, de um modo especial.

Não aceito a ideia do amor único e universal pelas pessoas. Somos criaturas diferentes e despertamos sentimentos diferentes. Penso que cada um recebe o amor que desperta no outro, impregnado pelas características que lhe deu. Assim, em alguns ele é fraterno, doce, paciente, mas em outros pode ser frágil, leve como um roçar de plumas, delicado. Em outros, ainda, pode ser forte, intenso, à prova de tudo.

Era assim que eu as amava. Mas havia, além desse afeto pessoal, um amor à carência. Era a situação em si que me levava a amar e a doar-me, sem pensar ou questionar. Havia uma atração entre a necessidade delas e a minha capacidade de suprir.

Eu desconhecia a origem daquela capacidade. Mas, visitando o passado, localizo essa nascente na grande dor causada pela morte dos amores que experimentei como Verônica. Naquela existência, a carência era a minha sombra; eu oscilava entre o amor em abundância e a privação da companhia dos seres amados.

Renenet[4], grande orientadora, ensinou-me a buscar a fonte e a reconhecê-la em meu íntimo. Eu sabia amar, nunca mais precisaria sentir-me carente. Ela ensinou-me a fazer os cálculos da matemática divina, segundo a qual o que se divide aumenta. A multiplicação de alimentos, tantas vezes comentada pelos discípulos de Jesus, segue esta lógica: reconheça o que você possui, reconheça as necessidades dos que o cercam e distribua generosamente; dê mesmo todo o afeto de que se sentir capaz e o verá renovar-se e crescer a cada dia, tornando-se capaz de alimentar multidões.

Aquelas lições vividas junto dela, aprendendo a acolher o outro, é que dirigiam minhas ações como uma jovem mãe adotiva.

---

4 Personagem dos romances *Em busca de uma nova vida*, como a sacerdotisa Helena, e Renenet de *Em tempos de liberdade*, ambos publicados pela Editora Vida & Consciência.

O cansaço nunca foi empecilho para acolher as meninas. Eu e Zara trabalhávamos, e as meninas ficavam sempre ao meu pé. Não importava onde, bastava erguer a cabeça e olhar, que elas estavam próximas. Minhas meninas eram adoráveis, não reclamavam.

Todas as noites, Zara preparava o jantar. Variedade não era a especialidade, mas tínhamos o suficiente para dormirmos alimentadas e, ao cair da noite, nos ajoelhávamos para a última oração do dia. Isso era feito junto ao leito de Pepe. Ele era o xeique, o líder espiritual da tribo. Ajudava-me na educação das pequenas.

Nem por um só dia deixei de agradecer a Alá pela saúde e o leite abundante de nossas cabras. Depois da refeição, sentávamos ao redor da fogueira, éramos todas mulheres, cantávamos e dançávamos livremente.

Eu enfeitava meus cabelos com flores, colocava as joias de todas as velhas e vestia as roupas mais coloridas para dançar ao som do canto e das palmas ritmadas. Era assim que despertava nelas a alegria, o prazer, a liberdade de manifestarem e viverem coisas boas e simples. Dormíamos exaustas, felizes, e o sono era tranquilo, pois as mentes e os corações estavam em paz.

Foram lindos dias! Nosso reino era pequeno, pobre, mas feliz, saudável e belo. Havia poucas pessoas, tivemos desavenças iniciais, porém aprendemos a superar, a nos amar e nos aceitar como éramos e com o que tínhamos. A amizade era nosso maior tesouro.

Nosso rebanho prosperara, possuíamos várias cabras. O leite era abundante e todos os seus derivados enchiam nossa mesa. A horta mantinha-se fértil, conseguíamos sobreviver.

Nosso querido ferreiro foi o primeiro a morrer, ainda sob o impacto dos primeiros dias, apavorado com a crueldade de Daros em condenar, ou pensar que condenava, todos nós a morrer de fome sob o sol.

Aquela morte não teve tempo de ser chorada. Tínhamos necessidades enormes à nossa frente. A vida não nos permitiu parar, pensar, refletir; ela impôs seguir em frente e não olhar para trás. Entregamos a alma de nosso querido ferreiro ao cuidado das almas e tratamos, mais do que depressa, dos afazeres imediatos: cinco estômagos infantis precisando de comida para desenvolver os corpos, as velhas e tio Pepe, aos quais seria muito trágico e indigno morrerem de fome após uma árdua existência. Vinte e quatro horas por dia eu pensei em comida, em como alimentar a todos.

Anísio acompanhava meu cotidiano e me ajudava a cuidar da horta, regando a terra e olhando com ansiedade para ver brotar folhas verdes, indicando a germinação das sementes, e me ensinava:

— A paciência é a ciência de manter a paz em si, Eshe. É uma virtude que poucos reconhecerão. Ela é uma protetora do nosso interior. Quando temos paciência, acredite, estamos protegendo a nós mesmos. Vamos dizer que ela é a guardiã da morada da ira. Quando a paciência se vai, a ira se mostra. Ela é boa e necessária, mas é indomada na maioria de nós, por isso devasta além do necessário. E nem todas as pessoas são corajosas o bastante para viverem a ira. E, sinceramente, eu as compreendo, é um sentimento forte. Mas, expresso ou não, o fato é que basta sentirmos — e todos somos capazes disso — para experimentarmos seus efeitos, que podem nos fazer adoecer. Por isso, a sabedoria divina colocou a paciência guardando a toca da ira. A paciência é mansa, é dócil, é suave, convida à calma, à compreensão nos desacertos com os outros. E também nas horas difíceis, quando a ira é provocada pelas necessidades que enfrentamos, a paciência é a lembrança de que somos humanos, e não animais. Os animais não têm paciência, agem por instinto. Nós podemos pensar e escolher. Tal qual eles, quando temos fome a ira ruge, impulsionando-nos a atacar o ambiente em busca de comida ou do que carecemos. Mas não é sábio ceder. Podemos enveredar por um caminho marginal, no qual teremos muito mais a lamentar do que a carência de algo material, pois perderemos a nós mesmos, afastando-nos da nossa essência moral. Há semanas regamos este solo com paciência, aguardando que brotem as sementes. Veja, a paciência nos protege: evita que o descontrole emocional aumente nossas dificuldades, gerando doenças e mal-estares, evita que percamos o senso moral. Por não entenderem o valor da função protetora da paciência em nós é que algumas pessoas se irritam e criticam comportamentos pacientes. Você tem demonstrado muita maturidade e força. Eu ainda a conheço pouco, mas percebo que você é capaz de compreender o valor da paciência, de cultivar o conhecimento da paz em si mesma.

Eu não me considerava alguém paciente até aquele dia. Tal como as pessoas citadas por ele, eu não considerava a paciência uma virtude. Nunca havia pensado nela como uma fonte de força interior, mas passei a reconhecê-la.

— Eshe, é sábio reconhecer que cada coisa tem um tempo certo de acontecer — também me ensinou ele. — Nada resolve afligir-se fora de hora. Aliás, a aflição não resolve! Ao contrário, impossibilita a solução. É mais um exemplo de quando a paciência não ronda nosso íntimo. Perdemos a calma e o caos se instala. E é muito difícil a inteligência reinar quando o mundo emocional se desgoverna. A casa dividida rui.

A amizade com Muna fortaleceu-se, descobri que ela sofria de grave enfermidade respiratória. Porém, a tristeza a fizera mais doente do que realmente era. Quando a conheci, vivia em um quarto escuro à espera da morte, crendo que não poderia viver de outra forma: estava doente, tinha que esperar pela morte.

Conhecer tio Pepe a ajudou muito. Lembro-me do espanto de Muna na primeira vez em que conversou com ele. Ela chegara ao acampamento alternando euforia e medo. O que considerei natural, afinal ela estava quebrando um preconceito que haviam lhe ensinado desde o nascimento: beduínos eram seres ligados ao demônio.

Ela entrou na tenda dele cheia de cuidados, falando baixo, evitando fazer barulho, e meu tio a recebeu com uma gostosa risada.

— Eshe, diga à sua amiga que estou doente, não morto — pediu tio Pepe alegremente.

Meu tio era um homem muito especial, uma figura humana ímpar. Ele era honesto, franco, despido de qualquer agressividade. Sua voz encantava não pela beleza em si — que até não possuía — mas pelas vibrações harmoniosas que espalhava. Nossos sentimentos também são levados pelo ar junto com as palavras. Muna surpreendeu-se, mas não se sentiu agredida, ofendida ou corrigida. A alegria dele contagiava gerando simpatia, e ela riu, desarmando as íntimas prevenções que a educação armara havia anos. Tal é o poder da alegria.

— Xeique Pepe! — saudou Muna, sorrindo francamente. — Eshe me disse que o senhor é um doente muito especial, estou vendo o quanto.

— Senhora! — cumprimentou tio Pepe. — Seja bem-vinda à nossa tribo! Que Alá, o misericordioso, a proteja e abençoe sempre! Minha gratidão será eterna por sua ajuda. Estou velho e enfermo, mas se em algo puder lhe servir, estou ao seu dispor.

— Não é preciso agradecer o pagamento de dívidas, xeique — alegou Muna, dispensando com um gesto gracioso de mão os agradecimentos. — Eshe ajudou-me muito, o pouco que lhes dei será insuficiente para pagar o que devo. O que recebi não tem preço.

Tio Pepe sorriu e puxou-me pela mão para me sentar ao seu lado. Acariciou minha cabeça e ficou brincando com minhas tranças enquanto conversava com Muna.

— Minha sobrinha é adorável. Uma pequena sábia beduína. Zara a está instruindo na arte de ler as mãos, uma tradição do nosso povo, embora não faça parte da nossa religião. Mas, conte-me, ela leu suas mãos? Viu seu destino?

— Não — Muna ria, achando que meu tio não falava sério e queria assustá-la com as artes adivinhatórias de Zara. — Eshe não leu as minhas mãos, acho que "me leu" inteira. Assim como o senhor, eu também sou doente, mas eu pensava que só me restava aguardar a morte, já que a doença terminava com todos os meus sonhos nesta vida.

— Senhora, eu não sou doente — advertiu tio Pepe, amistosamente. — Eu estou doente, veja como é diferente. Eu não sou a doença e ela não é a minha vida, estamos convivendo apenas. Eu sou maior que ela. Acredito que sou imortal, enquanto ela é a mensageira da morte, ainda não é a própria. Quando a "danada" chegar, haverá de me levar, mas até lá quem manda na mensageira dela sou eu.

— Pois é, Eshe me fala muito a seu respeito. Tanto que desejei conhecê-lo para aprender com o senhor. Faz poucos dias que entendi essa lição. Eu não aceitava a ideia da doença e da morte, e estupidamente condenava-me à morte em vida — confessou Muna, acomodando-se em algumas almofadas ao pé do leito.

— A maior lição já lhe foi dada, tanto que está aqui. Eshe foi boa mestra — elogiou tio Pepe.

— Enquanto estiver vivo, viva e aprenda a lição de cada dia — falei, repetindo uma frase que tio Pepe repetia com frequência, especialmente nos dias em que a enfermidade exigia-lhe mais tolerância e paciência.

Muna balançou a cabeça, concordando, e comentou:

— Sentindo o sabor do sol, das flores, e descobrindo as carícias de Deus. Isso me fez pensar tanto, Eshe! Muito mesmo. E fez-me um bem enorme, eu tinha uma imagem de Deus tão distante de mim. Aliás, eu sequer pensava nele, eu não o sentia. E quando você falou aquilo, eu senti a brisa na minha pele e o calor do sol... foi... tão confortador que é difícil explicar. Pensei muito naquela nossa conversa e, quanto mais eu pensava, mais eu me sentia amparada, protegida. E foi assim que eu consegui entender que, se estou viva, é porque é preciso viver. E agora seu tio me diz que a doença não é a morte, mas apenas sua mensageira e que podemos mandar nela. Bem, isso é muito bom! Eu preciso aprender como se faz.

— É simples — respondeu tio Pepe — basta seguir em frente. Não importa o que nos aconteça. O máximo que podemos nos permitir é parar algum tempo, refletir, trabalhar nossas emoções e sentimentos, mas, preste atenção: nunca olhar para trás. Não se volte ao passado.

— O senhor é muito categórico, xeique. "Nunca" é uma palavra forte. Uma negativa tão forte que é, em verdade, uma proibição. Como posso cumprir uma lição assim? Quando eu era criança, era suficiente que me proibissem algo para eu querer aquilo. Cresci, mas não será humano manter alguns hábitos da infância, como essa curiosidade pelo proibido? — indagou Muna.

Eu ouvia a conversa com interesse. Um diálogo inteligente tinha o dom de me cativar. E eu notei que tio Pepe gostava de Muna. Sorri satisfeita, pois eu também a apreciava. Tinha certeza de que conhecer meu tio a ajudaria a consolidar a sua mudança de ideias.

— Por acaso falei que era fácil? — questionou tio Pepe, sorridente.

Seu olhar brilhava, intenso, percebia-se a atividade mental e a alegria dele com os desafios da conversa. Motivado seria o termo para defini-lo naquele momento.

— Não, não disse — admitiu Muna.

— É um aprendizado de muitos anos, senhora. É preciso ter olhado para trás muitas vezes e se arrependido para aprender a lição.

— Isso é fato, já me arrependi de ter olhado o passado. Eu me revoltei, revivi lembranças amargas, não foi bom.

— O passado é nosso tesouro! São os bens que acumulamos, é o que temos. Bom ou ruim, não importa; o que lá está é nosso, ninguém nos tira por maior que seja o seu poder. Mas, veja bem, o que acontecerá se eu ficar apenas admirando meu patrimônio?

— Ele estagnará, não crescerá, nada novo virá se somar ao que já lhe pertence — respondeu Muna, meneando a cabeça várias vezes, bem devagar. — Entendi o seu pensamento. O tempo que eu gastar olhando para o passado, admirando o que já foi e não poderá ser mudado nem para mais nem para menos, é desperdício de novas oportunidades.

— Sim, isso é irreversível, ninguém pode mudar os fatos que ficaram no passado. Você pode transformar-se, fazer tudo completamente diferente, mas em outro momento. O que passou passou, não tem volta, é preciso simplesmente aceitar para mudar em si o que julgar necessário no presente e para o futuro. Parece simples, mas é sábio, muito sábio, viver assim.

É, minha senhora, uma experiência libertadora reconhecer os limites, a nossa finitude. É o caminho para viver bem.

— Sim, concordo com o senhor. Lembro-me de passagens da Bíblia, do Velho Testamento, em que advertiram as pessoas que deixavam uma cidade em chamas a não olharem para trás. Mas elas descumpriram a ordem e viraram estátuas de sal. Quem olha para o passado corre o risco de paralisar, de se imobilizar diante da vida. Sabe, eu nunca tinha pensado nisso. Já tinha lido essa história, mas achei que tinha sido um castigo divino por desobediência. Não tinha pensado em uma lição tão interessante para o nosso dia a dia, para o nosso bem viver, como disse.

— Não é só essa referência que existe nos textos antigos sobre não olhar para trás. Várias histórias antigas contam o mesmo. Eu sou beduíno, nós amamos música e dança. Eu conheci um velho grego, ele viveu conosco vários anos. E contava-me histórias antigas, muito antigas, do seu povo. E como eu gostava de música, contou-me a história de Orfeu e sua amada Eurídice — e notando o sorriso de reconhecimento no rosto de Muna, tio Pepe perguntou: — Conhece?

— Claro. Anísio, o senhor já o conhece, também é grego. É um ser humano encantador, ele conhece muito dessas histórias pagãs. Eu adoro ouvi-las. E ele já me contou a história de Orfeu e Eurídice. Tão bela, não é mesmo? Mas tão trágica! Um amor tão lindo vencido pela morte. Pobre Orfeu! Tocava tão bem que até o cão do inferno tornou-se manso e o próprio Hades, deus dos mortos, e sua mulher encantaram-se com a sua música.

Muna parou a rápida rememoração da história, uma expressão de surpresa iluminou-lhe o rosto:

— Mas é verdade! Sim, o senhor tem razão. Tal qual na Bíblia, Orfeu, ao resgatar a alma de sua amada Eurídice do reino de Hades, recebe dele a mesma advertência, pois ele deveria subir à superfície da Terra seguido por Eurídice e não olhar para trás até chegar ao final da travessia. Mas ele não aguentou e desobedeceu, perdendo definitivamente sua amada Eurídice. Sim, um fim trágico para um amor tão bonito.

Ele subiu à superfície, mas, desconsolado, nunca mais amou outra mulher. Aliás, as outras mulheres ficaram mais desconsoladas ainda depois que ele resolveu seduzir os homens. Acabaram matando-o a pauladas, furiosas. É, o senhor tem razão, a lição é antiga.

— Muito — reforçou tio Pepe. — Essas histórias antigas são cheias de grandes ensinamentos, precisamos é meditar sobre o que querem dizer. Eu vejo como realmente trágica a inconformidade de Orfeu com a morte, sua não aceitação dessa lei de Alá, o amantíssimo, ou de Jeová, ou de Deus, como quiser chamá-lo. Se entendermos que o Criador é único, o nome pelo qual o chamamos é secundário. É sempre trágico e um bom caminho para o sofrimento revoltar-se com as leis da vida, com a vontade de Alá.

— O senhor acha que Orfeu revoltou-se com Deus? Não terá sido pelo mesmo motivo das mulheres da Bíblia que Orfeu se voltou? Apego, amor aos que ficaram para trás?

Muna era uma ótima companhia para tio Pepe, pois o questionava, confrontando opiniões. Eu, quando o questionava, era por curiosidade ou falta de compreensão.

— É claro que ele revoltou-se com Deus. Aquele que não aceita a finitude da vida material revolta-se com Ele. Todos os seres vivos nascem, crescem e morrem, as plantas, os animais e nós, humanos, também. A tudo que atinge a todos indistintamente eu chamo de lei de Alá. Você já imaginou se as pessoas não morressem, como seria? Haveria comida, água, habitação, roupas, para todos? Minha senhora, se não houvesse a morte, logo o caos tomaria conta da vida na Terra. Seríamos todos materialmente imortais, o que é impossível. Antigamente, chamavam a isso de descomedimento, suprema arrogância humana que deseja subverter o cosmos em caos, a vida organizada em total bagunça. A morte é necessária, muito necessária. Ela regula a vida material e faz girar a roda do progresso. A senhora falou de Hades, sabe que ele é o mais rico de todos os deuses, não é?

Muna balançou a cabeça em negativa, e tio Pepe esclareceu:

— Ele é o deus dos mortos. Qual outro, entre os deuses, tem reino maior? Hades reina sobre todos os que já viveram na Terra, em todas as épocas. São muitas vezes mais do que os que estão vivos. Por isso, ele é o mais rico entre os imortais, anda em um carro de ouro, não esqueça!

— Que maneira interessante o senhor tem de ver as coisas — comentou Muna. — Um detalhe simples e o senhor enxerga um mundo de explicações e conselhos para bem viver. Nunca havia pensado no reino das almas como um local rico e superior ao mundo em que vivemos, ou na morte como uma lei que regula a vida material. São ideias interessantes. Pensando assim, não há porque temer ir para lá, não é verdade?

— Mais uma perda para a doença — completou tio Pepe —, pois, quanto menos se teme a morte, mais e melhor se vive, senhora.

13
Liderança e desafios

Tio Pepe tornou-se amigo de Muna e Anísio, para minha felicidade.

Nos anos seguintes, muitas tardes nós passamos conversando. Eu e Anísio cuidando da horta e das cabras, Muna e Tio Pepe resguardados no acampamento. Zara e as meninas me acompanhavam sempre. Elas adoravam a hora da refeição na horta. Anísio trazia o pão feito por Yona, mel ou manteiga, e Zara tirava leite de uma das cabras ali mesmo. Era um luxo para nós. Até eu tomava o leite de cabra. É incrível como podemos mudar, inclusive nossos gostos. A necessidade é uma grande mestra, não há caráter que ela não transforme.

Eu ignorava o que comentavam sobre a nossa tribo no povoado. Algumas pessoas admiravam-me abertamente, reconhecendo o trabalho e o amor com que me dedicava à minha gente; outros apostavam em quanto tempo duraria aquele "heroísmo de menina". Pensavam que não demoraria muito até que eu mostrasse que nas minhas veias corria o mesmo sangue de Daros e, por isso, faria igual, abandonando velhos e crianças à morte por inanição.

Um dia, Zara, indignada, voltou do povoado, onde fora comerciar nossos produtos e exercer suas artes adivinhatórias, que eram pagas e muito ajudavam na nossa manutenção. E disse-me:

— Falam muito de nós. Essa gente não tem mais o que fazer com a língua? Será que não descobrem utilidade melhor? Dizem absurdos...

Ela estava tão irritada que os olhos e as bochechas enrugadas estavam avermelhados. Tentando acalmá-la, comentei:

— Ora, Zara, se tivessem coisa melhor para fazer com a língua, não estariam falando de nós. Mas a...

— Deviam lamber uns aos outros, assim ficariam todos ocupados. Não se preocupariam com a vida alheia.

Não pude deixar de rir da sugestão de minha boa amiga, e imaginar a cena estúpida que, em sua revolta, ela descrevia.

— Seria pior que os cães, eles apenas se cheiram — comentei rindo. — Mas, afinal, por que essa irritação toda?

— Fiquei agastada com o que ouvi, com as perguntas que me fizeram. Eles não sabem nada, não lhes pedimos nada, não lhes devemos nada. Nem favor! Por que têm que dar palpite em como vivemos? E pior, fazem julgamentos sobre quem eles não conhecem. Ah, isso me deixa...

— Calma — pedi novamente. — Não dê importância e tudo termina como e onde começou.

Inconformada e precisando desaguar a irritação, Zara contou-me todos os comentários e apostas que corriam no vilarejo a meu respeito.

— Os homens, Eshe, são eles os demônios. É claro, você agora é uma moça, é bonita mesmo na pobreza em que vivemos. Qualquer um enxerga que você é uma beduína bonita. Eles não admitem que, de fato, sejamos nós, duas mulheres, as responsáveis pela tribo. Uma beduína velha e outra jovem e bonita vivendo e comandando outras pessoas, trabalhando e produzindo sem a proteção de um homem, e mais, sem que um homem mande em nós. É isso o que os incomoda. A nossa honestidade e independência. Se você fosse uma prostituta e eu estivesse explorando a sua juventude, eles falariam também, mas muito menos, afinal seria comum. Ah, eu odeio essa gente!

Sorri da irritação de Zara. Tio Pepe ignorava comentários e mexericos sobre a vida alheia, mas isso apenas reforçava algo natural em mim: eu não dava importância alguma às opiniões que os outros formavam a meu respeito. A convicção de seguir minhas próprias ideias e viver minhas verdades era forte demais. Quando pequena, diziam que eu era teimosa, depois individualista, prepotente e, por fim, acabaram entendendo que esse era meu jeito de ser. Eu não dirigia minha vida pelo olhar dos outros, pois sabia que as colheitas seriam sempre minhas. Sendo assim, não deixava nada que me afetasse para os outros decidirem ou aguardava que elas se resolvessem por si. Eu agia!

— Há duas opções na vida — argumentava — agir ou reagir. Eu prefiro agir, não viver passivamente, mas no comando da minha vida. Que os outros reajam a mim se quiserem e como quiserem. Eu ajo.

Naquele dia repeti isso a Zara. Já tinha notado olhares e pilhérias de alguns homens que cavalgavam perto da nossa horta. A atitude deles espionando-me com ares de cobiça não me agradava.

— Eu lamento, sinceramente, as mulheres que vivem da prostituição — falei para Zara. — Mas não as condeno, eu compreendo. Elas são fracas e optam por algo fácil. Eu não penso que seja fácil a vida delas e não desejaria isso para mim sequer por um segundo. Não há dinheiro no mundo que pague a minha liberdade, a minha dignidade. Prefiro trabalhar na horta, cuidar do rebanho, qualquer serviço, mas não esse que implica usar o meu corpo como eu uso a enxada. Não, Zara. Você não verá esse dia nem com os olhos da matéria, nem com os olhos da alma. Só de ver as criaturas que trabalham nos prostíbulos eu sinto piedade, elas não podem se amar como filhas de Alá. Se tivessem amor-próprio não fariam tal escolha.

— Algumas dizem não ter escolha — alegou Zara, lembrando o que lhe diziam as prostitutas da cidade quando vinham ao vilarejo pedir-lhe para que lessem seus destinos, e a pergunta de todas era a mesma: “Não haveria no meu futuro um homem rico que me daria uma boa vida e me tiraria da prostituição?”

— Salvo a morte, para todo o resto é possível dizer sim ou não — respondi convicta. — Às vezes tenho pena, outras, tenho raiva. Como podem querer que alguém as tire do lugar em que elas mesmas se colocaram. Ah, sim, algumas foram vendidas ainda meninas, isso acontece. Mas, mesmo assim, por que permanecem depois de crescidas? Não saber fazer outra coisa é conversa, pois podemos aprender sempre. É comodismo! É pelo mesmo motivo que muitas mulheres permanecem casadas com maridos que as maltratam: puro comodismo. Preguiça, falta de amor-próprio, covardia. Acabam sendo prostitutas de um homem só. Não faz diferença. Aliás, talvez seja pior, afinal vendem corpo e alma por casa e comida.

— Como você é dura, Eshe! As mulheres são criadas para o casamento, para gerar filhos, para cuidar da família, para obedecer ao marido...

— Até pode ser, desde que sejam respeitadas e bem tratadas. Alguns homens cuidam melhor de seus cavalos do que de suas esposas. Como uma pessoa que é maltratada pode criar e educar crianças com amor? Se ela não tem amor por si, nem para si, como vai ter para dar aos outros? Veja nossas meninas, Zara...

— Suas — corrigiu-me Zara. — Você é a mãe que elas adoram. Eu sou uma velha com quem elas simpatizam, só isso.

— Que seja! Elas foram abandonadas por suas famílias e pela tribo a que pertenciam, mas estão mais felizes do que antes, quando estavam com suas mães que batiam nelas tanto quanto apanhavam dos maridos; que gritavam com elas e as menosprezavam porque tinham sido tratadas assim por suas famílias e depois pelos maridos. E como se justifica tudo isso? Dizem: sempre foi assim, essa é a vida da mulher, para isso fomos criadas. E ainda põem a culpa em Alá. Um absurdo! A quem Ele confia a capacidade de reproduzir a vida só pode ser alguém que Ele ama muito, em cuja capacidade deposita total e irrestrita confiança, pois imagine que, se as mulheres resolvessem não mais gerar e parir, a vida entraria em caos, tanto quanto se não houvesse a morte, como gosta de falar tio Pepe. Mas a morte tem mil emissários, enquanto, para dar a vida, Alá tem uma só: a mulher. Contem histórias mirabolantes para outra pessoa sobre a visão que o Criador tem da mulher; eu vejo a natureza e ela me diz que Ele nos ama e confia em nós. Por isso, eu não aceito desrespeito, desvalia, de homem algum.

— Pensando desse jeito, você tem razão. Mas a natureza não confiou à mulher somente gerar e parir. Temos a guarda da infância, Eshe. Meus filhos não vingaram, tentei muitas vezes. Procurei todos os recursos. Um dia, Samira, sua tia, quando ainda vivia, leu minha mão e disse-me que eu morreria se tentasse outra vez. Eu não tive dúvida, pedi a meu marido que tomasse outra esposa, pois eu não queria morrer. Ajudei a criar muitas crianças, considero-me mãe tanto quanto qualquer outra mulher. Você é mãe e sequer teve um marido, mas tem cinco lindas filhas que a adoram. Compreende o que digo?

— Sim, Zara. Como não entender se está diante dos meus olhos e é a minha própria vida? Sim, esse é mais um motivo para glorificarmos o Criador e para Servi-lo com zelo e amor. E acima de tudo para nos amarmos, reconhecendo que a vida nos confia tão grande tarefa. Não só gerar e dar à luz, mas influenciar em tudo, absolutamente tudo, pois somos educadoras. Mas será que essa tarefa é mesmo exclusiva da mulher, Zara?

— Em todas as tribos que conheço, todos os lugares que já conheci, é assim.

Fiquei refletindo sobre o assunto. Aliás, ambas ficamos e nos esquecemos dos mexericos do vilarejo.

A vida seguiu seu curso. Muna nos visitava com frequência e generosamente ajudou-nos a sobreviver. Anísio auxiliava-me na horta enquanto ela conversava com tio Pepe.

As meninas a adoravam, pois ela lhes trazia alguns supérfluos. Zara não gostava da minha complacência com esses mimos, queria que as meninas conhecessem a dureza que era a nossa vida. Anísio percebeu a contrariedade dela e com sutileza indagou os motivos:

— São os mimos que Muna traz para as meninas — respondi, enquanto arrancava as ervas daninhas e as colocava em um saco para dar às cabras.

— Ela não gosta? Acha que é ruim para as pequenas? — insistiu Anísio. — Por quê?

— Acho que nem ela sabe. Apenas pensa que as meninas devem conhecer a nossa realidade e não esquecê-la um minuto sequer. Ela é muito severa.

— Você acha? Então não pensam do mesmo modo sobre isso.

— Não, Anísio. Eu fico feliz que Muna traga brinquedos, fitas e doces para elas. Isso as faz feliz. E, como ensina o profeta Jesus, nem só de pão vive o homem, não é verdade?

— É, é verdade. Existem muitos tipos de alimentos na vida — concordou Anísio. — Os mimos da senhora Muna alimentam o coração das pequenas e dela mesma. Ela sempre desejou ter filhos, mesmo antes da doença, mas nunca aconteceu. Acho que ela alimenta o próprio coração ao dar alegria às suas meninas. Ela sai daqui tão feliz, que até fica corada. Está mais forte desde que se tornou sua amiga. Você, ou melhor, vocês lhe fazem muito bem. Ela é outra pessoa.

— Que bom que você pensa assim, Anísio! Concordamos plenamente. O supérfluo, quando bem dosado, alimenta os sentimentos. Eu vejo as meninas alegres quando ganham esses mimos. Elas ficam mais calmas, mais caprichosas, aprendem a se cuidar, a cultivar a alegria e a fé na bondade das pessoas. Se Muna nos trouxesse apenas pães, farinha, azeite, ovos, elas não teriam as mesmas reações. Comeriam, é claro, mas não guardariam o mesmo carinho por Muna. Com esses mimos, elas se sentem crianças iguais a quaisquer outras. Esquecem, por momentos, a pobreza em que vivemos e nossa história. Acredito que elas sintam que recebem um alimento para a alma. E mais, sentem-se queridas. É diferente trazer uma fita para Lia ou um doce para Ty, e trazer um pão para todos. É pessoal, é carinho, é afeto. Não importa o valor, pode até custar menos que o pão, mas valerá mais.

Ergui-me, esfreguei as costas na altura da lombar. A posição curvada castigava o corpo. Anísio fez o mesmo, trabalhávamos havia um tempo considerável na limpeza do canteiro, pois era grande. Contemplei o trabalho, faltava pouco. No entanto, o sol indicava que a tarde caminhava para o fim.

— Vou parar, Anísio. Amanhã terminarei. Vamos voltar para a tribo para conversar um pouco, tomar um chá de hortelã. Acredito que Zara tenha algo para comermos.

Anísio não me respondeu e, passado alguns instantes, o silêncio dele me afligiu. Olhei-o, ele estava imóvel e fitava o horizonte. Vi uma nuvem de poeira enorme crescendo e se aproximando. A preocupação estampou-se na face do meu amigo.

— Confusão à vista? — perguntei, incrédula.

Havia anos os bandos violentos que vagam pelo deserto não passavam por ali. Não há de ser agora que voltarão, pensei. Implorei a Alá proteção, se houvesse perigo, e que Ele afastasse de nós a violência. Eu só conseguia pensar Nele, nos rostinhos das meninas, em tio Pepe e em Zara.

— Não sei, Eshe. Mas corra para o acampamento e leve todos para a casa da senhora Muna — ordenou-me Anísio, chamando a si a tarefa de proteger a nossa tribo feminina.

Lancei um olhar à nuvem de poeira no horizonte. Ela avançava e apressei-me a acatar a determinação de Anísio, reconhecendo que lhe assistia razão.

— É mais sábio prevenir — murmurei.

— Sim, temo pelas pequenas. Corra, elas não precisam e nem merecem mais lembranças amargas.

Anísio não precisou falar outra vez ou despender novos argumentos. Ergui a velha saia acima dos joelhos e corri.

Zara viu-me chegar esbaforida e veio ao meu encontro, preocupada.

— O que aconteceu?

— Perigo à vista. Há um bando no deserto vindo em nossa direção, não sabemos do que se trata. Anísio mandou que nos recolhêssemos todos à casa de Muna o mais rápido possível. Concordei, é melhor prevenir a violência.

— Mas, Eshe, e nossas coisas? Vamos deixar tudo?

— Sim, salve a sua vida. É o maior bem. Vamos, rápido! Ajude-me a reunir as meninas e a levar tio Pepe embora.

— Ih! Aquele velho é teimoso! Será que irá?

— Vai sim. Não lhe darei escolha — respondi, avançando pelo centro da tribo.

Avistei tio Pepe e Muna cercados pelas meninas em alegre conversação. Corri e, tentando não transmitir pânico ou medo, somente urgência, falei:

— Há um movimento diferente no deserto, talvez arruaceiros. Anísio mandou que fôssemos todos para a casa de pedra.

— Arruaceiros? — repetiu Muna, assustada. — Bandos de saqueadores, você quer dizer?

— Que importa o nome, Muna? — retruquei. — Vamos logo! Meninas, corram para a carroça. Muna, chame as outras velhas e leve-as para a carroça. Eu e Zara levaremos tio Pepe.

Minhas pequenas olharam-me com medo. Vi os sinais da emoção na pele pálida, na imobilidade. Fui até elas, acariciei uma a uma e gentilmente as empurrei em direção à carroça.

— Corram, pequenas! Rápido! — mandei.

Suspirei aliviada ao vê-las obedecerem. Voltei e deparei-me com Zara discutindo com tio Pepe.

— Calado, tio. Agora quem manda aqui sou eu, e o senhor irá para a carroça. É isso que eu quero e assim será — falei firme.

A discussão parou. Zara colocou-se em posição de sustentar tio Pepe e eu o amparei do outro lado. De pé, o arrastamos apressadas até a carroça e o sentamos na parte traseira. Ele ficara quieto, apenas olhava-me serenamente, deixando que fizéssemos com ele o que era necessário.

Muna chegou em seguida e ajudou as velhas a subirem.

— Muna — chamei, sentada na boleia com Zara ao meu lado. — Venha na frente conosco. Não tenho muita prática em dirigir carroças.

— Eu tenho — falou Zara, tomando as rédeas de minhas mãos.

Muna olhou-nos e sorriu, sentando-se ligeira.

— Vamos — disse Muna. — Confio em Zara.

A carroça estava pesada e os animais demoraram a se mover. Zara não teve piedade e aplicou-lhes o chicote.

— Não reclame, Eshe. Se eu não fizer isso, poderá ser pior para nós e para eles.

— Está bem, Zara. Eu sei.

Zara seguiu conduzindo os cavalos pelo caminho que ligava o acampamento à casa de pedra.

Yona apavorou-se ao ver a carroça cheia de beduínos. Persignou-se repetidamente, notei que pretendia fugir, mas reconheceu Muna entre nós e o grito dela a fez parar.

— Yona, sou eu. Fuja se quiser dos meus amigos, mas deixe a porta aberta. E cuide-se, pois há perigo no deserto.

— Senhora, o que há? Onde está Anísio? — indagou Yona, aproximando-se da carroça e tomando uma das meninas menores nos braços para descê-la.

— Ele está vindo a pé. É um homem corajoso como poucos — elogiou Muna. — Não é como meu marido e tantos outros, que precisam estar armados de facas e espadas, metendo-se em batalhas e duelos de causas alheias. Aliás, onde está o seu senhor, Yona?

— Não voltou, senhora Muna, nem deu notícias.

— Muito bem — respondeu Muna. — Pretendia avisá-lo, agora pedirei a Jesus que cuide dele. Vamos para dentro de casa e, Yona, vá fechando as portas e janelas assim que entrarmos. Elas a ajudarão — e apontou para mim e as meninas.

— Zara e eu levaremos o xeique — comandou Muna.

Rapidamente nos abrigamos na casa de pedra, com suas aberturas bem fechadas. Senti-me protegida, resguardada, entre as paredes de pedra. E reconheci que a casa era mais segura do que as nossas tendas. Naquele instante, decidi que teríamos casas, deixaríamos de viver em tendas.

Ouvimos uma batida na porta e a voz de Anísio, esbaforido:

— Abram a porta! Sou eu.

Yona apressou-se em atendê-lo. Anísio estava vermelho, suado, e tinha o olhar assustado.

— E então, Anísio, reconheceu o bando? Eram saqueadores? — inquiriu tio Pepe, acomodado em uma cadeira com braço.

Notei que o móvel lhe trazia conforto. Teremos cadeiras em nossas casas, acrescentei na decisão.

— São — respondeu Anísio, baixando a cabeça. — São ferozes. Observei-os, ao longe, vasculhando o acampamento. A desordem foi geral e imediata, reviraram todas as tendas à procura de joias, ouro, prata, comida e sei lá o que mais.

Zara moveu a cabeça de um lado a outro, desconsolada com a notícia. As outras velhas resmungaram entre si, como era costume.

Eu agradeci a Alá por estarmos em segurança na casa de pedra.

— Eles não me viram — prosseguiu Anísio. — Fiz um caminho diferente para chegar aqui, mas há as marcas da carroça. É bom estarmos prevenidos. Os arruaceiros podem nos alcançar.

— Não se vê a casa do deserto — lembrei-os. — Esses bandos não se aventuram nos vilarejos e cidades, saqueiam as tribos nômades. São nômades, não podemos esquecer.

— Eshe tem razão — falou tio Pepe. — Dificilmente chegarão aqui e, além disso, a construção é forte, segura. Não conseguirão invadi-la. Lá fora, se vierem, é onde pode acontecer saque e desordem. Se ficarmos quietos, eles não terão oportunidade de cometer violência contra nós. Isto é importante: não temam, pensem neles indo embora para bem longe, deixando-nos retomar nossa vida pacata e tranquila. Os pensamentos, os sentimentos e as nossas crenças constroem o mundo à nossa volta. Confiem em Alá, em Jeová, ou como quiserem chamar ao Ser Supremo, confiem em vocês como pessoas que não merecem violência e não a aceitam, e tudo se encaminhará. Vejam, há quantos anos estamos sedentários neste local? São vários, e nunca tínhamos sofrido ameaças.

Conhecia o ensinamento de tio Pepe e o aplicava. Naquele dia, considerei que as necessidades também cumpriam um papel importantíssimo na construção do mundo exterior. Sentia necessidade de segurança, proteção material, e descobri que uma casa de pedra supria isso. Eu não precisava de um homem na tribo para sentir-me segura ou para dar segurança aos demais; uma casa de pedra resolveria a questão.

Mentalmente, acrescentei a necessidade no rol de construtores do mundo exterior. Não era o momento para filosofar, era preciso primeiro proteger a vida física. No entanto, entretive-me a pensar no papel das necessidades e vi que eram divindades de primeira ordem na transformação dos hábitos e caracteres.

Agora eu bebia leite de cabra, consumia o produto antes detestado sob qualquer forma e agradecia com sinceridade a Alá a bênção do alimento. A doença de tio Pepe havia transformado todos nós em beduínos sedentários. Tínhamos tudo que as tribos sedentárias diziam ter, a diferença era que ainda vivíamos em tendas. Mas isso também precisava ser mudado. Saqueadores, baderneiros, bandos violentos não atacam uma vez apenas, eu sabia.

As transformações acontecem, no entanto demandam tempo e são tangidas pelas necessidades. Aqueles bandos não mudariam de uma hora para outra a sua essência, mas eu estava mergulhada em um processo de transformação. Hesitava em dar o golpe mortal da transformação da tribo de nômade em sedentária. E eis que a vida não mais que de repente obrigava-me a pensar na necessidade daquele golpe. Chegara a hora da decisão, eu tomava consciência do fato e isso, por si só, pacificava-me. Não havia conflito emocional, sentimentalismo, nada. Apenas a certeza de que era preciso, era o melhor, e era tempo.

"Tão logo serenarem os ânimos, retornaremos ao acampamento e a destruição somada ao sentimento de proteção da casa de pedra mostrará a todos o caminho a seguir," concluí. Sentei-me em um canto do salão, Lia e Ty acomodaram-se ao meu lado, encostando-se em mim à procura de amparo. Abracei-as e beijei-lhes o alto da cabeça, tal qual lembrava que tio Pepe fazia comigo quando era criança.

— Eshe, será que eles destruíram os meus brinquedos? — indagou Ty, preocupada.

— Não sei, minha querida — respondi honestamente. — Teremos que esperar para saber.

— Tomara que não! Acho que Muna não tem mais brinquedos. Ela nos deu todos e pediu que cuidássemos — murmurou Ty, com a cabeça recostada em meu peito.

— Temos que esperar — repetiu Lia. — Mas se chegarmos lá e eles tiverem destruído até os nossos brinquedos, vamos lembrar do que Eshe, Anísio, tio Pepe, Muna e Zara falaram: primeiro protegemos nossas vidas. Não fomos machucadas, sequer vimos o que eles fizeram. Isso é bom! Não teremos más lembranças que podem perturbar os nossos sonhos.

Apertei-as em um abraço carinhoso e, em meio à angústia do momento, senti uma enorme alegria por presenciar aquela cena, por ver Lia agir com toda calma e segurança para consolar Ty, enfatizando ideias que tínhamos alimentado na educação delas.

— É isso mesmo, Lia. É assim que devemos pensar e agir — incentivei.

A noite desceu com seu manto estrelado e Yona trouxe cobertores e travesseiros para nós. Muna já havia se recolhido, pois esse era um dos cuidados com a sua saúde: resguardava-se muito cedo do frio noturno.

— Vão para perto da lareira. Coloquem fogo, a noite é fria. Tem um monte de palha à esquerda da lareira, é onde dormem os cães. Podem se acomodar por lá. Somente tenho uma cama para o doente, pois Anísio a cedeu e vai dormir no chão — informou Yona.

— Os cães são meus amigos — respondi tranquila. — Compartilharão felizes comigo e com as meninas o que têm.

E dirigindo-me a Anísio, disse:

— Agradeço-lhe a gentileza com tio Pepe.

Yona olhou-me desconcertada. Não sei o que ela esperava, mas não tenho dúvidas de que não era a calma aceitação das condições por ela oferecidas e o elogio à generosa amizade canina. A casa tinha muitos cômodos, eu os conhecia. Mas não aleguei nada. Era o que ela tinha para dar, a mim cabia receber e eu estava grata demais pela segurança para exigir conforto ou simpatia.

Yona continuava sendo a mulher gorda e previsível de sempre, cheia das certezas ensinadas por sua crença. Analisei-a, por um instante, e tive piedade. Não seria eu a destruir o mundo em que ela vivia e que, mal ou bem, oportunizava-lhe viver como criatura humana, ainda que cheia de enganos. Eu não tinha tempo para ofertar-lhe outro em troca. Então, não era justo destruir. Seria crueldade, pois a lançaria na insegurança e no vazio, bons caminhos para as doenças da alma.

Chamei as meninas, apanhamos os travesseiros e cobertores, insisti que cada uma agradecesse. Beijamos tio Pepe, como era costume, e fomos para perto da lareira.

Acomodamo-nos em um grande e improvisado leito, junto com os cães que me receberam contentes e logo lambiam as pequenas, provocando risadas.

A inocência das crianças e dos animais é tocante. Em meio à destruição e ameaças à nossa paz e sustento tão arduamente conquistados, eles brincavam e riam. Bendita sabedoria da vida que não faz do sofrimento uma constante, permitindo, em meio a ele, momentos de descontração e a força da alegria.

14
A lição de Zara

Enquanto eles dormiam, saí sorrateiramente e fui ao acampamento. Desnecessário contar detalhes do vandalismo, já que para saquear tínhamos apenas comida. Não adiantava ter raiva, mas é lógico que eu tive. Não tinha contra quem, o mesmo se dava com o desejo de vingança, e isso deixava uma sensação de impotência.

Chorando, iluminada pela claridade da aurora, caminhei entre as tendas. A violência abalava-me muito, era inadmissível, não conseguia compreendê-la. Afetava-me emocionalmente com muita força. Testemunhei-a desde a infância. Talvez devesse ter me acostumado, mas nem mesmo calos ela produzia em mim. Minha pele era sempre sensível, como a de um bebê. Machucava-me a alma assistir àquela devastação gratuita. Mas, esvaziada a raiva, e sem desejo de revanche, meu choro era um lamento doído e profundo. Reflexo de todas as violências vividas em muitas encarnações, embora, naquele momento, eu o justificasse dizendo que a violência me abalava muito.

Não queria consolo. Eu precisava chorar aquela dor da alma, e isso eu fazia sozinha. Jamais chorei na frente das minhas filhas, nem da minha tribo. Eles não precisavam nem entenderiam as minhas lágrimas.

Sentei-me no chão, no centro do acampamento. À volta tudo era desolação. E chorei copiosamente, extravasando os meus ais.

Após algum tempo, que não sei quanto foi, mas ainda não nascera o sol, senti um toque suave em meu rosto molhado, como a carícia de uma brisa. Minha atenção se voltou ao fato inusitado e uma sensação de doce bem-estar me envolveu, embora as lágrimas ainda rolassem livremente.

— Eshe, você sabe por que Alá criou as lágrimas? — ouvi uma voz feminina, comum nos meus sonhos.

Balancei devagarzinho a cabeça, temendo espantar a causa do bem-estar.

— Elas brotam dos olhos e, ao caírem sobre o coração, lavam as feridas da alma. Chorar é preciso. Feridas limpas cicatrizam; enquanto as sujas e abafadas infeccionam, não é verdade?

De novo, concordei com gestos lentos.

— Cure suas emoções, Eshe. Você tem razões para sentir-se tão afetada pela violência tanto desta vida como de outras, das quais você não se recorda. Nós vivemos muitas vezes e carregamos muitas experiências, muitas marcas. A violência a marcou e de muitas formas, por isso tanta sensibilidade.

Confiante de que aquela voz doce e o bem-estar que me transmitia não iriam desaparecer, indaguei:

— Por quê? Eu já vivi muita violência, por que eu simplesmente não me acostumo? Seria mais fácil...

— Minha querida, não diga isso. Podemos compreender a brutalidade humana até a crueldade, mas nunca acostumarmo-nos. Isso seria renunciar à esperança de uma humanidade melhor. Há dores que temos que compreender, aceitar e com elas conviver. Sabe quais são?

Minha primeira vontade foi dizer "não sei". Mas não poderia fugir a um desafio. Pensei. O estado de tio Pepe nos últimos meses se agravara muito; ele mais dormia do que vivia, mal se alimentava, e dizia que assim suportava com maior facilidade a dor de um corpo velho e doente. Eu o amava, e aquele sofrimento doía em mim. Gradativamente, ele perdeu a independência. Anísio era uma bênção, pois eu sabia que seria muito penoso para ele aceitar que nós, as meninas, o banhássemos. Após a breve reflexão, respondi:

— São as causadas pela experiência dos outros. Nada posso fazer para modificá-las, apenas amenizá-las quando Alá, o misericordioso, permitir.

— A violência humana é uma delas, Eshe. Ainda faz parte da natureza humana que habita este mundo ser assim. Analise comigo: o clima do planeta é violento, tem tempestades arrasadoras; os animais são ferozes; as plantas, mesmo as mais belas, têm espinhos ou queimam a pele, ou têm a casca grossa. Até mesmo a areia, tão plácida e bela, iluminada pelas cores do amanhecer, pode se tornar agente de morte e destruição. Isso, minha querida, prova que ainda somos humanos muito violentos, agressivos, pois habitamos entre eles, então nossa natureza é compatível com o selvagem. Não dominamos a força da ira e abusamos dela, pois este mundo é o nosso lar. E os nossos lares são reflexos do nosso modo de ser, de pensar, dos nossos gostos. Você não pensou ontem em construir uma casa por se sentir insegura em uma tenda? Quer mudar o seu lar porque você mudou. O local que habitamos reflete nosso modo de ser. E a Terra é a morada coletiva de todos nós, assim, tudo que ela possui, nós também possuímos. Somos afins com a natureza ainda selvagem deste mundo.

— Sim, entendo. Mas existem plantas, animais e homens pacíficos que não agridem, não ferem, até convivem em harmonia, e é bonito esse relacionamento — argumentei, compreendendo a explicação, mas ainda inconformada.

— Sim, louvado seja o Criador, por nos permitir esse espetáculo. Ele serve de exemplo para não perdermos a esperança e para nos impulsionar a buscar o bom, o bem e o belo, isto é, caminhar para Deus. Em tudo e em todos ocorrem transformações, conforme evoluem se tornam mais dóceis, pacíficos. Mudam-se as afinidades e habitamos lugares diferentes. Jesus, profeta do interior, ensinou que os brandos e pacíficos herdarão a Terra. É isso que ele queria dizer. Tanto homens quanto animais e a própria Terra já foram mais selvagens do que são hoje, e no futuro possuirão uma natureza branda e pacífica.

As ideias sugeridas pela "voz" povoaram minha mente e mil pensamentos surgiram desviando minha atenção. Deixei de ouvi-la. Mas estava calma, embora emocionalmente dorida, e tinha condições de agir, fazer o que era possível e necessário naquelas circunstâncias.

Sentindo-me acompanhada por uma força invisível que me sustentava, comecei a arrumar o acampamento. Bastava o choque que eu tivera; minha tribo especial não precisaria sofrê-lo. Se o que eu podia fazer era amenizar a dor daquela violência, então seria feito. Era a minha parcela para tornar mais doce e pacífica a existência. Quando decidi agir desse modo, parando a violência e seu rastro de dor, uma sensação de enorme alívio me invadiu e notei que o bem-estar externo e a força invisível que me sustentavam irradiavam felicidade. Imaginei uma mulher morena, expressão meiga, com um lindo e brilhante sorriso.

Levantei-me e juntei calmamente os artefatos jogados, separando o que estava sujo e as roupas rasgadas, recolocando tudo em seu lugar, apartando o que fora inutilizado para queimar. Em meio ao caos, encontrei pedaços de pão e o pote de mel que Muna trouxera. Meu estômago roncou. Com naturalidade, procurei água e chá, e preparei uma refeição. Prazerosamente, sentei e comi, pensando apenas no trabalho que tinha pela frente.

A disciplina espartana fizera-me enorme bem, a filosofia estoica, da qual eu não recordava uma linha, operava no meu inconsciente, organizando meus pensamentos e orientando minhas ações. Eu não olhava para trás, não lamentava. A autopiedade, a excessiva sensibilidade e o vitimismo me eram desconhecidos. Julguei naquele momento que não havia outro comportamento possível a alguém naquela situação. A mãe natureza é tão bondosa! Bendita face feminina da Criação! Ela determina que, assim que vencemos um vício ou imperfeição, isso seja esquecido, apagado, restando o aprendizado. As minhas experiências como Dalilah e sua fragilidade intelectual e emocional estavam superadas. Naquele tempo, abominei fazer o necessário e considerei insensíveis pessoas sensatas. Como Eshe, eu considerava insano pensar algo diferente da necessidade de comer para trabalhar, de proteger do sofrimento inútil criaturas mais frágeis.

O acampamento era pequeno e pobre, não demorei muito para apagar os sinais da violência. A manhã ainda não chegara ao fim quando terminei a tarefa. No centro do acampamento, acendi a fogueira. Queimei tudo o que fora inutilizado e os dejetos.

O fogo consumiu tudo rapidamente. Cobri as cinzas e as poucas brasas com areia. Olhei em torno, satisfeita com o resultado. Girei os calcanhares e voltei à casa de pedra.

Zara aguardava-me à sombra da árvore. Sentei-me ao seu lado, sobre um tronco caído que servia como banco.

— Podemos voltar para o acampamento — anunciei.

— Eu sei. Imaginei que você tinha ido para lá quando não a vi logo cedo. As meninas se afligiram, mas entenderam que era preciso. E, então, o que restou? Ainda temos onde morar?

— Sim, Zara. Felizmente, não havia um único corte nas tendas, nem incendiaram nada. Fizeram desordem, muita sujeira, comeram o que tínhamos. Estragaram algumas coisas, e eu as queimei. Quando der pela falta de algo não precisa me perguntar, pois ou eles levaram ou eu queimei. Rasgaram nossas roupas, precisaremos costurá-las. Não temos como comprar outras.

— Tudo bem — disse Zara, conformada. — Eu esperava ter que costurar a minha tenda. Odeio costurar couro. Por falar nisso, lembrei-me do rebanho, você foi vê-lo?

Um arrepio percorreu minha coluna. Assustada, encarei Zara e ela viu na minha expressão a resposta.

— Não, você não pensou nas cabras — constatou Zara. — E a horta, também não?

Balancei a cabeça em negativa e acrescentei:

— Preocupei-me em organizar o acampamento, não me lembrei da horta ou do rebanho. Mas você tem razão, é fundamental ir vê-los. É o nosso sustento. Eles bem podem ter saqueado...

— Acalme o pensamento, Eshe. Sim, tudo é possível no reino do "eu acho", inclusive que eles não os tenham visto. Prefiro falar pouco, mas dizer "eu sei". Evita padecimentos. No "eu acho" cabe um mundo em um instante e outro logo em seguida. Nunca há paz, nem harmonia, porque é no fundo ignorância e medo. Então, não pense. Você não é obrigada a fazer tudo e a pensar em tudo, minha filha. Você tem feito muito, muito mesmo, nestes anos, muito mais do que a maioria é capaz com a sua idade. Vamos seguir seus planos.

Chamaremos as meninas e levaremos o xeique na carroça, é hora de voltar. Aquela mulher gorda é insuportável. Olha-me como se visse um ser das trevas, um anjo do mal. Vamos, antes que eu dê umas bofetadas nela. Porque ela pede.

Sorri do desabafo de Zara. Lembrei-me da primeira vez que tinha constatado que algumas pessoas pediam para ser agredidas, testando os limites da paciência alheia com seus achaques emotivos, ideias estapafúrdias e comportamentos inomináveis. Crianças birrentas em corpos adultos! Espíritos muito infantis. Recordei a inusitada conversa com a "força invisível", o tema era o mesmo: somos naturezas ainda violentas. E isso se manifesta em diferentes graus. É preciso conhecer e alterar; tal como as cobras, precisamos mudar essa pele velha, renovar.

Muna protestou quando a informamos da decisão, pediu que ficássemos, alegou segurança para as pequenas e para nós. Notei que estava feliz, verdadeiramente satisfeita, em ter as crianças em sua casa.

Abracei-a, intimamente desejando que algum dia ela tivesse os filhos que tanto desejava. No entanto, fui irredutível. Minhas meninas iriam comigo. Zara me observava e vi o seu sorriso de aprovação quando peguei Ty e Naia pelas mãos, e Zaynah, Samia e Lia correram à nossa frente. Nós éramos mais que uma tribo; éramos uma família unida pela vida, não por laços de sangue.

Senti-me tão feliz e grata que sorri para Deus, tendo a certeza de que Ele me contemplava. Eu conhecia o amor, era capaz de amar aquelas pessoas pelo que elas eram e ser amada pelo que eu era. Não havia experiência mais gratificante ou enriquecedora. A pobreza nos unia e libertava de ilusões.

A cultura nômade ensina que somos os donos de onde colocamos nossos pés, ou seja, a Terra nos pertence, não precisamos da propriedade de uma fração delimitada. Eu não tinha anseios por possuir riquezas, o ouro e a prata não me seduziam. A convicção de que a posse era transitória e fugaz assentava-se sobre rochas, era inabalável. Pensava nela como necessária à vida material, mas sem apego, sem ânsia de ter.

Entendia-me, desde criança, como dona da Terra, e ela me escapava por entre os dedos.

Jamais deixaria uma das minhas filhas por questões de fortuna. Nossos maiores patrimônios eram o amor e a amizade. Todo o resto se ganha e se perde.

— Eshe, cuide do xeique e das pequenas. Eu irei ver o rebanho e a horta — informou Zara, calma, quando chegamos ao acampamento, olhando apreciativamente o trabalho que eu tinha feito na madrugada.

Concordei. Tio Pepe mostrava sinais de cansaço, mas fizera questão de sentar-se na carroça e ver o estado do acampamento. Eu o sustentava.

— Podia ter sido pior — disse-me ele. — Louvado seja Alá, que nos poupou das desgraças. Não se esqueça de pedir às meninas que agradeçam a Alá por ter nos protegido.

— Eu pedirei, tio.

— Ensine-as que Ele nos ajuda de mil modos diferentes e que cabe a nós cooperar com sua obra no limite das nossas forças. Devemos o sucesso das nossas vidas ao nosso trabalho e à proteção divina, Eshe. Que elas nunca sejam passivas. Faça-as submissas somente a Alá, de resto, que aprendam a agir para merecer a proteção Dele.

— É o que o senhor tem me ensinado, tio. É o exemplo que procuro lhes dar e que recebi do senhor.

Ele balançou a cabeça, como se quisesse me dizer: está bem. O cansaço não lhe permitia falar. Chamei Lia e Zaynah para me ajudarem a levá-lo à tenda.

— Vou arrumar as almofadas — gritou Ty.

Naia olhava tudo com muita atenção, segurando as mãos em frente ao corpo. Ela era muito observadora e inteligente. Sabia que teria de dar-lhe muitas explicações. O que as outras ainda não tinham visto ela já notara: faltavam coisas e Zara estava ocupada com algo importante.

Os últimos raios do sol iluminavam o local quando Zara retornou, pelo lado oposto ao que eu a aguardava, sorridente e puxando nossas cabras amarradas por uma corda de lã de camelo.

Pulei de alegria e corri para abraçá-la e acariciar os pequenos animais. Tinha vontade de beijar o rebanho.

— Alá seja louvado! Encontrei todas amarradas e escondidas bem longe de onde costumam pastar. Só pode ter sido obra de Anísio — informou Zara, aliviada e contente. — Trouxe-as para ordenhar, as pobrezinhas estão com os úberes inchados e muito pesados. Os filhotes não mamaram tudo.

— Ah! Abençoado e querido amigo Anísio, que Alá o recompense. Eu não tenho como agradecer-lhe o cuidado — falei e dei meia-volta, indo buscar o material para ordenhar as cabras.

Enquanto trabalhávamos para aliviar as pobres cabras, elas voltavam seus olhinhos redondos para nós com uma expressão de serenidade e mansuetude que me comoveu. Comecei a rir e disse a Zara:

— A vida é mesmo obra divina...

— Ora essa, menina, quem duvida disso?

— Ninguém, você não me deixou terminar — reclamei. — Eu estava comovida pelo olhar terno das cabras e recordei que não suportava, quando criança, o cheiro do leite das pobrezinhas. Veja! Hoje, estou feliz e até emocionada com elas. Desapareceram meus melindres e mimos.

— Isso é bom. Melindres e mimos não servem para nada, apenas criam confusão e solidão. Nem os profetas aguentam mulheres mimadas e melindrosas, que dirá o comum dos homens! Esses achaques emocionais não ficam bem em quem tem de zelar pela vida, Eshe. Agradeça por sua transformação. Acredite, sou velha, já vivi muito, e mulheres desse tipo são insuportáveis, ninguém as tolera por muito tempo. Se um homem se ilude e casa com uma delas, o arrependimento logo o visita. Elas são um exercício constante para a paciência e a tolerância. E um relacionamento no qual alguém tenha que exercitá-los com muita frequência é péssimo. Uma mulher inteligente toma cuidado com o tipo de sentimento e emoção que desperta nos outros. E despertar a paciência e a tolerância, acredite, é péssimo. São condutas necessárias, porém cansativas e pesadas, matam outros sentimentos.

O prazer e a alegria não combinam com elas. Essas mulheres não têm amigos, não têm amantes, condenam-se à solidão.

Fiquei pensativa. Zara era uma velha matreira. Ao longo dos anos aprendi a conhecê-la e apreciar suas virtudes. Ela era sábia. Afastei a caneca com o leite da teta da cabra, derramei o líquido no jarro ao lado e Naia o examinou, declarando:

— Encheu, levarei para Lia.

— Não está muito pesado? — indaguei preocupada.

— Não, eu consigo levar — afirmou a pequena com seriedade.

— Então, vá — mandou Zara. — Cuide para não derramar. Leite é vida, sem ele os filhotes e nós passamos fome.

Naia concordou, balançando graciosamente a cabeça. E observei-a caminhar com dificuldade, esforçando-se para carregar o jarro sem derramar o leite.

— Pobrezinha! — falei, desejando ir ajudá-la.

— Por quê? Porque caminha, tem saúde para segurar o jarro e trabalhar? Ela é mais rica do que muita gente. Não tenha piedade por ela, não é preciso. É uma menina feliz e saudável, desejosa de colaborar conosco. Aceite isso.

— Eu sei, mas, ainda assim, sinto uma enorme vontade de protegê-la. Aliás, não apenas Naia, mas todas.

— Típico da fêmea! Isso é bem coisa de mulher. Você não encontrará esse mesmo sentimento em um homem! Não com a intensidade que tem nas mulheres. Algumas beiram o exagero, outras passam dele. Ele é necessário, Eshe, mas tome cuidado. Facilmente se converte em armadilha. Já vi muita mulher se perder nele. É complicado!

— Zara, você me surpreende e, às vezes, tenho dificuldade em entendê-la. Você acha que os homens não têm desejo de proteger seus filhos?

— De proteger não, eles cuidam. É diferente. A mulher anseia por facilitar tudo para a cria, para evitar-lhe os menores sofrimentos porque a fazem sofrer. É um amor aconchego. Ela está sempre alerta, protegendo. O homem cuida, mas não ameniza dores. O amor deles é diferente do nosso para com os pequenos, é exigente. Observe: as crianças precisam conquistar o amor dos homens. Elas se esforçam por agradar, por obedecer ao pai, ficam estufadas de satisfação com a aprovação dele, e isso não é apenas questão de autoridade masculina. É maneira de amar. O amor da mãe é natural, incondicional. Ela não precisa ser conquistada pela criança, mas o pai precisa, e, conforme crescem, isso se torna a cada dia mais evidente. E é por essa diferença que muitas mulheres perdem os filhos e os maridos.

Zara era uma caixinha de surpresas. Eu me afeiçoara muito a ela, e aprendera a ver o quanto ela era distinta das outras mulheres da tribo. Ela vivera calada, nunca tivera maior importância. Aliás, nenhuma outra mulher tivera.

No entanto, recordando o passado, vi claramente que as atitudes dela foram decisivas nos momentos conturbados da tribo. Ela não falava, não discutia, apenas fazia. Tinha atitude e não perguntava, nem esperava que alguém a autorizasse ou mandasse. Se era preciso, Zara resolvia com atitudes. Nunca a tinha visto conversando com as outras mulheres, tagarelando à toa. Era reservada e observadora. Tivera uma vida solitária, situação que mudara após a divisão da tribo — se é que se pode falar em divisão.

Encarei-a, aguardando que continuasse suas observações e, como ela silenciasse, comentei:

— Ouvindo você falar, lembrei-me de quando era criança. É verdade, eu fazia tudo para ter a aprovação do meu pai e me sentia mais livre com ele do que com a minha mãe.

— É, a maioria dos aprendizados da vida só precisa que a gente observe, olhe com atenção e pense. Só que muitos devem ter dor de cabeça todos os dias, pois me parece que não pensam. Vivem por viver, sem olhar para nada, sem ter dúvidas, sem querer saber... Basta que tenham o que comer e onde dormir! Para eles, viver deve ser algo monótono e triste. Não dão sentido ao viver. Neles só cresce o corpo, Eshe. Já vi muitas mulheres perderem o amor de seus maridos por não saberem ser mães. Algumas, quando têm filhos, vivem apenas para as crianças, exageram, não deixam as crianças crescerem, tratam-nas como bebês para sempre, criam criaturas infantilizadas. Esquecem dos maridos, brigam com eles pelo amor exclusivo dos filhos, não permitem que os filhos amem a ambos. É uma tragédia, brigas todos os dias.

Zara fez uma pausa, balançou a cabeça, como se lamentasse a lembrança dos fatos dos quais extraíra a lição que me dava. Mas logo retomou o assunto:

— Outras não dão a menor atenção aos filhos, somente os tiveram porque é o papel que a natureza lhes deu, porque o povo cobra que tenham filhos e, principalmente, para cumprir sua função de esposa e manter o amor do marido. Usam as crianças, não as amam e nem as querem por perto. O amor da criança não é retribuído, é tolerado. Encontrar o equilíbrio nessa relação é difícil, exige controle e conhecimento desse lado animal, da fêmea feroz com suas crias. Eu adoro animais, como você sabe, Eshe. O amor deles é um amor possessivo e ciumento porque não é racional; é só emoção, é dependente, é apegado. Quando a cria cresce, rompem-se os laços e ela vai se dedicar aos novos filhotes. Mas com as mulheres é diferente. Existem casos em que elas nunca rompem esses laços, estão sempre protegendo a cria, e isso é ruim.

Enquanto ela falava, lembrei-me que observara a atitude das cabras: os cabritinhos ficavam perto das fêmeas, os machos corriam em bando. Eles só se aproximavam quando maiores. Não me lembrei de ter visto algum macho socorrer um filhote. Lamber a cria é função da fêmea, mas só quando é pequena, quando é necessário. Chegada a idade adulta, estabelece-se a condição de igualdade entre eles.

— O amor precisa transformar-se para atender às necessidades de cada etapa da vida. Senão, como tudo que se enrijece, acaba quebrando, perdendo a função ou se tornando causa de dor. Essa proteção, que você confessou sentir pelas meninas, é natural por enquanto. Elas são pequenas, precisam e dependem emocionalmente de você, que assumiu dar-lhes uma família. Elas não têm um pai para conquistar, você precisará deixar de ser tão protetora, tornar-se mais exigente e severa, dar-lhes mais liberdade, e fazê-las sentir que precisam conquistar o seu amor todos os dias. E, em alguns momentos, você terá que deixar fluir todo esse amor feminino protetor, cheio de aconchego. Criar e educar pessoas é uma arte, Eshe. Eu tive a alegria de viver com algumas artistas e aprender com elas. E a maior lição que me ensinaram foi ter a sabedoria de libertar os filhotes e ajudá-los a transformar essa relação essencial em uma amorosa amizade, a desapegar-se e não se perder da própria essência na necessidade do outro. É preciso reconhecer que essa necessidade é temporária.

Fiquei pensativa. Entendi o recado de Zara: eu não podia fazer da vida das meninas a razão da minha própria vida. Éramos individualidades, e eu precisava manter a minha para que elas pudessem desenvolver a delas com saúde.

A palavra transformação me perseguia naqueles dias. E era sempre transformação interior, metamorfose de sentimentos.

Ordenhamos a última cabra, recolhemos nosso material, soltamos os animais e voltamos às tendas. Conversamos sobre as questões imediatas, mas eu refleti muito sobre as palavras de Zara. Jamais esqueci que "o amor precisa transformar-se para atender às necessidades de cada etapa da vida."

15
A MORTE

Passada a agitação dos primeiros dias após o saque, a rotina se restabeleceu. Apenas eu e Zara comentávamos a respeito da necessidade de segurança, mas fazíamos isso longe das pequenas e de tio Pepe, que definhava a olhos vistos. Dormia muito, alimentava-se pouco. Estava se ausentando e sentíamos o fato.

— Ele se distancia de nós — disse-me Zara uma manhã, enquanto preparávamos a refeição matinal para levar à sua tenda.

— É, eu também sinto isso. É como se ele zelasse por nós, como se, quando acorda dessa modorna[5] em que tem vivido nos últimos dias, viesse nos visitar e se assegurar de que estamos bem, de que ele pode partir em paz.

— Ahãm, exatamente — Zara confirmou e, apanhando a bandeja, anunciou: — Verei como ele está. A noite foi calma, era a minha vez de cuidar dele.

— Vá, Zara! Eu cuidarei das demais. Assim que estiverem alimentadas, irei ver tio Pepe.

As meninas, ainda sonolentas, aproximaram-se de nós, beijaram-nos e começaram a tagarelar. Zara sorriu, feliz com a balbúrdia. Ela e as meninas tinham a mesma história que eu e o leite de cabra. Transformaram antipatia em profunda e amorosa amizade.

Terminávamos a refeição quando ela retornou da tenda de tio Pepe, aproximou-se de mim e cochichou:

— Nosso velho xeique está se despendido da vida na Terra. Piorou muito, acho que não passará de hoje. Vá vê-lo!

Embora aguardasse aquela notícia para qualquer hora, senti uma dor no peito ao ouvi-la e levei as mãos à garganta. Balancei a cabeça, concordando. Não conseguia falar.

---

5 Sonolência.

— Eu cuido delas, pode ir — insistiu Zara.

Entendi que era urgente e corri à beira do leito. Ele respirava muito lentamente, lembrava uma vela cujo pavio terminara e cuja chama diluía-se em um poço de cera líquida.

Ajoelhei-me, beijei-lhe a cabeça, sussurrei seu nome, tomei uma de suas mãos entre as minhas. Ele não reagiu. Compreendi a pressa de Zara. Era o sono da morte. Não consegui conter as lágrimas e apoiei minha cabeça contra o peito emagrecido daquele homem que fora meu amparo e meu mestre na orfandade, fonte de afeto inesgotável. Recordei nossa vida juntos e murmurei:

— Eu te amo, tio Pepe, muito, muito, muito... Agradeço-lhe por cada dia que vivemos juntos, lembrarei sempre do que me ensinou. Se hoje é mesmo o fim da nossa jornada juntos, quero que saiba que fui muito feliz ao seu lado. E que ficarei bem, em paz, e ensinarei às meninas tudo que aprendi. A herança que me deixa é muito rica, tio: tenho boas lembranças para me dar força sempre que eu precisar, e a certeza de que fui muito amada. Obrigada! Lembre-se de mim com alegria.

Senti a mão dele me acariciar as tranças, bem devagar. Sorri, mas o movimento não chegou ao fim e o braço dele escorregou, sem força, sem vida. Ergui-me, chamando suavemente o seu nome.

Havia paz e a sombra de um sorriso em seu rosto. Ele morreu do mesmo modo sereno e calmo como tinha vivido. Abracei-o e dei livre curso às lágrimas. Eu aceitava a sua morte, reconhecia que a libertação da matéria era o melhor para ele. Não havia desespero nem dor desmedida, mas uma emoção genuína e muito intensa de despedida.

Eu não me sentia sozinha com o defunto, sentia-me como parte de um momento de amor muito grande e compartilhado com amigos. Cheguei a sentir o cheiro da minha mãe, e que ela estava ao meu lado. Lembrei-me de meu pai e de outros amigos da tribo que já tinham morrido.

— Eshe, agradeça a Alá pela bênção de ter vivido com esse espírito que acaba de deixar a vida material, como lhe foi ensinado — disse-me "a voz" conhecida. — Chore, extravase a emoção desse momento. E recupere a calma. Faça o que precisa ser feito. Você percebeu a grande verdade ensinada pelo profeta Jesus: os mortos enterram os mortos. Os espíritos daqueles que amamos e nos precederam no retorno à vida espiritual incumbem-se de cuidar de nós no regresso. Os que ficam na Terra devem cuidar dos que estão sob sua proteção. Na vida e no universo, cada um tem seu trabalho e o seu lugar, contribuindo com a sua parte para o bem, a ordem e o progresso. Tudo se encadeia na natureza, Eshe, e é útil conforme as suas forças. A morte não é o fim da vida, você sente e percebe isso há muito tempo. Continuamos existindo no mundo espiritual e somos as mesmas criaturas, com amores e desafetos, precisando crescer e renascer ainda muitas vezes.

"A voz", que eu sabia pertencer à mulher dos meus estranhos sonhos, teve o efeito de acalmar-me, de me fazer retomar a razão. Afastei-me do corpo de tio Pepe e, erguendo a barra da saia, sequei meu rosto. Respirei fundo e olhei o cadáver. Precisava vesti-lo apropriadamente. Não importava que fôssemos uma tribo atípica; ele fora nosso amado xeique e seria sepultado como tal. Cumpriria todos os rituais.

Aquela foi a melhor decisão, o futuro mostrou-me. As meninas reagiram com a tristeza esperada, mas eu e Zara conversamos muito com elas, explicando que a vida do espírito prosseguia e um dia voltaríamos a nos encontrar. Comoveu-nos acompanhar as preces infantis, carregadas de carinho.

Anísio e Muna acompanharam nossos rituais, confortando-nos com a presença amiga.

A roda da vida não para. E o destino das melhores e das piores experiências é tornar-se passado. Aqueles primeiros dias, mais difíceis porque ainda estávamos cercadas de lembranças materiais, passaram. Ocupamo-nos do que era óbvio: mexer nas coisas de tio Pepe para dar-lhes um novo destino.

Eu e Zara nos tornávamos mais próximas a cada hora. Era uma sensação esquisita de reencontro com uma íntima amiga. Mas nunca tínhamos nos separado nesta existência.

Falamos sobre esse sentimento, que era mútuo, e, mesmo em meio à tristeza, rimos do que, então, nos parecia absurdo.

Levantados os véus dos séculos, descortinar-se-ia às nossas vistas a amizade entre Verônica e Kay, outra vez reunidas em torno do sábio Vigílio, que acabava de nos deixar.

Arrumávamos o baú com os pertences do falecido quando Zara gritou, surpresa:

— Eshe! Por Alá, corra aqui!

Assustei-me e, mais do que depressa, atravessei a tenda, indo ao encontro dela.

— O que foi, Zara? Que susto!

— Veja! — ordenou, apontando a descoberta de um fundo falso no baú.

— Joias! — murmurei assombrada, reconhecendo as que haviam pertencido à minha mãe, as da minha tia e muitas outras cuja origem eu desconhecia.

— São lindas! — comentou Zara, examinando algumas. — E são muitas. Oh! Eshe, veja! Não são apenas joias que Pepe guardava...

Encontramos algumas peças em prata e ouro, e poucas pedras preciosas cujo valor desconhecíamos.

— Céus! Zara, estou tonta — falei, sentando-me no leito. — Precisamos pensar.

— Sim, concordo, Eshe. Mas daqui a pouco. Agora vou guardar isto e olhar os outros baús do falecido. Ele era o xeique. É provável que tenha mais tesouros guardados. Preciso vasculhar tudo. Que Alá proteja para sempre essa alma santa do falecido Pepe! Eu confesso que estava muito preocupada com o futuro, especialmente com você e as meninas. Eu estou velha e meu destino é certo, mas vocês são tão jovens, têm ainda tanto tempo pela frente... Angustiava-me a incerteza, mas agora, com isto — e apontou as joias —, conseguiremos fazer muito mais por elas. Que maravilhosa surpresa! Ele nunca falou uma palavra sequer a respeito. Imagina se seus irmãos sonham com estas joias?!

— Nem em sonho poderão saber disso! — falei. — Nem em sonho...

Lembrei-me de que eles tinham tramado a morte de tio Pepe anos atrás e nos abandonado a uma sorte cruel por muito menos.

Ao longo daqueles anos à frente da minha tribo, eu tinha aprendido um pouco da arte de comerciar, o valor dos bens materiais, e que o maior de todos os enganos é julgar e crer nas aparências. Elas são a maior ilusão da Terra.

Olhava o pequeno tesouro deixado por tio Pepe, o maior valor aos meus olhos era ele nunca ter nos dito nada. Entendi que ele deixou que enfrentássemos dificuldades e aprendêssemos enquanto estávamos ao seu lado. Não se compadeceu dos sofrimentos do aprendizado nem os tornou mais fáceis, pois somente assim eu me tornaria forte o bastante para enfrentar a vida. Reservou aquela surpresa para quando não estivesse mais conosco. Era uma das formas de nos proteger.

— Procure, Zara! Você tem razão, deve haver mais surpresas.

E enquanto ela vasculhava a tenda, eu contemplava as joias e pensava...

16
Em busca de novos desafios

A esperança de Zara foi em vão. Eu não movimentei um dedo para procurar bens materiais deixados por tio Pepe. Ele não poderia possuir nada além daquilo. Aliás, aquelas joias representavam a quebra de uma tradição.

Pertenciam a beduínas mortas. Segundo nossas tradições, as mulheres deviam ser sepultadas com todas as suas joias. Caso isso não aconteça, os adereços devem ser derretidos, perdendo a forma. Os ornamentos de uma mulher não deveriam servir a outra, ainda que fosse sua filha.

Mas ele descumprira a regra. Os tempos eram difíceis; entre a tradição e a sobrevivência, prevaleceu a última. Compreendi que reservara aqueles objetos para momentos de muita dificuldade, quando julgasse insuperável vencer sem recorrer a vendê-las. Isso era prudente e muito sábio.

Os dias que se seguiram à descoberta foram calmos, rotineiros. Passara a existir um segredo entre mim e Zara, o que reforçou nossa amizade. Esqueci-me de que, um dia, ela sugerira vender as minhas meninas. Fora um pensamento equivocado em um momento de desatino. Palavras que nunca deveriam ter sido ditas, e eu tinha certeza absoluta de que ela seria incapaz de negociar qualquer uma delas. Apegara-se e rejuvenescera no convívio com as crianças.

Transcorrida a primeira semana após a morte de tio Pepe, após nosso jantar, as meninas descansavam na minha tenda, e eu e Zara nos aquecíamos na fogueira, bebericando chá.

— Eshe, tenho pensado muito sobre o que faremos, sobre o futuro. Acredito que devamos discutir as possibilidades. Você não tocou no assunto, por isso pergunto-lhe: você tem algum plano?

— Na verdade, ainda não — respondi. — Também tenho pensado. Enquanto tínhamos tio Pepe, parece que não havia o que pensar com relação ao amanhã. Vivíamos o presente sem olhar mais além, agradecendo por tê-lo entre nós mais um dia, por não nos faltar o necessário... Confesso que vivi a espera, não planejei nada do que aconteceu. Recebi o que a vida me dava, não pedi, entende?

— Sim, entendo. Eu vi, sou testemunha de tudo que aconteceu nestes anos. Nós não planejamos nada, apenas aceitamos passivamente. E não sei se poderia ter sido de outra forma. Mas, agora, tudo mudou. Eu tenho pensado no que nos tornamos, somos uma tribo minguada de beduínas, você é nossa líder e eu sou o que sobra do seu conselho de anciãos. Acredito que somos únicas, não tem outra tribo de mulheres no deserto. E somos três gerações, acabamos em uma situação estranha. Daros nunca voltará aqui para nos buscar e nos reintegrar à tribo. Você não tem essa ilusão, não é?

— Não, Zara. No dia seguinte à partida dele, tive certeza de que ele não pretendia voltar, quanto mais cumprir o pactuado com tio Pepe! Não, ele não voltará. Concordo com você: somos uma tribo diferenciada, só de mulheres. Mas isso não nos impede de viver, não é mesmo?

— Não, é claro que não. Não pensei nisso em momento algum. Reconheço que foi difícil sobreviver até aqui e que, após a morte de tio Pepe, talvez fique ainda mais difícil. Mesmo doente, ele era um homem muito respeitado, tinha muitos amigos e sua presença nos protegia.

O argumento de Zara era irrefutável. E, para ter certeza de que nossas inquietações íntimas seguiam uma trilha comum, perguntei:

— Você está com medo, Zara?

— Sim, estou — respondeu-me com firmeza, e explicou: — Não tanto por mim, mas também por mim. Meu medo maior é pelas meninas, que são absolutamente indefesas. Elas viveram de maneira muito diversa da maioria das crianças nômades. Nunca viram uma batalha, nunca sofreram perseguição, enfim, são muito protegidas contra o que é a realidade da vida nômade. São sedentárias. No entanto, apesar de termos o principal aqui: boa água, pasto para o rebanho, e as lavouras, quer dizer, de termos garantido o alimento, estamos totalmente desprotegidas e muito próximas ao deserto, expomo-nos a ataques e saques. Do último, escapamos sem danos sérios. Mas valerá a pena brincar com a sorte? Deixar a vida correr sem nos posicionarmos, sem fazer algo que seja a expressão da nossa vontade e necessidade, não me parece uma opção inteligente.

— E não é mesmo — concordei, pensativa. — Nossa segurança preocupa-me desde a partida de Daros. Já pensei muito. Quando fomos saqueadas e corremos para a casa de pedra, achei que a solução era erguer uma casa igual e assumir nossa recém-conquistada identidade de tribo sedentária. Mas...

— Eshe, aqui é isolado demais. E o futuro das meninas? O que será delas? Quais são as oportunidades? Nenhuma lógica racional. Paredes caem, minha querida. Casas viram ruínas, e eu não estou pensando apenas em segurança, falo de futuro. O xeique Pepe era um homem maravilhoso e foi um prazer acompanhá-lo em cada dia de sua vida, mesmo na doença. Mas agora ele não está mais entre nós e nossas vidas não giram mais em torno dele. Você já analisou a situação em que estamos? Somos uma tribo de mulheres, Eshe. Isso não existe! Mas é maravilhoso poder pensar e decidir o que faremos, sermos livres para executar nossas vontades sem ter de recorrer a nenhum "jogo", você me entende? Talvez não, você é muito jovem. Eu vivi muito mais, presenciei e fiz muitas coisas com as quais você não sonha. A sua vida, desde cedo, é bem diferente da minha. Veja, se estivéssemos em uma situação normal, você já estaria casada há anos. Ao mesmo tempo, o tamanho dessa liberdade me assusta. Estamos sozinhas no mundo.

— Alá e nós — respondi. — Você tem razão, é lógico que eu não entenda o que eu não vivi, mas faço uma ideia. Apesar da minha vida tão diferente, eu observei as mulheres da tribo desde muito cedo, até por ser órfã de mãe. Eu sei o quanto os fatos nos fizeram diferentes dos outros, Zara.

— Que bom! Isso me poupa saliva. Acredito que de nada adiantará essa vivência incomum e a liberdade conquistada se ficarmos presas em nós mesmas, sem nos misturarmos ao povo. Além disso, acredito que, se retomarmos a vida nômade, viveremos com maior segurança. Porém, não penso em retomar as rotas do deserto. Acho melhor fazermos rotas por vilarejos e cidades.

— Está propondo vivermos como ciganas?

— Sim! — exclamou Zara, confiante. — Não responda agora, pense com calma. Analise o futuro das pequenas. Ficando aqui, serão livres, receberão uma educação totalmente diferente, mas estarão sujeitas a morrer isoladas. Junto às outras pessoas, será bem melhor, teremos mais facilidade para conseguir nosso sustento, poderemos encontrar boas pessoas, quem sabe nos integrar a alguma tribo ou até nos tornar sedentárias de verdade, mas não eremitas. Permanecendo aqui é o que seremos: eremitas.

Zara fazia bom uso da experiência, seu conselho era prudente. Eu não havia considerado a questão do isolamento social. Como estava satisfeita e ocupada demais, não havia considerado o futuro e as demais.

— Pensarei nisso, Zara. Prometo.

Ela sorriu, deu-me tapinhas amistosos no ombro e deixou-me só.

***

As rodas das carroças, doadas por Muna, rangiam sob o nosso peso e de nossos pertences. Carregamos tudo, à exceção da tenda de tio Pepe, que incendiamos junto com suas roupas e objetos. Deixamos somente as cinzas para trás.

As meninas não se importavam com os incômodos da viagem. Na verdade, adoravam a aventura de conhecer novos lugares. Cantavam alegremente. Éramos uma comitiva pequena e barulhenta. Levantávamos pouco pó na estrada, mas o alarido fazia os pássaros alçarem voo à nossa passagem, isso dava um encanto especial à nossa jornada.

Adorava vê-los voando, eram meus símbolos de liberdade. Identificava-me com eles.

Zara, Rute e Fatimah vinham na outra carroça. Eu, Naia, Samia e Ty seguíamos logo atrás de Anísio, Zaynah e Lia. A companhia dele era bênção.

Os comentários do povoado, o saque, a sensação de insegurança, a morte de tio Pepe, tudo se somara, impondo uma tomada de decisão. Eu não podia deixar a vida correr simplesmente. Na minha situação, isso equivalia a deixar que outrem decidisse, e essa já era uma lição dada e aprendida: eu era a senhora da minha vida, preferia a ação à reação.

A conversa com Zara tinha acabado com a sensação de vazio que acompanha a morte de alguém próximo e querido. Eu lutava com a tristeza natural e esse vazio, o que me deixara, por alguns dias, vivendo fora de foco e sintonia, um pouco aturdida. A velha e sábia amiga chamou-me à realidade.

O direito ao futuro é de todos, mas depende de nós torná-lo bom. Precisamos de atitude, confiança e fé para mudar. Não adianta ter fé e esperar de joelhos e olhos postos no céu ou na linha do horizonte; tampouco basta confiar, é preciso agir. Confiar na atitude e no próprio poder de realização. Depois a fé em Deus dará a sustentação necessária para aguardar o melhor.

Não foi preciso pensar dias a fio, foi até bem rápido concluir que Zara estava com a razão. Anísio foi decisivo.

— É uma ponderação muito sensata a dela — disse-me Anísio, quando lhe falei da conversa com Zara.

Estávamos sentados sobre os cabos das enxadas na horta em um fim de tarde. Olhei à volta, havia poucos legumes para colher, aproximava-se um período de entressafra.

— Sim, é. Continuar aqui será esperar a desgraça. É fácil prever o óbvio — respondi. — Mas eu sinto ter que partir, deixar Muna, deixar você, abandonar o estilo de vida que desenvolvemos nesses anos. Parece absurdo, não é? Afinal, somos muito pobres...

— Não, Eshe. De modo algum, vocês são ricas, muito ricas. Vocês têm amigos, amor, alegria e saúde. Isso é uma riqueza incalculável, mas está dentro de vocês, na capacidade que têm de serem amadas, de cativarem as pessoas. É uma virtude, você é uma pessoa amigável, simpática, amorosa. As meninas também, e até as velhas melhoraram bastante. Aonde vocês forem, continuarão sendo assim e construirão outras relações tão boas ou melhores do que as que têm aqui.

Sorri ao ouvir a colocação de Anísio. Acompanhei seu pensamento e ele tinha razão. Lembrei-me das proezas da infância, quando invadia a casa de pedra e tornei-me amiga de Muna e dele e, com o tempo, Yona tinha aprendido a me tolerar e gostava de mim a distância, um tanto friamente, mas gostava.

— Analisando desse modo, você está certo. Mas ainda me apego às pessoas, e sentirei falta de você, muita falta. Gosto muito de você — declarei e beijei-o na face, como fazia com tio Pepe.

Pobre Anísio! Ficou corado, era tímido para demonstrar carinho.

— Eu também gosto de vocês todas, e de você em especial, Eshe. Se eu tivesse uma filha gostaria que fosse uma mulher como você. Aprecio pessoas de caráter forte e determinadas, sem serem agressivas nem impessoais. Mas, bem... talvez... talvez... não seja preciso uma despedida entre mim e você...

— Como assim, Anísio? Você está dizendo que partiria conosco? — indaguei afoita, quase não cabendo em mim de felicidade.

— É, é isso mesmo. Eu perambulava pela região, cheguei pouco tempo antes de vocês aqui. Eu vivi anos em um mosteiro copta, mas resolvi partir, queria viver a mensagem de Jesus como ele: junto do povo, em liberdade e nas condições comuns da vida humana. Vencer o quê, encerrado entre os muros de um mosteiro? Não posso dizer nem que venceria a mim mesmo, pois as oportunidades de me conhecer e confrontar-me com o outro eram limitadas, os desafios, previsíveis a uma vida predeterminada, que é o que todo sacerdote possui.

— Quer partir conosco? — insisti.

— Quero, se me aceitarem — respondeu ele, sorridente.

— É claro que sim! — respondi feliz, e o abracei.

Ele ficou inerte em meus braços alguns instantes, depois relaxou e retribuiu o carinho fraterno. Anísio aprenderia a viver com mulheres livres que não têm medo de demonstrar carinho, seguras para amarem e serem amadas. Eu pensava assim, Zara concordava, e era a educação que dávamos às meninas. Elas tinham sido carentes demais, cada carícia recuperava-lhes um pedaço da alma. E eu, que adorava as carícias de Deus, prodigalizava afagos a todos que amava.

Foi assim que formamos uma tribo beduína, viajando longe das rotas nômades com um cristão copta.

17
Recordação de amar

Se você pensa que a vida tem um roteiro, um caminho definido a seguir, esqueça. Somos criaturas mais livres do que sonhamos. Cada dia é uma página nova, uma folha em branco, desafio maior do autor. Será preenchida, escreveremos queiramos ou não, melhor dizendo, com consciência ou não do que estamos fazendo.

Portanto, não espere a realização do futuro, faça-o acontecer agora. Não arraste correntes infernais de apego, liberte-se, agora. Não olhe para o dia e pergunte à vida o que fazer, pense, decida, faça agora. Acredite, ter um roteiro em mãos engessa a criatividade, tira o prazer do trabalho, estressa, porque as atividades chatas são estressantes. Viver querendo preenchê-lo é como um longo jogo de cartas que se arrasta pela madrugada; o sono fecha nossas pálpebras, não enxergamos mais os naipes, mas alguém nos desperta e nos irrita, lembrando o dever de fazer o próximo lance, e o fazemos de qualquer jeito para cumprir a "obrigação".

Isso não é viver, não é crescer, muito menos libertar-se. É abdicar da liberdade com que Deus nos presenteou — aliás, sublime presente — para viver preso ao protocolo. Detalhe: não sabemos quem o criou. Alguém, pai, mãe, mestres, vozes desconhecidas das ruas, nos disse que era assim que todo mundo fazia. E, afinal, por que seríamos nós os diferentes? Por que seríamos nós a questionar a "sabedoria"? Por que seríamos nós a afrontar a opinião de muitos? Por que querer ser o diferente?

A resposta é simples: para ser feliz, verdadeiro, e evoluir espiritualmente. Lembre das histórias mais simples que você conhece, até alguma mais complexa que carregue em si a trajetória de um herói; vale inclusive os príncipes dos contos de fada. Em todas, você encontrará a marca da individualidade, da capacidade de afrontar o comum, de ousar olhar além.

O príncipe da Cinderela ousou experimentar o sapatinho de cristal em uma borralheira, uma serva.

Pense nos heróis de verdade, naqueles que marcaram gerações com a força de suas ideias, de suas atitudes, de seu exemplo. Eles romperam padrões, na verdade rasgaram todos os protocolos sem por um segundo questionar quem os havia escrito. Simplesmente romperam. Seus nomes são lembrados até hoje, e muitos pagaram com a vida a ousadia de mostrar o quão livre eram e o quanto pode um ser humano consciente. Tenho especial afeição por Sócrates e Jesus. Ambos são heróis, são revolucionários, afrontaram padrões e abriram fronteiras, foram polêmicos, escandalosos, perseguidos e mortos. Mas tinham a consciência de que a vida sem autolibertação, sem consciência e sem individualidade é triste, doentia e de crescimento lento, muito lento.

Gastamos horas preciosas estudando teorias de renomados autores, lendo, instruindo-nos. Tarefa digna e necessária. Porém, é bom considerarmos a possibilidade de reservar alguns minutos do dia para ler o que escrevemos no livro da nossa vida. Essa é a obra na qual precisamos ser doutores.

Quando deixamos a vida material, não somos convidados a estudar essa ou aquela religião, filosofia ou ciência; precisamos obrigatoriamente estudar a nós mesmos. Então, não deixe para depois, comece a ler o que está escrevendo na sua vida e lembre-se de que não tem um roteiro, nem um protocolo. Se você tiver, aceite o conselho de um velho escritor, rasgue-o, amasse-o e queime-o. Não há sentido em criar sem liberdade. Será uma imitação de vida, e Deus não é tão ruim como os homens o fazem; ele nos deu liberdade. Não somos cópias, somos únicos. Por que viver uma imitação?

Bem, perdoem-me a digressão e voltemos às experiências de Eshe.

***

Rumamos para o sul do Egito, margeando o Nilo. Era fonte segura de água e de pessoas. Cidades, vilas e tribos eram facilmente encontradas. Não se anda só por aquelas margens. Ao menos não por muito tempo.

Anísio conhecia a região e guiou-nos. Nossa vida sofreu sérias mudanças. Viajávamos, parávamos algum tempo nas proximidades das cidades maiores, Zara e eu empregávamos a antiga arte da leitura das mãos e da dança para arrecadar moedas. Lia já dançava comigo. Anísio nos dava a proteção de sua companhia. As pessoas não sabiam, mas ele era incapaz de bater em alguém. Não ficávamos tempo bastante em nenhum local para dar margem à confusão. Na verdade, vendíamos sabedoria de viver a um povo incrivelmente necessitado.

Zara havia me ensinado a arte da leitura das mãos, mas antes eu tinha aprendido a ouvir com tio Pepe. Guardava comigo lições preciosas e também se manifestava uma intuição certeira, um dom que me permitia fazer julgamentos exatos.

Nosso público era dividido de forma interessante: as mulheres eram a esmagadora maioria entre as pessoas que procuravam a leitura das mãos, aflitas com suas vidas. Raramente aparecia um homem e, em geral, quando surgia, seu interesse era com relação a plantações, doenças, guerras e afins.

Ouvi a história de milhares de mulheres, conheci as dores que se repetiam, assustava-me a tristeza como nota preponderante na personalidade, o domínio do medo, os sentimentos sufocados e a falta de amor-próprio.

Eu as ouvia inicialmente com muita paciência e um sentimento horrível de piedade. Não é agradável sentir piedade de outra pessoa; menos ainda ser alvo dessa piedade. No entanto, com a experiência, que se repetiu vezes sem conta, aprendi que em muitos casos se escondia atrás daquele manto sofredor uma tirana que infernizava a vida da família, manipulando sentimentos; ou uma criatura que se considerava a vítima de todos e se achava no direito de puni-los pelas decepções e sofrimentos que vivenciava. Era a verdadeira bruxa tapada de cinza sentada na pedra da tristeza a lamuriar-se e encher os seus dias e os dos outros com mil ais.

Deparei-me com bem mais de mil "Ranas". A lembrança de minha cunhada acompanhou-me feito sombra, infinitas vezes narrada na história de outras mulheres.

Ao fim do dia, não importava onde estivéssemos, nos reuníamos em torno da fogueira, compartilhávamos o jantar, conversávamos muito, educando as meninas, fazíamos nossas preces, dançávamos e cantávamos alegremente. A noite nos trazia felicidade. Associávamos a escuridão e o brilho das estrelas à intimidade e união da tribo.

Zara realizara um trabalho silencioso e ímpar com Rute e Fatimah, integrando-as à nova rotina com disposição renovada. As meninas, por minha orientação, tratavam-nas rigorosamente segundo a tradição e, com isso, mantínhamos a paz.

Viver era tão bom, tão simples! Éramos livres e a vida não nos pesava. Com o tempo, descobri que aquela era nossa mais preciosa mercadoria: sabedoria de viver, alegria e saúde. Por isso, a fama nos precedia e as pessoas formavam filas em torno da nossa carroça nas cidades e povoados.

Aquilo deveria ser novo, mas eu sentia como se aquele trabalho fosse o meu destino, algo para o qual eu fora, em algum lugar, preparada. Eu não me limitava à arte ensinada por Zara; eu conversava com as minhas consulentes, fazia-as pensar, valorizar a vida e a si mesmas.

De certa maneira, estendia a uma população desconhecida a educação que dava às minhas filhas, as minhas vivências e algo mais que fluía conforme a necessidade de quem estava comigo. Hoje sei que eram reminiscências de conhecimentos de outras vidas.

Após a morte de Caio e Cibele, quando vivi sob a pele de Verônica, refugiei-me no templo de Ísis ao lado de Renenet. Lá aprendi a trabalhar o aspecto feminino da alma humana. Penetrei os segredos de Ísis, a vida, a morte e o retorno à vida física; compreendi a diversidade entre os seres humanos, mas, acima de tudo, a beleza e a sabedoria dessa lei dos renascimentos, o quanto ela é libertadora. Assumi a força da sua mensagem: sempre é tempo de melhorar; viver é lei, bem viver é fruto da inteligência; a dor ainda é parte do caminho, mas o sofrimento é escolha pessoal. Entendi que os vínculos que nos unem são feitos com sentimentos. É sábio amar e, mais ainda, libertar-se de mágoas e ódios, pois se sentimos dor uma vez junto a essas pessoas, isso deve bastar. Não há porque apegar-se ao que ou a quem nos faz padecer.

Tudo isso borbulhava na minha boca e eu ensinava às mulheres que cruzavam o meu caminho, uma a uma. Era a minha sementeira. Outras vezes, percebia "a voz" junto de mim, orientando-me.

E foi assim que criamos uma identidade nova, modificamos nossa forma de viver, adaptando-nos às circunstâncias, mas também deixando o fluxo da vida livre. Acabei conhecida como Eshe, a cigana.

As populações das cidades não conheciam a cultura nômade beduína e rotulavam a todos indistintamente de ciganos. Não nos interessava defender uma tribo que nos abandonara, por isso pouco nos importava como nos chamavam; isso era problema deles, não nosso.

Um dia, acampamos nos arredores de Memphis. A vista era privilegiada. À frente, ficava a cidade, com suas ruelas e mercados, ruínas romanas que tinham despertado minha admiração e um sentimento nostálgico. Atrás, tínhamos a maravilhosa visão do deserto e, ao longe, divisávamos as pirâmides de degraus e ruínas de antigos templos dos deuses egípcios.

Eu suspirava encantada com tanta beleza, esquecida de que havia muito trabalho, já que era preciso montar o acampamento. Anísio comandava a atividade. Eu me recostei à carroça sentindo o vento despentear meus cabelos e descansei contemplando o aparentemente infinito deserto do Saara. Suspirei outra vez.

— Quantos suspiros! A famosa cigana Eshe apaixonou-se, não vai confessar quando e como aconteceu isso? Acho que foi por um daqueles homens que a viram dançar ontem. Confesse! — provocou Zara, escorando-se do outro lado da carroça.

Eu ri da brincadeira.

— Você enlouqueceu, Zara. Eu nunca me envolvi com nenhum homem. Não sei o que é apaixonar-me. Estou encantada com a cidade, só isso. Despertou-me um sentimento doce e tristonho ao mesmo tempo. Uma sensação de ter perdido algo muito bom e bonito, algo de que eu gostava muito e do qual estou recordando. É estranho, eu sei. Não é ruim, mas é como se fosse uma nuvem que me envolvesse. Dá vontade de ficar sozinha, mas não penso em nada, apenas sinto. Não tenho nenhuma lembrança deste lugar, estou aqui pela primeira vez.

— Hum, estranho mesmo. Não me lembro de ter visto você assim antes. Parece triste.

— Mas não estou, não sei explicar o que se passa comigo. Está tudo bem, vai passar. Talvez seja cansaço, temos viajado e trabalhado muito. O corpo cobra descanso, deve ser isso. Fique tranquila, Zara, daqui a alguns instantes irei ajudar a organizar as tendas. Ouvi tantas histórias tristes contadas pelas mulheres nos últimos dias, que é possível que tenham me afetado.

Ela entendeu meu desejo de ficar só, olhou-me curiosa, mas nada disse. Afastou-se ligeira.

Entreguei-me à contemplação e àquele sentimento indefinido que me tomava por inteiro. Envolta nele, ouvi as vozes de Zara e Anísio falando a meu respeito.

— O que ela tem? — perguntou Anísio.

— Disse que está bem, apenas quer descansar um pouco. Acho que está nostálgica, o que não é comum. Eshe é pura vitalidade e força interior. É a primeira vez que a vejo assim, suspirando e com o olhar ao longe. Até parece apaixonada.

Anísio riu com gosto e retrucou debochado:

— Por mim?! Só pode ser, Zara. Eshe...

— É uma linda mulher, jovem e saudável — resmungou Zara, séria. — Deveria, sim, estar casada e ter seus filhos, é da natureza. Ela tem uma vida muito diferente. Tudo o que aconteceu nos tornou muito diferentes, somos mais do que nômades...

— É claro que somos — concordou Anísio, abandonando o riso e o deboche. — Somos filhos de Deus, essa é a nossa identidade. Pertencemos à humanidade, a Terra é o nosso lar.

— Não estou me referindo a isso, não se faça de desentendido, Anísio. Você entendeu o que estou falando.

— É claro que sim, Zara. Entendo. Mas a minha própria vida é tão ou mais estranha do que a de vocês. Nasci na Grécia, um país que fica muito distante daqui. Tinha casa, família, amigos, e trabalhávamos como agricultores. Um dia, apareceu um homem lá... era um mestre. Viveu conosco vários meses, e com ele aprendi a amar o conhecimento. Quando ele disse que partiria para o Egito para viver em um mosteiro copta, eu não hesitei em acompanhá-lo. Eu era jovem e meus pais tentaram de todas as formas evitar que eu partisse. Mas o querer humano não tem páreo quando é firme. E, após uma longa viagem, na qual aprendi muito, chegamos ao mosteiro. Vivi muitos anos lá. E um dia entendi que devia partir. Eu não tinha rumo nem planos, apenas o desejo de ir, de encontrar pessoas e de viver com elas. Vaguei pelo Egito até encontrar a senhora Muna. Ela precisava muito de ajuda. Fiquei lá. Então, conheci Eshe, depois conheci vocês e aqui estou. Um grego, cristão copta, vivendo com uma tribo de mulheres beduínas e islâmicas. E, juntos, acabamos conhecidos como ciganos. Você quer algo mais diferente?

— É, é bem diferente mesmo. Eu, às vezes, esqueço e penso que você sempre viveu conosco. Aliás, acredite, eu nem me lembro mais da vida que tive antes.

— Você está feliz, Zara. É esse o motivo.

— Será, Anísio?

— Sim! Quando estamos felizes, esquecemos o passado, só nos interessa o presente e o futuro. O resto é vaga lembrança. Não se preocupe com Eshe, Zara. Ela também é feliz. É uma mulher forte e equilibrada, apaixonada pela vida. Tem uma trajetória única, é certo, mas, afinal, quem não tem? Acredite, ela está melhor vivendo assim do que se estivesse casada por obrigação.

As palavras de Anísio levaram-me a pensar na minha própria história. Zara não podia estar mais enganada a respeito dos meus sentimentos. Não havia nenhum pedido da natureza rondando meu íntimo. Não pensava em ter filhos — eu tinha cinco filhas lindas e agradecia a Alá por estarem saudáveis e crescidas. Na verdade, eu era ainda mais estranha do que eles percebiam: eu nunca sentira atração por homens. Aliás, sexo, casamento e família tradicional não povoavam a minha mente.

— Mãe do céu, como posso ser assim? — murmurei.

Tratava-se de mera constatação; tomei consciência sem qualquer aflição de mais essa diferença. Tentei imaginar-me casada, vivendo segundo as regras de uma tribo nômade. Conheci a rotina das mulheres: viver à sombra dos homens, trabalhar e parir até a morte. Não, obrigada. Aquele tipo de vida não era para mim.

Notei que me sentia satisfeita e feliz. Eu estava em paz, não tinha carências, curiosidade ou necessidade em relação aos homens. Recordei tio Pepe e seu amor por mim. Seria essa a fonte da minha satisfação? Não, ele fora uma figura paternal. Não era essa a razão do meu desinteresse pelos homens.

"Seria o medo? Afinal, presenciei e ouvi o bastante para temê-los?", perguntei-me. Mas não sinto medo, sei que nenhum homem ousará ser violento comigo; eu não permito. E não seria uma vítima passiva. Então, de onde vem essa sensação de satisfação de amor masculino, essa certeza de que ele é bom? Por que não o desejo? Nem ao menos tinha pensado naquilo até aquele instante.

— É bobagem pensar nisso. É um fato. Eu sou assim, estou bem, está tudo bem — murmurei para mim mesma. — Chega de entregar a mente ao devaneio, não se vai a lugar algum. Tenho trabalho a fazer. Basta!

Dito isso, caminhei decidida ao encontro dos outros. Desdobrar as tendas e montá-las era uma atividade importante, mas exigia-me paciência. Lançava olhares invejosos às carroças das tribos ciganas, pois eram mais práticas e eficientes.

— Tentarei comprar algumas delas — falei, pensando alto.

— Comprar o quê? — perguntou Lia, desdobrando outra tenda ao meu lado.

— Carroças onde possamos dormir e guardar nossos pertences — respondi, sorrindo.

— Coloridas, grandes e com aquelas lonas? — insistiu Lia. Seus olhos brilhavam. — Poderemos viajar como ciganos de verdade?

— Sim, é dessas carroças que estou falando. Você gostaria de ter uma, Lia?

— Eshe, não é possível que alguém goste de montar e desmontar tendas. As carroças estão sempre prontas. Observei vários acampamentos ciganos, eles têm algumas tendas grandes usadas por todos, é rápido organizar o acampamento. Para nós seria ótimo. Imagine: uma tenda grande para nós seria suficiente, dormiríamos nas carroças. Assim, pouparíamos trabalho e seria mais rápido chegar e sair de qualquer lugar.

— Exatamente o que penso — disse, sorrindo confiante para Lia.

Ela estava com dez anos, percebiam-se os primeiros sinais de mudança em seu corpo, transformando-a em adolescente. Logo seria uma moça. O que lhe reservaria o amanhã? Lia tecia muitos planos. Senhor, como é extenso o fio da imaginação juvenil! Eu comentara a possibilidade de adquirir carroças e ela já estava viajando para outro continente, trocando nossos bois por cavalos.

À noite, sozinha em minha tenda, rolava de um lado para outro, sem conciliar o sono. Pensava em muitas coisas, mas não eram elas a causa da insônia, e sim a estranha sensação de nostalgia que voltara com intensidade, tirando-me a paz.

18
Ciro

Foram dias difíceis, aparentemente incompreensíveis, mas, perante a minha tribo, nada manifestei. Se Zara e Anísio perceberam meus sentimentos, silenciaram suas opiniões. Seguíamos uma rotina normal.

A aquisição das carroças ciganas continuava em debate. Muito conversamos até estabelecer-se a concordância geral.

Zara procurou-me, preocupada com o grande gasto que faríamos.

— Mas não foi consenso adquirirmos as carroças? — perguntei-lhe, sorrindo de sua aflição tão material.

— Sim, foi, mas não considero a opinião geral, o consenso, algo tão nobre e perfeito. Sempre pensei, e não mudei, que ele é uma ilusão e nunca é inteligente. Veja bem, Eshe: salvo Lia, as meninas ainda não têm noção de custo, de valor. Para elas é um sonho. Não lhes importa o futuro, pensaram na realização imediata. Para Rute e as outras, é menos trabalho, sabe como elas se julgam: velhas que não podem trabalhar. Na verdade, nunca quiseram, nem quando eram jovens. A preguiça é o que lhes dobra as costas — comentou Zara, sem disfarçar o azedume. — Mas nós sabemos o valor de cada carroça e o quanto trabalhamos. Sei que temos recursos, afinal, nunca tocamos nas joias do xeique. Mas será que devemos mesmo arriscar tanto? E o futuro?

— Zara, aprendi que o futuro ainda não me pertence, não tenho sobre ele grande poder. Podemos prever alguns acontecimentos, mas não afirmar que se realizarão; são possibilidades. Aliás, nem sempre adianta fazermos planos. A vida é soberana e tem suas vontades, minha amiga. Concordo que a opinião da maioria não é sábia, é comum ser muito burra. Eu sei. Deixei que todas conversassem para que sentissem que a decisão era delas, mas, no fundo, eu já tinha decidido fazer essa mudança. Deixá-las discutir foi a minha forma de fazê-las aceitar a decisão. Assim, quando ocorrer a mudança, estarão felizes.

Zara olhou-me perplexa, piscou e disse:

— Eshe, isso é diabólico!

— Por quê? — indaguei tranquila.

— E ainda pergunta?! Você está jogando com o pensamento delas, com suas vontades, e apenas observa e conduz tudo com essa calma fria! Menina, o assunto é inofensivo, mas a sua atitude me assusta.

— Que é isso, Zara? Não seja exagerada. Eu premeditei, sim, mas não estou fazendo nada que vá prejudicá-las. Ao contrário, meu desejo é vê-las felizes...

— Desde que de acordo com a sua vontade — interrompeu Zara, completando ao seu modo a minha frase.

— Pode ser, mas, como você mesma disse, é algo inofensivo. Sinto-me muito tranquila com o que fiz. Amanhã encomendarei as carroças! Nossos dias montando e desmontando tendas estão contados. Quanto ao gasto, fique tranquila, pois não usarei as joias e tampouco liquidarei o que temos. Usaremos o tempo, Zara! Ou seja, usaremos o futuro.

— Ele é incerto, você mesma falou — lembrou-me.

— É verdade, mas acredito que conseguiremos grande parte do valor necessário. Memphis é uma cidade com grande fluxo de pessoas, teremos muito trabalho.

— Anísio diz que aqui também há grande influência das religiões antigas e atuais. Isso pode nos atrapalhar. Sabe que elas ensinam a desprezar nosso conhecimento. Dizem que somos pessoas do mal.

— É mesmo? — indaguei debochada, fingindo espanto.

— Não brinque, Eshe. Não gosto de alguns comentários nem do movimento que tenho observado desde a nossa chegada. Parecem enlouquecidos! Alguns não sabem o que dizem, é como se cantassem sem interpretar os sentimentos expressos na música ou se contassem uma história decorada sempre no mesmo tom de voz, vazia de emoção. Isso me preocupa, pois pessoas assim não pensam, mas obedecem a alguém que as domina e dirige, e que é o verdadeiro criador da ideia. Eles se escondem na multidão e a usam. É perigoso. Agem com seus seguidores do mesmo modo que você está agindo com a tribo, manipulando opiniões, quando não ordenam simplesmente o cumprimento das próprias vontades.

— Hum, não estou em boa companhia, não é mesmo? — brinquei, depois respondi com seriedade. — Entendo sua posição, Zara. Agradeço-lhe as advertências. Prometo-lhe que tomarei cuidado para não usar essa "habilidade recém-descoberta" de maneira imprópria e nem abusarei dela. Quanto ao restante, continuo confiante que, apesar de suas colocações, teremos muito trabalho. Existem muitas religiões e religiosos! Eles ensinam fatos e pretendem despertar a adoração e a obediência cegas, mas não desenvolvem a religiosidade em seus adeptos, por isso são muito mais volúveis do que supõem os seus líderes. Adoram em palavras e têm o coração tomado pelo medo. Suas atitudes demonstram hipocrisia e desespero. Eu as lamento tanto!

— Eshe, falando assim você parece uma sacerdotisa. Eu conheci algumas sacerdotisas das deusas.

Silenciei. Não havia razões para discutir o que estava decidido. Era executar. Eu era, novamente, uma criança arteira brincando com elas, levando-as a participarem do meu jogo. Não haveria dano; ao contrário, teríamos benefícios. Quanto às incertezas de Zara sobre o amanhã e o nosso trabalho, entreguei-as todas ao vento. Eu tinha perfeita convicção de que tudo correria bem, de acordo com meus planos, e também confiava na proteção divina. Lembrei-me das afirmações do profeta Davi, ensinadas pelos judeus e repetidas por tio Pepe inúmeras vezes na minha infância: "O Senhor é o meu pastor, nada me faltará. Deitar-me faz em verdes pastos, guia-me mansamente a águas tranquilas."

Eu possuía aquela fé calma e confiante no amparo de Deus proposta nos versos e também acreditava que era capaz de realizar meus próprios desejos. Era preciso ser ativa, crer e trabalhar pelos resultados.

E ela foi testada. Zara estava com uma parte da verdade, a cidade era um caldo fervente de disputas religiosas.

Fanáticos de todos os tipos eram facilmente encontrados em qualquer ruela. A cidade parecia mapeada pela fé, com mil fronteiras invisíveis.

Em meio a essa luta institucional, o povo caminhava sem governo nem rumo quanto à fé. Cegos, não percebiam que esse é um sentimento pessoal, livre, que nos liga ao Criador e não importa o nome pelo qual o chamamos. Às vezes, esse nome serve apenas para demarcar limites e separar pessoas.

Doença, sujeira, desespero, violência, ignorância encontrava-se em abundância.

Eu, Zara, Lia e Anísio estávamos entretendo e atendendo a população, quando um bando armado com paus e gritando ofensas correu em nossa direção. Lia dançava sobre um tablado, enquanto Anísio recolhia as doações e vendia ervas e infusões para tratamento de diversos males. Zara as elaborava, conhecia seu emprego e ajudava muitas pessoas, quer pagassem ou não pelo serviço. Associava as ervas às suas orações e emocionava-me reencontrar as pessoas atendidas melhores e até curadas. Eu fazia a leitura das mãos e os aconselhamentos.

Atendia mais uma mulher que chorava os horrores de um casamento arranjado com um homem que a agredia brutalmente com frequência. Ela chorava tanto, que ainda não pudera dizer-lhe sequer uma palavra. Era mais uma que estava cansada de chorar sozinha e via em mim alguém capaz de ouvi-la. Tentava confortá-la quando ouvi o grito de Anísio:

— Eshe, Eshe, vamos embora! Um bando de fanáticos corre para cá.

Desculpei-me e afastei a mulher chorosa, fui à frente da carroça, abri as cortinas e os vi.

— Apresse-se, mulher! — falei, firme. — Saia daqui, corra. Outro dia conversaremos! Agora salve sua pele tão machucada.

Empurrei-a, chorando, para fora e a guiei por trás da carroça. Lia e Zara corriam pela ruela que levaria à saída da cidade onde estávamos acampados. Senti a mão de Anísio pegar a minha e corremos.

— Largou tudo, Anísio? — perguntei enquanto fugíamos.

— Trouxe a bolsa. Não havia tempo para atrelar os bois à carroça e juntar nossas coisas. Buscaremos o que sobrar depois e, se nada sobrar, faremos novos. E você, deixou a bolsa?

— Não, está comigo — respondi e mostrei-lhe a bolsa de couro que segurava.

— Bem, salvamos nossas vidas!

— Chega de conversa, Anísio. Não tenho fôlego para correr e conversar. Vamos!

Tarde da noite, Anísio e eu retornamos ao local à procura dos nossos bens, carroça, chás, bois, tablado.

As ruelas estavam desertas e escuras. Uma tocha iluminava nosso caminho. Andávamos calados, bastava uma corrida daquela extensão por dia, não queríamos chamar atenção.

Chegamos à esquina, vislumbrei os contornos da carroça e suspirei aliviada. Puxei a manga de Anísio e sussurrei:

— Veja, é a nossa carroça!

Ele apenas balançou a cabeça afirmativamente. Apressamos o passo, entusiasmados. Próximo dela, viam-se os sinais da destruição, pedaços de pau, pedras, manchas de sangue. O tablado era irrecuperável. A mesa com as ervas medicinais de Zara estava virada, com os molhes esparramados, muitos rasgados, os potes com as cascas quebrados, raízes misturavam-se a folhas e flores, tudo pisoteado, sujo. Não havia como salvar. Ela teria muito trabalho, e nós ficaríamos muitos dias sem ter o que vender.

Procuramos inutilmente pelos bois.

— Vamos puxar a carroça — falei, desistindo da busca. — É o que restou. Não convém abusar da sorte.

— É, vamos logo.

Juntos, tiramos a carroça dali, evitando fazer barulho. Era pesada e, enquanto a puxava, avaliei o trabalho dos animais. Eles mereciam proteção e carinho, não maus-tratos. Fazer toda aquela força e ainda serem surrados era demais. Considerava-os meus auxiliares; trabalhavam, eram úteis, amigos, por que maltratá-los?

— Ufa! — bufou Anísio, diante da entrada do acampamento. — Pensei que não chegaríamos. Como pesa essa carroça! Os bois devem ter ficado felizes por se livrarem dela. Arre!

Joguei-me sobre a areia, estava exausta.

— Que dia! Mãe do céu, que bom que terminou! — falei.

— Vamos deixar a carroça aí, amanhã examinaremos como está — determinou Anísio.

Ri da ideia. A noite era escura como o breu, sem lua nem estrelas. Mal enxergávamos os contornos da carroça. Impossível examinar a própria mão, quanto mais a carroça, cujo interior era ainda mais escuro.

— Muito sensato — debochei, irônica. — Com a luz do sol será mais fácil, concordo.

Anísio compreendeu e riu com gosto, reconhecendo a bobagem que tinha sugerido.

— Ah, sim, eu sou um homem inteligente, você já devia saber.

— Eu sei — respondi risonha. — Vou dormir, não aguento mais. Meu corpo dói inteirinho.

— Juro que sei do que está falando — disse Anísio.

Ele estendeu-me a mão e, juntos, nos dirigimos às tendas. Zara e Rute compartilhavam a habitação, e assim haviam cedido uma a Anísio. Eu e as meninas dividíamos outra e a terceira era ocupada por Fatimah, a mais recalcitrante a mudanças.

***

As emoções do dia anterior ainda estavam presentes quando senti os raios do sol aquecerem suavemente minha face. Um novo dia surgia. Espreguicei-me e senti dores musculares, resquícios da tensão, do estresse e da corrida. Decidi dormir até mais tarde. Após o ataque dos fanáticos, eu não pretendia voltar ao mesmo local. Precisaríamos refazer as mercadorias de Zara, e havia muito a ser repensado, não tinha como seguir a rotina. “Descansar também é necessário”, pensei. Virei-me para o outro lado e adormeci. Não vi as meninas acordarem.

— Eshe! Eshe! Acorde! — gritava Ty, puxando os cobertores rústicos nos quais me enrolava. Pisquei, atordoada. A pequena continuava a chamar-me aos berros.

— Calma, Ty! — respondi em tom mais alto e áspero do que o usual, fruto do cansaço e da surpresa de ser despertada.

Pronto! Mal abri os olhos e lá estava minha pequena com lágrimas escorrendo pela face. Ty era de uma carência a toda prova, ela temia fazer qualquer coisa que me desagradasse. Eu sabia que isso encobria o medo de ser abandonada outra vez. Sem querer, minha atitude a recordara de outras mulheres que gritavam com ela e a haviam abandonado. Senti a culpa bater à minha porta, mas não abri, não resolveria. Agora, era consertar e ponto final.

Sentei-me e a puxei para bem perto de mim, olhei-a fixamente e sorri ao pedir-lhe:

— Perdoe-me, Ty, eu gritei com você sem querer. Assustei-me, estava dormindo, ontem foi um dia difícil e cansativo. Eu nem tinha visto que era você, querida, a me chamar. Vem, me dá um abraço! Eu te quero muito, você sabe, não é mesmo? Vocês todas são a minha tribo, as minhas filhas, e eu nunca irei abandoná-las.

Ty abraçou-me forte. Senti que o fantasma do abandono rondava seu pequeno ser. Fiz um enorme esforço para não pensar em Daros e na responsabilidade que lhe cabia ou nas mulheres da tribo que haviam sido incapazes de defender suas filhas, preferindo maridos e homens que com frequência as maltratavam por atos e palavras.

Mais uma vez, precisei transformar a ira em fonte da minha energia e determinação. Negar-me a olhar para trás era, acima de tudo, um exercício de autossobrevivência.

No dia a dia, essas marcas do passado ficavam esquecidas, mas o episódio da violência do dia anterior reacendera lembranças traumáticas, e as emoções de todas estavam à flor da pele. Eu era a adulta, era a mãe, o suporte emocional.

As dores e as alegrias delas rebentavam em mim como as ondas do mar se quebram contra as pedras.

— Você entendeu o que eu disse, Ty? — perguntei, apertando-a contra meu peito. Sempre tivera por ela uma secreta preferência. — Eu amo você e as outras, agora nós somos uma tribo, uma família.

Ela concordou com um gesto de cabeça e notei que as tranças estavam desarrumadas, o que significava que Rute e Zara não a tinham visto aquela manhã. Rute era zelosa do cuidado com a aparência das meninas. Era ela quem fazia as roupas, cuidava dos cabelos, da alimentação, entre outras coisas, enquanto trabalhávamos.

— Agora, diga-me por que veio me chamar e onde estão suas irmãs? — pedi-lhe.

— Na carroça, e tem um homem grande dormindo lá dentro.

Pulei do leito e, arrastando Ty pela mão, corri até a carroça com o coração aos pulos, temendo pelas meninas. Quem seria o estranho? Algum fanático do dia anterior? Um ladrão?

Suspirei aliviada quando vi as outras rodeando a carroça sãs e salvas. Lia correu ao meu encontro e informou:

— Tem um homem dormindo dentro da carroça. Acho que ele está doente.

— Você entrou lá? Conhece o homem? — indaguei.

— Tenho quase certeza de que ele já procurou Zara e foi mais de uma vez, por isso acho que ele está doente. E ele é magro e pálido — respondeu Lia, gesticulando nervosa. — Mas como ele foi parar na nossa carroça e por quê? Vocês não viram ele ontem?

— Não, Lia, nós não vimos. Por favor, vá chamar Zara. Se ele a procurou mais de uma vez, ela vai lembrar.

Obediência era uma virtude de Lia. Às vezes me preocupava que fosse excessiva. Mas naquele instante agradeci aos céus, pois seguiu minhas orientações sem questionamentos.

— Será, Senhor, que hoje será outro dia daqueles? — murmurei, olhando o firmamento e falando com Deus.

Não se ouvia sequer um "ai" do estranho. Com o movimento que fazíamos do lado de fora, ele tinha que ter acordado.

Curiosa, resolvi enfrentar o desconhecido sem esperar a chegada de Zara. Recomendei às meninas que não me seguissem e contassem a Zara o que sabiam.

Afastei as cortinas da entrada e um feixe de luz se projetou no interior, iluminando o homem deitado de bruços. Era grande e magro. As roupas estavam folgadas, eram maiores do que ele e mostravam sinais da luta. Estavam empoeiradas e tinham respingos de sangue. Aproximei-me: a face era pálida e encovada, concordei com as meninas: o homem estava doente.

Ajoelhei-me para examiná-lo mais de perto. Algum dia deveria ter sido um belo espécime masculino, mas no momento restava um esqueleto coberto de pele morena, que não escondia a palidez, e cabelos cacheados escuros opacos e sujos que chegavam à altura dos ombros. Aliás, ele exalava um cheiro desagradável.

— Acorde, homem! — chamei e repeti três vezes, cutucando-o com a ponta dos dedos.

Ele permaneceu imóvel. Tomei coragem e o sacudi enquanto falava bem alto:

— Acorde, homem!

Um gemido foi a resposta. Virei-o de frente e descobri a causa, um enorme hematoma na testa. Estava inchado. Ele não abria os olhos.

Zara entrou no exato minuto em que eu examinava o ferimento.

— Está bem feio — comentou ela, ajoelhando-se ao meu lado.

— Muito, mas creio que o sono dele não seja normal. Pode ser efeito do ferimento? — perguntei-lhe.

— Já vi isso acontecer, foi há muito tempo durante uma batalha. Um dos nossos caiu e bateu a cabeça no mesmo lugar deste aí. Ficou dias desacordado, pensei que fosse morrer, mas sobreviveu. Ficou mais bobo do que já era.

Ri da explicação da minha amiga enquanto pensava no que fazer.

— Eshe, não podemos abandoná-lo. Está doente, precisa da nossa caridade.

— Eu sei, Zara. Não esqueci os ensinamentos de tio Pepe, mas, com toda sinceridade, hoje, era o que menos precisávamos. Não é um bom dia para fazer caridade — retruquei.

Respirei fundo, coloquei a mão sobre a face do doente, estava levemente fria. Olhei-o, senti profunda piedade e inusitado e despropositado carinho. Decidi socorrê-lo e falei:

— Mas, quem disse que podemos ou devemos escolher o dia? Alá determinou que seria hoje, assim será. Zara, precisamos limpá-lo. Ele fede demais. Vou pedir roupas a Anísio. Examine-o e veja o que podemos fazer.

— Está bem, Eshe, mas ajudarei a preparar o banho... ou melhor, a limpeza. Não temos como colocá-lo na banheira, trarei um balde com água e sabão. Iremos lavá-lo com um pano. Não é o que ele precisa, mas é o que podemos fazer. Limpo será mais fácil examiná-lo.

Saímos da carroça e respiramos aliviadas. Encaramo-nos e rimos da situação.

— Lia disse que você já o atendeu. Lembra-se dele, Zara?

— Vagamente. Tentarei recordar. Você sabe como é memória de velha: não é quando eu quero, mas quando ela permite. Daqui a pouco lembrarei. Não adianta forçar.

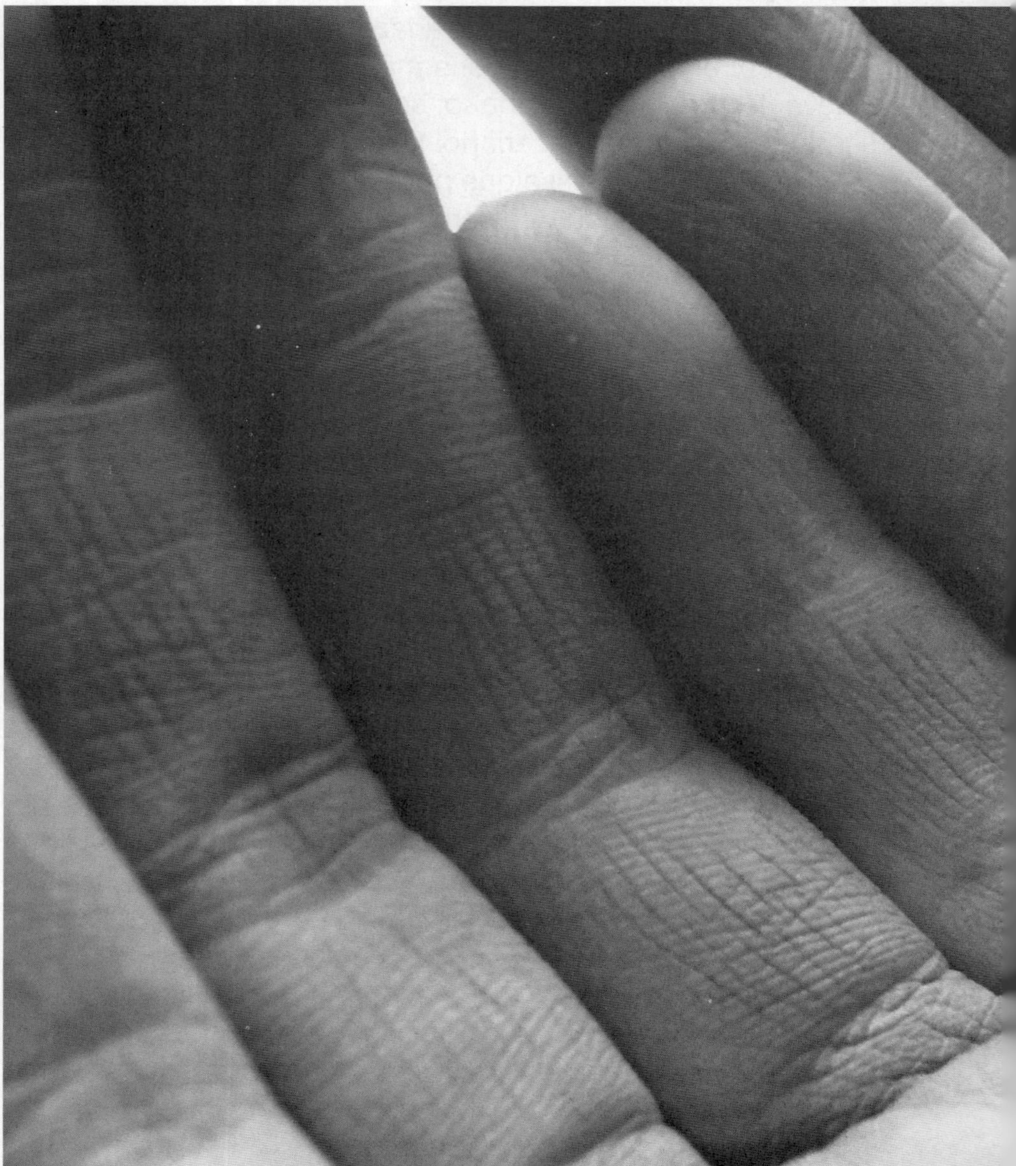

19
Bons tempos

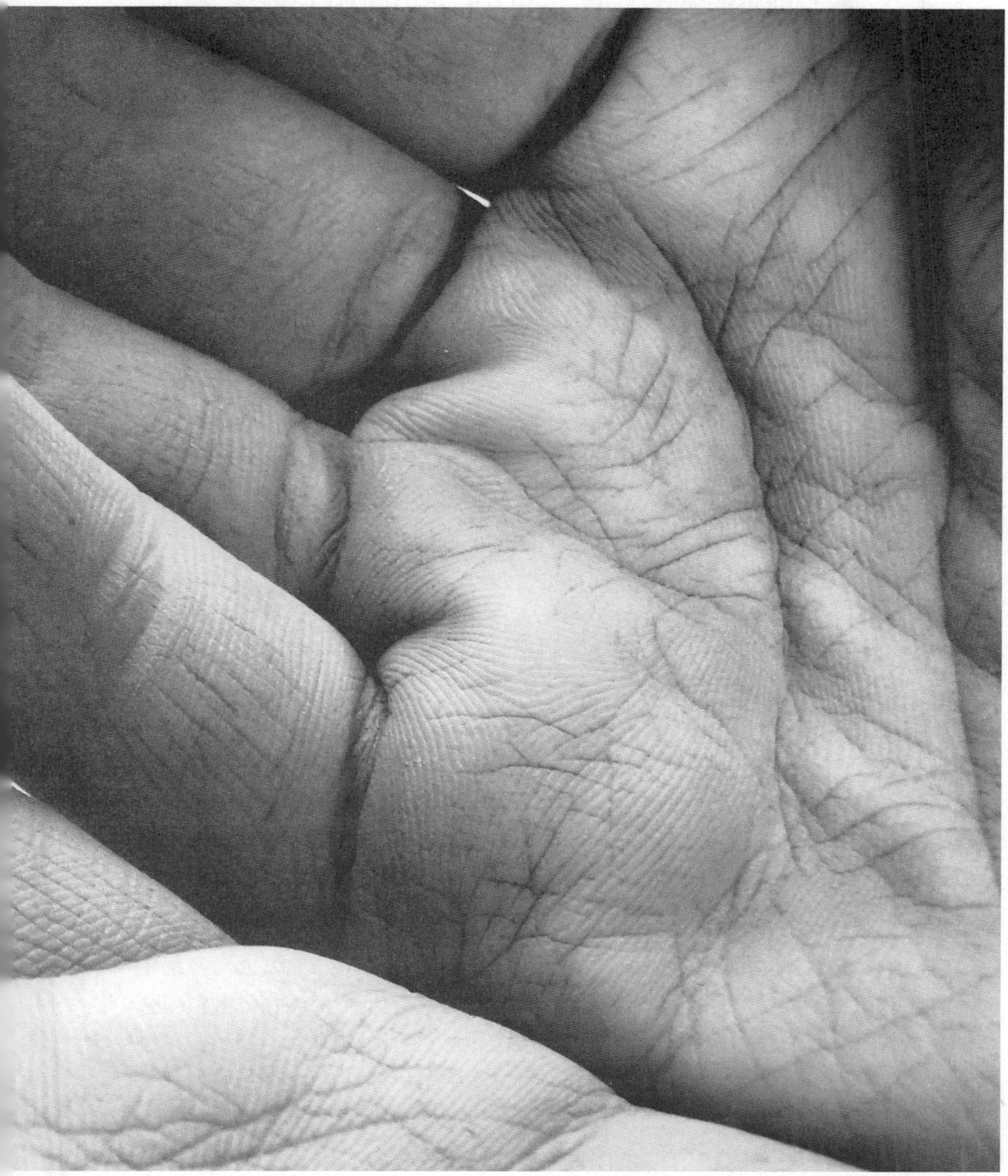

Anísio dividiu com o inesperado hóspede o pouco vestuário que tinha.

— Dê-lhe as mais velhas — falei séria e expliquei. — Talvez acabe morrendo, seria um desperdício que não podemos fazer. Basta que ele não esteja tão fedorento. De qualquer modo, não sairá da carroça, não há razão para dar-lhe o melhor.

Meu amigo riu, separou as vestes mais surradas e entregou-me.

— Você tem razão, Eshe. Eu não pensaria de outra forma.

— Ainda bem, temi que você seguisse as regras de hospitalidade do deserto.

— Seguiria se estivesse no deserto. Dada a nossa situação, estamos livres de regras de povos e lugares. Gosto disso, é uma experiência maravilhosa de liberdade e responsabilidade pessoal. Nossa única lei é a consciência. Você já pensou na bênção que recebemos?

— Sinceramente, Anísio, não havia observado a nossa situação dessa maneira. Eu vivo há muitos anos longe de regras e quebrando tradições, minha vida é o que é, com certeza o que minha alma necessita. Mas é claro que sei o quanto é diferente. Não conheço outra beduína virgem que tenha cinco filhas, o comando de uma tribo de fé islâmica composta por meninas e velhas e cujo único homem seja um cristão copta. Aprendi a ser livre. Às vezes, quando ouço as pessoas nas consultas, sinto-me como um falcão voando alto e solitário, observando, a uma enorme distância, o que os outros fazem. Mas eu me sinto feliz, e sei que vivemos melhor do que muita gente. Sim, você está certo, Anísio, somos abençoados com esta experiência.

Ele terminou de separar as peças de roupa e, olhando para o pátio — espaço central entre as tendas —, viu Zara carregando um balde, com panos velhos jogados sobre os ombros.

— Vamos, irei ajudá-las — disse Anísio, andando ao encontro de Zara.

Cuidamos do enfermo como podíamos. Zara o examinou e providenciou unguentos para os muitos hematomas espalhados por seu corpo.

— Ele apanhou bastante — comentou Zara, enquanto o tratava. — Eshe, vamos dividir o trabalho, você cuida das pernas e eu do restante. Enquanto isso, Anísio, você procura as ervas de que precisarei e leva as meninas para junto de Rute.

Assustei-me com os ferimentos do homem, nunca tinha visto alguém tão machucado.

— Zara, será que ele não quebrou a perna? — perguntei, apontando o inchaço na altura do tornozelo esquerdo.

Ela apalpou o local fazendo caretas.

— Ele é pele e osso — afirmou. — Acho que não quebrou, se tivesse acontecido os ossos estariam expostos, mas é... "eu acho", não posso afirmar. Ele não fala, nem resmunga! Coloque o unguento, enrole bem firme uma tira de pano e amarre.

Terminávamos o trabalho quando Rute apareceu na entrada da carroça e anunciou:

— Trouxe leite e água. Será que ele engole?

— Não sei — respondeu Zara. — Mas tente. Estou terminando e lhe cedo o lugar. Minhas costas estão doendo. Que posição horrível para cuidar de alguém! As tendas são mais confortáveis, é bom pensarmos mais antes de trocá-las.

— Trocar o quê? — resmunguei. — Esqueceu que não sabemos quando voltaremos a trabalhar, nem se ficaremos por aqui com esse bando de fanáticos à solta? Não é momento de comprar, teremos que adiar os planos.

Zara olhou-me fixamente e indagou:

— Não temos reservas?

Entendi que ela perguntava pelas joias de tio Pepe, somente eu e ela sabíamos do pequeno tesouro em meu poder.

— O que temos é para nossa sobrevivência. Foi o pouco que Anísio e eu salvamos ontem. O que tínhamos para comprar as carroças talvez precisemos usar em outras coisas. Nada além.

Ela entendeu a mensagem: as joias permaneceriam intactas enquanto pudéssemos sobreviver sem vendê-las.

— Já passamos por situações muito piores — intrometeu-se Rute, sem entender do que falávamos. — Esta passará também, como as anteriores.

— Com certeza — apoiei firme a declaração dela.

Ela se dizia uma beduína forte, mas, às vezes, falava para convencer a si mesma.

Terminei minha tarefa e arrastei-me para fora. Suspirei ao ficar de pé. Zara riu e provocou:

— Tudo tem dois lados, Eshe.

Olhei-a e sorri. Era o suficiente para nos entendermos. Sacudi a saia para afastar o pó, notei que estava suja. Naquela época, a higiene fora apagada das necessidades humanas, mas em mim sobreviviam resquícios de um passado superior ao presente em se tratando desse pormenor.

Dentre tantos padrões afrontados, aquele era muito pequeno para ser respeitado e eu exigia que todos se banhassem ao menos uma vez por semana, quando a realidade da maioria da população eram alguns banhos em toda existência. E as mulheres lavavam-se na água usada pelos homens. Também não tolerava roupas sujas e fedidas. Daí meu horror ao estado do enfermo.

— Zara, vou ao rio — informei e caminhei apressada até a tenda, em busca de roupas limpas.

Deliciava-me no frescor da água, esquecida de tudo e todos. Brincava como uma criança despreocupada, tecendo círculos em torno de mim e observando, encantada, a sequência de marolas. Banhava-me na margem, pois a correnteza do rio era forte.

Ouvi um som vindo da outra margem. Algo se movia no rio. Repentinamente, senti meus pelos eriçarem, o coração bateu forte, todos os meus sentidos ficaram alerta. Virei-me, divisei um vulto mergulhado, nadando em minha direção. Tentei correr, mas a água era pesada e um grande obstáculo à velocidade. Não era boa nadadora. Esforcei-me, atingi uma parte do rio em que a água alcançava a altura da minha cintura. Foi então que mãos fortes prenderam meu tornozelo, puxando-me para o fundo.

20
Reencontro

Lutei desesperadamente. Um horror à violência caracterizava-me. Eu não concebia ser agredida, mas de todas as formas de barbárie, a sexual me enojava mais.

Com tio Pepe aprendi a buscar a não violência, a fugir, a evitar confrontos, mas naquele instante esqueci de tudo. Emergiu uma fúria insana, eu considerava desumana a agressão sexual, e lutei por mim mesma, com uma força desconhecida. Fui arrastada para as margens, ouvi impropérios do agressor, mas não fui passiva e, assim que coloquei meus pés sobre a terra, chutei-o e golpeei-lhe o rosto com os cotovelos. Vi alguns de seus dentes voarem e ele esbravejou.

Apanhei, e muito, mas acertei-lhe um golpe, um pontapé forte no estômago, e ele dobrou-se, expondo a nuca. Carreguei toda a minha força, acertando-o com o cotovelo, firme, bem no centro. O homem caiu inconsciente.

Quando o vi estendido, sem oferecer perigo, também eu caí de joelhos, por um segundo, e agradeci a Alá e à "grande mãe, senhora do céu" por terem me dado força e presença de espírito para defender-me.

Somente depois tive coragem para contemplar as feições do agressor. Meus olhos se arregalaram, senti minhas narinas dilatarem, o sangue latejou nas têmporas. Vi a alguns metros, sobre a areia, a arma dele — uma adaga. Senti minhas mãos crisparem, prontas para pegá-la e pensei em matar Daros.

Eu lutei por anos para perdoar-lhe as atitudes. Sabia que era a conduta mais inteligente para mim. Eu é que queria dar um basta ao sofrimento e o caminho era esquecer. Lutei tanto que por longos períodos realmente esqueci a sua existência. Quando o recordava, guardava a secreta esperança de que já houvesse morrido, assim eu estaria livre da sua presença. Depois, assumimos uma vida nômade, vagando pelas cidades. Jamais imaginei encontrá-lo em Memphis! Muito menos daquela maneira.

Ele estava ali, desacordado, e a adaga se oferecia brilhando ao sol. Seria fácil consumar meus desejos.

Apanhei-a e rondei meu irmão — minha vítima, naquele instante indefesa, em um momento perfeito com todas as possibilidades de sucesso —, dividida entre a ira e o dever. Essa luta foi mais atroz do que a enfrentada no rio. Ninguém a via, seus golpes não deixavam marcas na carne. Somente eu conheceria o vencedor, não haveria louros ou aplausos; era uma batalha sustentada por mim. Passado e presente digladiavam, eram meus "eus" brigando. Dependendo de quem vencesse, haveria prisão ou liberdade.

Consumi enorme quantidade de energia nesse embate interior. Não sei quanto tempo fiquei sob o sol, hipnotizada pela imagem de Daros, segurando firme a adaga, pronta para atacá-lo.

A agressão recente reacendera meus piores sentimentos em relação ao meu irmão, mas uma voz interior gritava:

— Não faça isso! Liberte-se para sempre! Prove que você é mais forte! A morte não põe fim em nada. O sangue não diluirá sua ira, sequer a aliviará. Mas, se matá-lo, estará presa a ele. Daros não merece o seu futuro. Basta o que lhe fez no passado. Chega!

A ideia de que ele não merecia meu futuro teve o poder de trazer à minha mente a imagem das minhas meninas. Baixei a mão armada. Dei as costas ao homem desacordado e fui ao rio lavar-me. Sentia-me suja. A água me acalmaria, e eu decidiria friamente.

Meu mergulho foi o tempo suficiente para clarear o pensamento. Daros não merecia o meu futuro e não o teria. Eu poderia tê-lo matado, tive a chance, e renunciei conscientemente.

A libertação é interior. Daros poderia caminhar no mesmo mundo que eu, mas não mais comigo. Eu era, a partir daquele momento, a senhora daquela relação.

Saí do rio, vesti minhas roupas e passei ao lado dele, ainda desacordado. Não lhe lancei sequer um olhar. A arma ia comigo. Afastei-me alguns metros, ia concentrada, cabisbaixa, olhar perdido em um mundo de ideias que emergiam das profundezas do meu ser, remexendo vivências e aprendizados encobertos pela poeira dos séculos. Fatos esquecidos, sentimentos vívidos, a certeza de que não era a primeira vez que renunciava a uma vingança contra ele.

Estava exausta, mas sentia-me forte, livre, soberana.

Quando ergui a cabeça, espantei-me ao encontrar o olhar de Anísio. Corri e lancei-me em seus braços. Não chorei, nem procurava conforto, mas era imperioso sentir um abraço amigo.

— Era... o meu... irmão, Anísio — contei, com dificuldade.

— Muito bem, Eshe! Você venceu — disse-me Anísio, acariciando minhas costas, como se eu fosse um bebê. — E venceu sozinha, são poucos os espíritos que alcançam essa compreensão. Você esteve diante das portas da vida e fez a escolha certa: a porta estreita, aquela que é a mais difícil de se passar, a mais exigente. São escolhas. Aliás, na vida tudo são escolhas, mas há aquelas mais difíceis que não são tão exteriores assim. Eu vi a sua luta, minha amiga. Dentro de você estavam abertas as duas portas: a larga e mais fácil, que conduz a um caminho de perdição e sofrimento pessoal, e a do seu dever de consciência, a estreita, bem mais difícil e até mesmo incompreensível e invisível ainda para muitos homens. Essa escolha é uma verdadeira luta interior, Eshe, e é de morte. Mas é uma morte feliz, é a morte do ser ignorante que um dia existiu, da criatura dominada pelas emoções. Ela morre e estabelece em nós uma unidade chamada equilíbrio, domínio sobre si. Não significa que estamos imunes, que é uma condição impossível ao humano, mas sim que somos senhores. Você sabe o que sente, reconhece a emoção destrutiva e o que pode fazer, pensa as escolhas e decide racionalmente. Seu mérito é grande, pois sua luta foi árdua. Você renunciou podendo matar. Regozijo-me por você.

As palavras de Anísio organizaram meu pensamento, deram-me paz. Dever de consciência. Sim, era exatamente isso. Eu obedeci ao dever comigo mesma: não matar. Eu não havia beneficiado Daros, apenas agido em conformidade com uma parte minha que conquistava supremacia. O que ele fez, fazia ou fará não me dizia respeito, mas as minhas ações, das menores às maiores, eram responsabilidade e interesse meus. Elas dizem quem eu sou.

Fiquei em silêncio e Anísio compreendeu minha necessidade. Conduziu-me de volta à tribo, deixando-me descansar em minha tenda.

— Falarei com Zara. Mais tarde ela virá vê-la, tente dormir um pouco, vai lhe fazer muito bem.

Julguei impossível dormir, tive vontade de rir da sugestão, mas sabia das boas intenções e sentimentos que moviam Anísio. Eu não gostaria de magoá-lo. Concordei e ele saiu.

Sem esperança de entregar-me ao sono, deitei-me para tentar descansar, serenar o tumulto emocional.

Lembrei-me de quando era criança e buscava meus momentos de solidão. Deus! Quanto tempo se passara! Não lembrei a última vez que pude isolar-me. Revivi aqueles momentos e experimentei as mesmas sensações, relaxei e adormeci.

Despertei horas depois. Senti cheiro de chá, virei-me e deparei-me com Zara sentada próxima ao meu leito, servindo canecas com chá fumegante. O cheiro de hortelã e mel era inconfundível.

— Hum, será que estou doente? — perguntei, esfregando os olhos, tentando brincar, descontrair o ambiente tenso.

As rugas acentuadas na testa de Zara me contavam a sua aflição. Ela sempre fazia chá com mel quando queria aliviar o sofrimento de alguém.

— Não precisamos adoecer para receber atenções especiais. Mas comigo você não precisa se fazer de desentendida, nem demonstrar uma força ainda maior do que a que possui, e que eu admiro sinceramente. Anísio me contou o que aconteceu, pediu que a deixássemos descansar.

Murmurei algumas palavras que não passaram de alguns sons inarticulados, sílabas.

Sentei-me, e Zara me ofereceu uma caneca. Encarei-a, não vi piedade em seus olhos, fiquei aliviada. Havia neles um brilho e uma expressão que eu demorei a identificar: dureza e receio.

— Anísio foi investigar a respeito de Daros — prosseguiu Zara, suprindo o meu silêncio. — Achei ótima a iniciativa. Aquele maldito não o conhece, não o associará a nós. Anísio acredita que seu irmão não a reconheceu...

— Não sei, talvez. Eu só o identifiquei depois de derrubá-lo.

— Você foi muito corajosa em deixá-lo vivo, Eshe. No seu lugar, eu o teria matado. Só de lembrar o que ele nos fez passar...

— É passado, Zara. Não vale a pena remexer. Esqueça. Lembre-se apenas de que tudo o que vivemos construiu a tribo que somos hoje.

— Mérito nosso, sem dúvida, Eshe. Mas você tem razão: ele não vale o nosso sofrimento. E você, como está?

— Estou bem — respondi, pensei um instante e reafirmei. — Exausta, mas bem. Foram dois dias terríveis. Acho que Memphis não é um bom lugar para ficarmos. Tão logo tenhamos recuperado a carroça e providenciado outros animais, iremos embora.

— Concordo! Este lugar não me causou boa impressão, e digo isso desde que chegamos. Senti medo, e eu não sou dada a esse sentimento. Acho que é um aviso. Será melhor partirmos o quanto antes.

Bebemos o chá caladas, entretidas por nossos pensamentos, até que Zara indagou:

— Eshe, e o homem doente? O que vamos fazer com ele?

— Se não acordar até estarmos prontas para partir, nós o levaremos junto até encontrar algum mosteiro que cuide de enfermos e o deixaremos por lá. Se acordar, ele próprio escolherá seus caminhos, voltará para a sua casa.

Zara meneou a cabeça e olhou-me séria:

— Bem, e quanto tempo você acha que demorará até partirmos? Dois dias ou mais?

— Sim, mais ou menos isso.

— Ótimo! A vida é mesmo algo imprevisível. Confesso que eu pensava um dia reencontrar Daros e dizer-lhe tudo que ficou preso na minha garganta sobre as suas atitudes. Sei que me exporia a riscos, mas já sou velha e isso me dá certa autoridade e ousadia, afinal não há muito a perder. Sonhei muito com ele, sempre o via sozinho, abandonado, vagando pelo deserto com fome e sede. Regozijava-me nos sonhos em mostrar-lhe uma caneca com leite de cabra e, quando ele vinha desesperado para apanhá-la, eu virava o leite na areia e ria da fome dele. Sei que isso é raiva e mágoa, mas eu sou humana e senti isso. Depois, o tempo passou, aconteceram tantas coisas, tudo mudou e eu o esqueci. Jamais imaginei ter notícias dele dessa maneira. Tantos anos e o maldito não mudou nem um pouquinho.

Ri da confissão de Zara. O silêncio com o qual envolvemos o abandono de Daros foi semelhante ao das mulheres que sofrem violência de seus familiares. Fora uma mordaça firme que nos impuséramos para nunca tocarmos no nome dele. Foi afastado da nossa vida, tentamos bani-lo das nossas mentes, uma apoiando a outra para esquecê-lo. Precisávamos agir assim para ter forças e vencer a situação. Lamúrias e xingamentos consumiriam nossas energias e criariam mal-estar.

— Eu também lutei com esses sentimentos, Zara. Odiei Daros em cada lágrima das meninas, na dor da carência que não conseguiam ocultar. Pela manhã, eu ainda lutei com a raiva quando gritei, sem querer, com Ty e ela chorou assustada, lembrando do passado. Pobrezinha! Mas entendi que me igualar a ele em brutalidade não resolveria nem mudaria o que aconteceu, apenas comprometeria o futuro. E isso, definitivamente, ele não merece. Basta! Não permitirei que ele me prejudique outra vez ou a qualquer uma de nós, ou a Anísio. Não, de forma alguma! O que disse às meninas?

— Nada. Não sabia o que dizer. Só me vinha à mente: o demônio voltou. E isso não é notícia que elas mereçam ouvir. Estão adorando cuidar do homem doente. Divertem-se dando-lhe água, chá e leite. Deixei-as assim. Penso como você, não precisamos mexer em velhas feridas. Quer mais chá?

Olhei a caneca vazia e a estendi a Zara. Conversamos algum tempo mais e levantei-me.

— Vamos sair e tratar do jantar. Anísio talvez volte muito tarde. Sabe-se lá onde foi buscar informações — falou Zara.

— Sim, Zara, faça isso. Eu irei conversar com as meninas.

— Mas... pensei...

— Sim, você pensou em não contar. Eu não penso assim. Olhe para mim, Zara! Estou cheia de marcas, meu rosto está vermelho e inchado. Amanhã estarei com lindas marcas roxas por todo o corpo, inclusive estampadas na minha cara. Você acha que elas não irão perguntar o que aconteceu? As meninas não são cegas, graças aos céus!

— Vou providenciar os unguentos. Gastei o que tínhamos pronto com o homem. Você tem razão. Não adianta esconder-lhes a realidade.

Concordei e saí da tenda em direção ao centro do acampamento, onde Rute ensinava as meninas a cozinhar, fazendo-as ajudá-la no trabalho. Lembrei-me de quando fazia o mesmo e sorri. Era bom aprender a fazer pequenos sacrifícios em prol da conquista do conhecimento, seja ele qual for, desde cedo. A culinária era uma arte e uma necessidade. Saber preparar o próprio alimento era a conquista de uma liberdade. O saber liberta.

Assim que ouviram meus passos, elas se viraram apreensivas. Os cinco pares de olhos que me encararam mostravam-me amor e aflição. Lutei para controlar as lágrimas. Nenhum dos acontecimentos dos últimos dias havia me emocionado como o olhar das minhas pequenas. Um nó formou-se na minha garganta. Abaixei-me, respirei fundo e abri os braços.

Elas correram e nos abraçamos apertado. Viramos um monte humano e feminino. Não havia necessidade de palavras. Apesar da alta carga emocional, nenhuma chorou. Nosso pacto era de ajuda mútua e força interior, funcionava igual ao da mordaça de silêncio das mulheres da antiga tribo.

Fortalecemo-nos no amor. Quando elas venceram a tempestade emocional, senti carícias em meus cabelos, toques sutis sobre meu rosto ferido e a mistura das vozes que eu tanto adorava. Indagavam ao mesmo tempo:

— Você está bem?

— O que aconteceu?

— Por que lhe fizeram isto?

— Dói muito?

Abracei-as, tentando colocá-las entre meus braços, no círculo estreito do meu carinho. As emoções haviam desaguado e estávamos em paz, mas as cabecinhas precisavam saber e entender os fatos. A pacificação estava por metade.

— Vamos nos sentar, queridas — convidei.

Enquanto nos acomodávamos no chão, olhei Rute e disse-lhe:

— Não demorarei, elas logo voltarão a ajudá-la.

Rute, silenciosamente, mexeu a panela pendurada no tripé sobre o fogo com uma grande colher de madeira, colocou a tampa. E, para minha surpresa, veio sentar-se conosco.

— Eu também preciso saber o que houve — declarou Rute, com a voz rouca comum aos velhos.

Aquiesci e sorri. Notei Zara aproximar-se, e atrás dela vinha Fatimah, com uma profunda expressão de pesar. Formamos um semicírculo feminino significativo, em camadas, eu, as meninas à minha frente e as velhas na extremidade.

Olhei o céu, a tarde caía, e em sua luminosidade suave se vislumbrava um quarto crescente lunar. Símbolo eterno do feminino, das deusas caçadoras, que têm uma face oculta. Eu adorava a luz da lua. Aliás, os astros despertavam minha atenção. Amava o sol, seu calor, sua vivacidade, mas a lua evocava reflexões e eu a associava ao amor, às maneiras de amar.

A lua fria e distante e, no entanto, tão presente e necessária aos ciclos da vida. O amor da lua é diferente do amor solar. Ela não destrói, não torra, nem queima; é constante em suas alterações. Algo paradoxal. O amor dela é mais livre, não é paixão que se sente na pele, mas proteção e trabalho que se opera no íntimo, a distância. Nossa formação era um quarto crescente um tanto quanto mal-desenhado, mas perceptível.

— Sei que vocês estão curiosas e querem saber o que aconteceu comigo. Eu contarei, mas antes gostaria que olhassem para o céu.

A docilidade era uma virtude das minhas filhas, mas, naquele momento, flagrei inclusive Rute e Fatimah vasculhando o firmamento.

— É a lua de que você gosta, Eshe — declarou Ty, segurando uma de minhas mãos.

— Sim, é o quarto crescente, o arco de Artêmis ou de Diana — reforçou Lia.

— Exatamente, Lia. Tio Pepe me ensinou a história de Artêmis. Já falei dela, lembram-se? A deusa caçadora, protetora das mulheres e dos partos. Era filha de Zeus, o grande deus do Olimpo, com uma das suas amantes, Leto. Ela vivia na natureza, percorrendo campos e florestas, sempre acompanhada de muitas ninfas. Conta-se que ela possuía uma natureza indomável e que, sendo mulher, nunca permitiu violências contra si, sequer uma pequena afronta, por isso a consideravam uma deusa guerreira, sanguinária, pois vivia longe da proteção dos homens. Antigamente, na terra de Anísio, quando uma mulher morria ao dar à luz, ofertavam-lhe as vestes da falecida. Acreditavam que ela protegia especialmente as meninas em crescimento. Ela carregava um arco e flechas, e o arco a identificava com o quarto crescente, uma fase da lua que eles tinham como boa, dadivosa e propícia. E vestia-se como uma guerreira espartana, ou seja, usava uma saia curta que deixava as pernas à mostra. E muitos templos existiam para o seu culto, o maior ficava na cidade de Éfeso.

As meninas ouviam-me atentas, eu lhes transmitira a minha admiração pela história das deusas e das grandes mulheres do passado. Conhecia poucas, mas pintava-as com tintas tão vivas que elas se materializavam nas narrativas que lhes fazia. Não prestavam atenção aos machucados exibidos em meu corpo, pensavam na grande Artêmis e em como era bom possuir uma amiga tão forte e zelosa. Sorri, era o que eu desejava: contar-lhes a verdade, mas não eivada de raiva e sofrimento. Isso não construiria.

— Pois bem, o que aconteceu hoje foi um episódio que teria feito a grande deusa Artêmis muito feliz. A sua história nos ensina a não aceitar violência contra nós, a reagirmos como podemos. Acredito que Alá, o misericordioso, me protegeu e permitiu que eu vencesse uma luta desigual. Fui atacada por um homem enquanto me banhava no rio. Lutamos, eu me feri, mas ele acabou desmaiado e pude fugir. Tenho vários ferimentos, vocês podem ver, mas ficarão bons. E quero que vocês se lembrem disto: não aceitem jamais que alguém as maltrate. Respeitem a si mesmas, aos outros e façam-se respeitar por eles. Isso vale para tudo! Não admitam agressão por palavras, muito menos por atos. E se alguém as afrontar, não abusem do dever de se defenderem. Eu poderia ter matado o homem que me atacou, mas não o fiz. A lei de Deus nos ensina a não matar. Eu só poderia tê-lo matado se ele ameaçasse a minha vida, e isso não aconteceu.

Zaynah ouviu-me calada e atenta, depois me encarou e, com calma, perguntou:

— Você conhece o homem? Ele estava na briga de ontem? É daqui?

Senti o olhar de Zara queimar-me o rosto.

— Sim, eu o reconheci e isso me deixou ainda mais triste. Foi o meu irmão Daros que me atacou. Acredito que ele não tenha me reconhecido, que nem se lembre mais de mim, de nenhuma de nós. Talvez pense que morremos de fome lá no norte. Tal como eu, é possível que ele não sonhasse me reencontrar aqui, em Memphis.

Um silêncio pesado se abateu sobre o grupo. Engraçado, os adultos quando recebem uma notícia desagradável, evocando memórias ruins, fazem burburinho, falam ao mesmo tempo, tomados de ansiedade. As crianças agem de maneira contrária: calam-se, recolhem-se, o medo brilha em seus olhos.

— Será que Alá vai ficar zangado se nas preces de hoje eu pedir para Artêmis cuidar da gente também? — questionou Ty, aproximando-se de mim, deitando a cabecinha sobre minha perna, à procura de carinho.

Afaguei-lhe as tranças, e lembrei-me de tio Pepe.

— Não, Ty, Alá não ficará zangado com você. Deus não é tão ruim como algumas pessoas dizem. Ele é amoroso, sábio, inteligente e muito justo. Ele vai entendê-la. Confie! E faça suas preces como seu coraçãozinho mandar, está bem?

Ela balançou a cabeça afirmativamente.

— E nós vamos ficar aqui? — perguntou Zaynah. — O que devemos fazer se encontrarmos Daros?

A pergunta pegou-me desprevenida. Confiava tanto no amparo e proteção do nosso acampamento que não cogitei a possibilidade, muito concreta, de que pudesse ocorrer um encontro com qualquer uma das outras em outro local. Pensei, mas foi Zara quem respondeu.

— Ignorem. Façam de conta que não o viram, que não o reconheceram. Se ele pensa que estamos mortas, podemos pensar o mesmo dele. Não somos obrigadas a reconhecê-lo. Hoje, somos outra tribo, somos a tribo de Eshe. E voltem o mais rápido possível para o acampamento. Aliás, acho bom, enquanto permanecermos aqui, que não andemos sozinhas. E, por mim, iremos embora logo.

Instalou-se a balburdia provocada pelas velhas, que começaram a falar todas ao mesmo tempo, apoiando Zara. Em meio à gravidade da situação, tive que rir.

Serenados os ânimos, decidimos partir, acatando a proposta de Zara. Rute e Fatimah levantaram-se e vieram me abraçar, beijando minha face. Foi um abraço estranho, misto de pesar e admiração. Eu era uma mulher com um comportamento novo para elas, e compreendia que devia ser difícil me entenderem e me aceitarem. Mas percebi que elas tinham se permitido beneficiar-se do meu modo de ser e agir.

— Está tudo bem, meninas. Vamos continuar o trabalho, terminar o jantar e os unguentos, afinal, agora o serviço é dobrado — brinquei e as empurrei em direção ao local de onde tinham vindo.

— Sabe — disse-me Zara, quando ficamos sós —, eu temia contar a verdade. Mas você provou ser uma mãe mais preparada do que eu: foi melhor elas saberem. Estão avisadas e isso é uma boa proteção.

21
Revelações

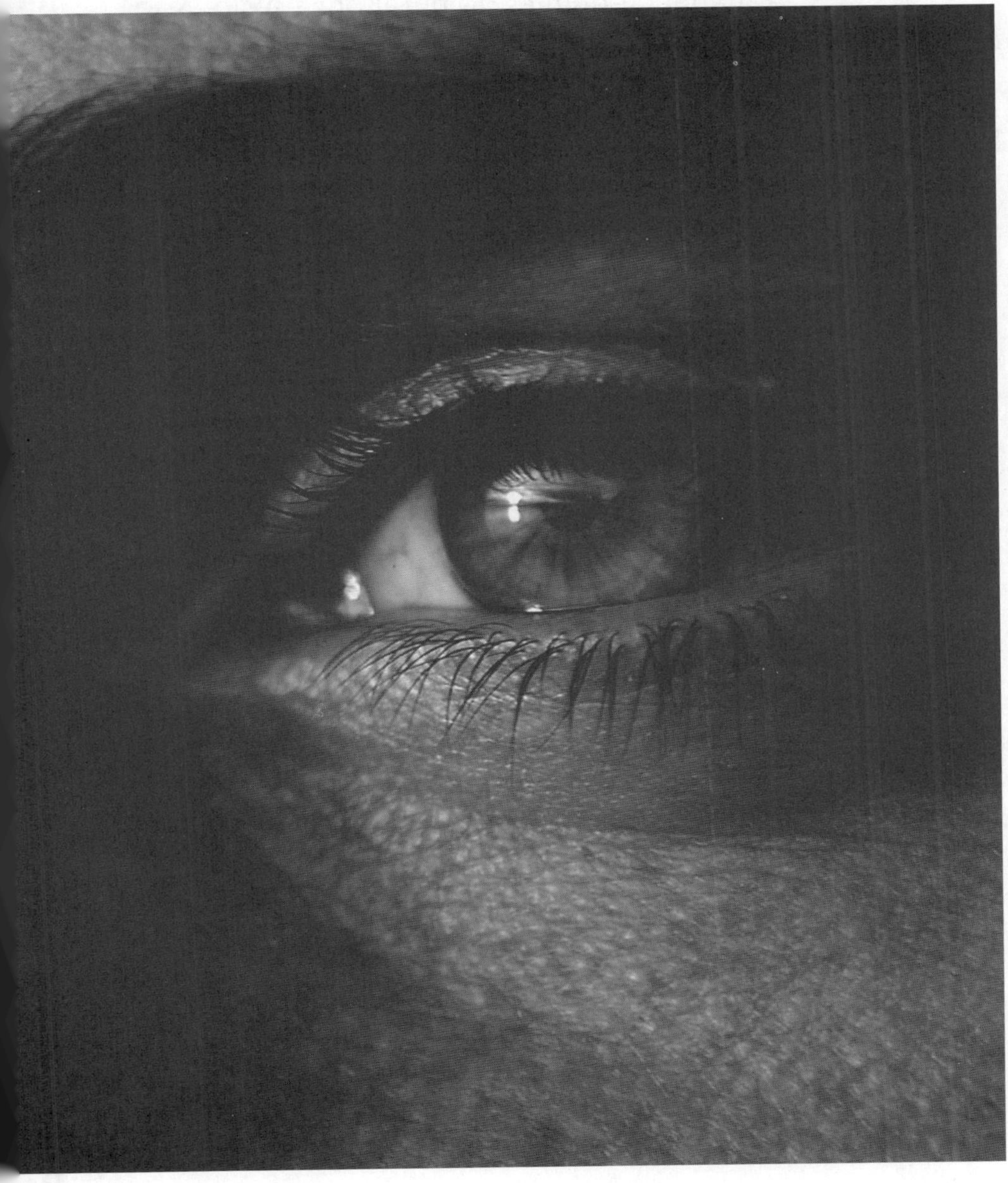

Na manhã seguinte, procurei por Anísio. Não encontrei nem vestígios de que houvesse retornado, por isso preocupei-me. Será que Daros ou aquele povo fanático tinha lhe feito mal?

Caminhei ao redor do acampamento, olhava ao longe e nem poeira avistava, somente a união do alaranjado do deserto com o céu azul do amanhecer, igual a centenas de outros que eu tinha visto.

Dei mais uma volta e encostei-me à carroça. O silêncio me envolvia. Com o coração apertado, aflita pela demora de Anísio, temerosa de sua sorte, comecei a falar mentalmente com Alá. Lembrei-me da "voz" que em outras ocasiões me confortara. Senti sua falta, dei-me conta de que há muito não a ouvia.

— Será que não mereço mais a sua ajuda? — questionei--me, murmurando.

Mas a lembrança de Anísio tornou ao meu pensamento e orei sentidamente, pedindo que ele fosse protegido. Não importava que tivéssemos crenças diferentes, entre nós isso não era barreira. Éramos amigos e membros da mesma tribo.

A prece tem um poder calmante, e minhas emoções equilibraram-se. Serena, pude pensar e decidi aguardar até o meio da manhã.

Os primeiros raios do sol aqueceram meu rosto machucado. Dores intensas no corpo incomodavam-me, mas, quanto mais lhes dava atenção, pior ficava, então resolvi concentrar-me nas carícias da natureza. Eram as benfazejas mãos do Criador aquecendo meu corpo dolorido, aliviando--me. Entreguei-me ao deleite daquele instante. Ouvi gemidos, mas estava tão gostoso com os olhos fechados, sentindo o calor na pele, que os ignorei, porém eles se repetiram.

— Anísio? — lembrei, e olhei em volta à sua procura. Nada vi.

Os gemidos intensificaram-se, agucei os ouvidos e, percebendo que vinham do interior da carroça, dei um tapa em minha cabeça.

— Tonta! — xinguei-me. — É o homem.

Fui à frente da carroça, abri as cortinas e entrei. Ele se revirava no leito, passava a mão nos cabelos. Mas mantinha os olhos fechados.

Ajoelhei-me e falei mansamente:

— Você está bem? Pode me ouvir?

Ele aquietou. Na verdade, ficou imóvel.

— Ei, você! Pode me ouvir? — insisti, baixinho. Acho que sim, pois parou quieto. — Não tema, sou de paz.

Devagar, ele voltou a cabeça na minha direção e abriu os olhos. Causou-me surpresa e uma forte emoção. Fitei-o com o ar suspenso. Seus grandes e belos olhos azuis contrastavam em demasia com a face encovada e os cabelos escuros. Literalmente, enxerguei um mundo em seus olhos. Eram expressivos, serenos, indagadores, muito conscientes.

— "Nós lhes daremos esposas de olhos intensos e belos" — sussurrou ele, e desviou o olhar, examinando a carroça. — Onde está o resto?

— O quê?

— Os jardins, as fontes, as roupas de seda... as promessas do paraíso aos que forem piedosos.

— Ah! — exclamei. Recordando as lições de tio Pepe, identifiquei que ele havia recitado uma frase de uma surata do livro sagrado, o Corão.

— Você não está no paraíso — disse-lhe. — Você está vivo, está na Terra.

— Tem certeza? — questionou o enfermo, voltando a fitar-me.

— Tenho — afirmei sorrindo, não havia como não achar graça da perturbação dele. — Você quer água? Consegue sentar-se?

Ele se moveu, gemendo, e o auxiliei. Enchi uma caneca com água fresca e lhe alcancei. Vi-o sorver o líquido, sedento, em um só gole.

— Calma! — pedi-lhe. — Beba devagar, temos bastante água.

Mas ele ignorou meu pedido e estendeu-me a caneca vazia, em um mudo pedido por mais. Servi-o, e ele bebeu devagar.

— Como é o seu nome? — perguntei-lhe.

— Ciro.

O nome assentava-lhe bem. Mas me dizia quase nada a seu respeito, por isso questionei:

— Filho de quem? Qual a sua origem? Qual a sua tribo?

— Filho de Deus, da Lua, da Terra — respondeu-me Ciro, evasivo. — Pertenço ao mundo, não tenho tribo.

Ri da colocação, lembrei-me que eu a usava, mas era retórica. Conhecíamos as nossas origens.

— Todos nós possuímos uma origem — insisti. — Você não brotou da terra como uma erva do campo ou uma árvore. Você não lembra, é isso?

— Não, mulher curiosa, eu não a conheço mesmo, essa é a minha verdade. Não pertenço a nenhuma tribo, não conheço meus pais. Chamo-me Ciro e sou filho de Deus, da...

Ele falava em um tom manso e alegre, descomprometido, que transmitia tranquilidade e bom humor.

— Sim, já entendi. E de onde você vem?

— De Tebas, e antes de Alexandria, e antes de Éfeso, e cresci em Constantinopla. Fui criado em um convento, tudo que sei é que meus pais morreram lá, eram viajantes e eu, muito pequeno. Sei o que me disseram, não me lembro deles.

Calmamente, Ciro olhou à sua volta, tocou a cobertura de couro da carroça, apalpou o leito onde estivera deitado, observou as ataduras em seu corpo. Por fim, pediu-me mais água. Satisfeita sua sede, voltou a falar.

— Onde estou? Agora que satisfiz a sua curiosidade, será que poderá me dizer alguma coisa? Recordo que eu estava observando o seu trabalho e, de repente, foi um alvoroço. Vocês deixaram tudo, fiquei tão surpreso que não percebi o bando armado. A luta chegou mais rápido do que eu imaginava. A confusão foi grande. No meio da desordem, escondi-me na carroça. Alguém me seguiu e bateu na minha cabeça. Caí e não me lembro de mais nada.

— Você é um nômade solitário... — comecei.

Ele sorriu, e surpreendeu-me constatar que havia algo de familiar naquele sorriso franco e aberto que lhe iluminava os olhos.

— Fica bonito dizer dessa maneira — interrompeu-me Ciro.

— Bem, você está na minha tribo, no meu acampamento — declarei sem rodeios. — Veio parar aqui por obra de Alá, penso eu. Abandonamos tudo para salvar nossa pele, mas, depois que serenaram os ânimos, regressamos para ver o que havia restado e buscar o que nos pertencia. Sobrou apenas esta carroça, e avariada. Trouxemos sem demora, é claro, e pela manhã minhas meninas o descobriram. Zara e eu cuidamos de você.

— A tentativa de salvar a sua pele não foi um sucesso — comentou Ciro, olhando os ferimentos em meu rosto, braços e mãos.

— É, não de todo — concordei.

Não pretendia fazer revelações a um estranho. Tal como ele não contara a verdade completa a respeito de seus machucados, eu não contaria sobre os meus.

Ouvi as meninas gritarem o nome de Anísio, e prontamente abri a cortina, suspirei aliviada e também gritei o nome dele com alegria.

— Mais tarde continuamos a conversa. Descanse. Tem comida aqui — e apontei uma caixa no canto, ao lado da entrada, próximo de onde eu estava, e falei apressada: — coma o quanto quiser.

E saltei da carroça. Ergui a velha saia e corri em direção a Anísio. Meu coração, aliviado das angústias com a sorte do amigo, precisava abraçá-lo apertado. Era a minha cura para os estados emocionais densos: abraçar forte, bem junto a mim.

Notei que Ciro aproximara-se da entrada da carroça e assistia à recepção que dávamos a Anísio.

As meninas e Zara seguiram-me. Rute e Fatimah aguardaram no pátio, secando disfarçadamente as lágrimas.

— Que alívio, Anísio! Que bom que você voltou! Meu coração estava apertado...

Anísio retribuiu o abraço, passou a mão em minhas tranças do mesmo modo que tio Pepe fazia, depois colocou um braço sobre meus ombros, sorriu e comentou:

— Está tudo bem! Olha, descobri fatos interessantes a respeito de seu irmão.

— Isso é bom! É útil sabermos. Não quero combater nem quero a inimizade dele, mas seria muito ingênua se não admitisse que ele, talvez, pense nisso. Daros não gosta de mim. Então, o mínimo que posso fazer é ser prudente.

As meninas nos alcançaram e abraçaram Anísio, derrubando-o. Ri da cena. Elas eram tão espontâneas e carinhosas, que nosso amigo, com o passar do tempo, perdeu a antiga reserva e distanciamento.

Após a morte de tio Pepe, de certa forma Anísio fora guindado ao cargo de pai de todas, substituindo-o. E era digno da função. O seu amor era inegável, daquele tipo que não necessita expressar-se em palavras, pois está nos olhos, nos gestos, na atenção diária.

Eles rolaram na areia, rindo, brincando, resmungando, até que Anísio se pôs de pé e estendeu a mão para erguer uma a uma. Respiraram fundo e ele declarou:

— Vou desaparecer mais frequentemente.

— Por quê? — questionou Ty, seus lindos olhos demonstrando apreensão com as palavras de Anísio. — Você não gosta mais da gente?

Ele percebeu a reação de Ty. Naqueles dias em Memphis, ela estava mais carente. Abaixou-se e a pegou no colo. Beijou-lhe a face e explicou:

— Pelo contrário, pequena. Vou desaparecer mais vezes só para vê-las correr e me abraçar. É bom sentir o quanto somos queridos. Eu gostei do carinho de vocês, por isso vou desaparecer outras vezes, assim vocês irão me abraçar...

— Não — disse ela, firme e severa. — Não precisa. Eu abraço você todos os dias, é só pedir. Não quero que desapareça de novo, é ruim.

Lia e Zaynah apressaram-se a explicar a Ty que era brincadeira, e Anísio não iria fugir da tribo. Mas a menina apertava os braços ao redor do pescoço dele, fazendo-o rir e disfarçar a emoção.

Olhei para Anísio e percebi o que ia em seu íntimo: raiva, piedade, surpresa por enxergar o abismo de dor que Daros e a antiga tribo haviam aberto naquela alma que ainda ensaiava para a vida.

Acomodados no pátio, compartilhamos a refeição. Com alegria e carinho, nós, os adultos da tribo, procurávamos preencher o universo infantil das meninas e amenizar as marcas do passado.

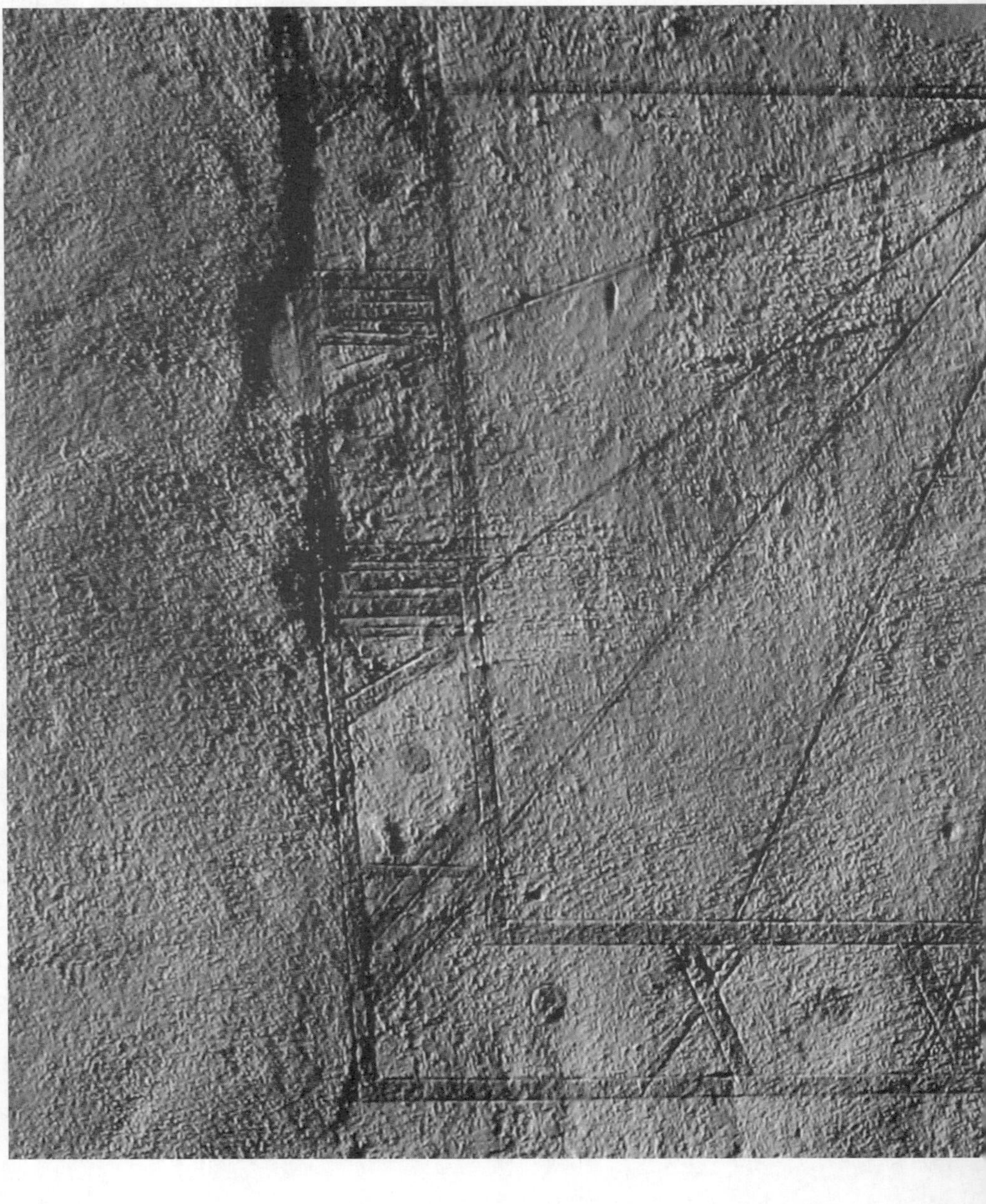

22

O TEMPO AVANÇA PARA TODOS

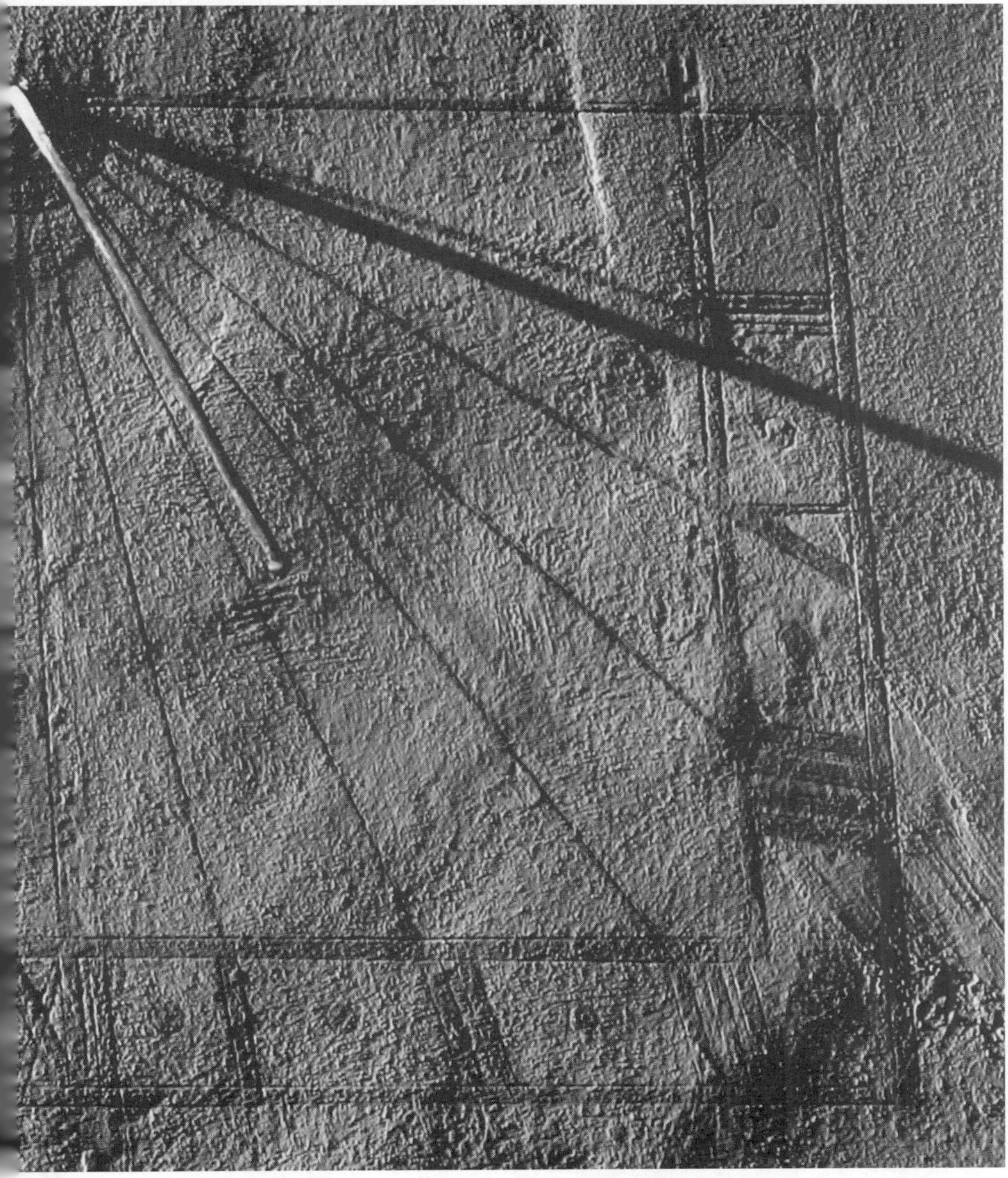

Concluída a refeição, Anísio olhou-me repentinamente muito sério. O clima descontraído e afetuoso da recepção tinha se estendido, mas o olhar do meu amigo deixava claro que chegara ao fim. Encarando-me, apontou com um gesto de cabeça as meninas e indagou:

— O que foi dito?

— Tudo — respondi, serena, em tom baixo.

— Tudo?! Elas sabem sobre Daros? — insistiu Anísio, surpreso.

— Sim, elas sabem de tudo — confirmou Zara, que observava nossa conversa sentada bem próxima. — Não haver segredos é parte do código de honra e sobrevivência desta tribo, Anísio. Eu também pensei que seria bom poupar as crianças, mas Eshe provou-me que estava errada. Se tiver algo a falar, não se constranja. Aqui, todas sabem de tudo.

Zara falara alto e as meninas silenciaram, atentas à conversa, fixavam Anísio e a mim.

Ele pensou por alguns instantes, notei que buscava as melhores palavras e não sabia como começar.

— Você encontrou Daros? O que descobriu a respeito dele? — perguntei, com o intuito de ajudá-lo.

— Eu voltei para a margem do rio, ele ainda estava lá, desacordado. Resolvi espreitá-lo e tive sorte, não demorou muito e ele acordou furioso. Procurou-a, mas, não a encontrando, desistiu e voltou ao deserto. Eu o segui. Ele faz parte de um bando, na grande maioria homens. Vi três mulheres apenas, nenhuma criança. São irados, barulhentos e brigam à toa. Aparentemente, Daros não tem uma posição mais destacada. Estão acampados longe da cidade, não sei se atacaram por aqui, pareceram mais interessados nas rotas de comércio das caravanas que chegam à cidade. Acredito, pelo pouco que pude ouvir, que avançarão mais no deserto. Não tenho certeza da finalidade deles, se são saqueadores, mercenários ou um bando ligado a esses grupos cristãos fanáticos.

Não era a notícia esperada. Dúvidas assaltaram-me: onde estaria a tribo de tio Pepe? Por que Daros estava, ao que tudo indicava, sozinho em meio a um bando? O que teria acontecido à tribo durante aqueles anos?

Sem dar-me conta, formulei meu devaneio em voz alta e deparei-me com o olhar zangado de Zara censurando-me. Entendi ao ver a expressão ansiosa das meninas, especialmente as mais velhas — Lia e Zaynah.

— Será que morreram? — perguntou Zaynah, com um fio de voz. — Apesar do que aconteceu, não gostaria que eles tivessem morrido.

— Não sabemos, Zaynah. Mas é bom que você não deseje que algo ruim tenha acontecido aos outros. Isso prova que seu coração é puro e generoso e sua alma é livre de mágoas — comentou Anísio, ternamente, estendendo o braço e afagando as costas da menina. — Jesus ensinava que devemos oferecer a outra face a quem nos faz mal. É o que você está fazendo: desejando-lhe coisas boas, e não se igualando à atitude que um dia eles tiveram com você. A outra face não é o outro lado do rosto para uma nova batida, não é voltar a viver com quem se perdeu a confiança, é simplesmente adotar a boa conduta.

— Você já tinha me falado sobre essa lição — respondeu Zaynah, compenetrada. — Mas eu nem tinha me lembrado dela quando falei. Disse o que sinto. Tem dias que eu penso no que eles fizeram e acho que gostaria de encontrá-los para saber por que agiram daquele modo. Porém, na maioria das vezes, procuro distrair meus pensamentos e esquecê-los. Agora, fiquei curiosa.

— Eu também — declarou Lia, séria.

— Aguardemos, meninas — falei. — A vida tem uma justiça muito superior à de qualquer um de nós. Ela não pune nem vinga, mas faz cada um aprender o que deve ou não fazer para si, para seu próximo e para Deus. Quando agimos mal, nossa consciência nos acusa, e ela é implacável. Não temos como enganá-la, não há mentiras, e é interessante como o ser humano pode se condenar mais do que qualquer juiz ou tribunal. Se for necessário que tenhamos notícias da antiga tribo, confio que as receberemos. Mas vamos seguir nossas vidas como antes. Você age bem em distrair seu pensamento, Zaynah, é assim que conseguimos força interior. Não adianta remoer nem remexer feridas, é preciso limpá-las, curá-las e esquecê-las. A vida tem muito mais a nos dar, e nos dará sempre o melhor.

O convívio na cidade era péssimo, bandos de cristãos fanáticos atacavam e agrediam judeus e muçulmanos gratuitamente. Havia provocações e revides de todo gênero. Andar pelas ruas era um exercício intenso de atenção na face do outro. Nunca olhei tanto para as pessoas como naqueles dias. O medo e a ira dominavam os semblantes. Em alguns se reconhecia a expressão de repulsa, de nojo. Claramente, abominavam o que viam, mas, salvo as verdadeiras milícias fanáticas, os demais se acreditavam impotentes para dar um basta na situação. E era assim que a maioria tornava-se vítima de uma minoria audaz e violenta. Fato muito repetido ao longo da história humana.

Entre dentes, eu falava a Anísio a respeito dessas observações, na manhã seguinte ao seu regresso, enquanto perambulávamos por toda Memphis analisando a situação para decidir o que fazer. Iríamos embora, era certo, a questão era por onde. A violência dominava os caminhos.

— Hum, hum — murmurou ele em resposta. — É por isso que Aquele meu amigo que mora longe, bem alto, compreende?

Entendi que ele falava de Jesus, e tornei:

— Sim, claro, lembro-me dele.

— Pois é, ele insistia muito em falar no amor a si. Testemunhando esse horror entendo que essa falta de atitude seja consequência da falta de amor a si, falta de consciência do próprio valor e do que representa dizer-se filho de De...

— assustado, pois dois cristãos vestidos de negro e com grandes crucifixos pendurados ao pescoço cruzavam por nós — do mesmo Pai, o que todas as envolvidas na disputa dizem ser. Mas o homem é o único animal capaz de ser hipócrita em toda a criação.

Calamos. A rua, de um momento para outro, encheu-se daqueles elementos. Anísio tomou meu braço, colamos o queixo ao peito, tão baixas estavam nossas cabeças. Aceleramos o passo o máximo possível para não despertarmos desconfiança e procuramos desviar o caminho.

Acabamos em uma zona menos povoada. Havia um muro alto dominando grande extensão da via pública, e sentamos à sua sombra.

— Deve ser ou ter sido a casa de algum romano, Eshe. Já vi construções iguais.

Dei de ombros, fazendo pouco caso. Após a violência dos últimos dias e a atmosfera de pavor das ruas, distinguir a origem da construção pouco me interessava. Escorei-me na parede, grata por ela me sustentar.

— Anísio, por que você disfarçou ao falar daquele seu amigo? Eles eram cristãos, ao menos era o que anunciava o crucifixo enorme pendurado em seus pescoços, o que, aliás, deve ser muito desconfortável.

— Eu sou cristão copta, Eshe, você sabe.

— E eles não são? Pensei que fossem todos...

— Não, Eshe. Infelizmente, os homens deturpam muito as verdades, e mesmo as mais belas lições e pensadores sofrem a ação daqueles que distorcem tudo para atender aos seus próprios interesses. A igreja copta nasceu de uma divergência com esses núcleos fanáticos. Eles apregoam que Jesus é Deus, que sua natureza não é humana, alguns dizem que até o corpo dele não era feito de carne e osso, como os nossos. A igreja copta sustenta que Jesus é o divino do humano. É o exemplo máximo do ser humano. Essa discussão, creia-me, rendeu mortes, lutas, discussões e, por fim, uma separação entre os cristãos. Nós, os coptas, vivemos no deserto, na Grécia e no Egito, em comunidades e mosteiros pequenos. Eles, hoje, são a religião oficial do império romano. E, pelo que vi hoje, estão mais exacerbados. Parece que eles não se contentam em pertencer ao império, querem ser o império, querem impor a sua vontade, a sua crença. Entristece-me demais ver esses bandos, arremedos de exércitos armados com facas, espadas e pedras, matando em nome de alguém que se deixou matar para não ceder à violência. Definitivamente, não é essa a lição que ele veio ensinar. Mas, desde que Constantino tornou-se cristão, muitas coisas mudaram. Ele era fanático e, imagine, converteu-se ao Cristo porque viu uma cruz luminosa sobre seus exércitos. Não consigo imaginar o Rabi Galileu guiando um exército, mas... eles se consideram a imagem e semelhança de Deus, logo, o Ser Supremo, na mente deles, tem os mesmos defeitos que nós, mortais: é hipócrita, interesseiro, feroz, vaidoso e guerreiro.

— E sem inteligência — completei.

Como Anísio me olhou assombrado, perguntei-lhe:

— E não é? Ora, só alguém sem inteligência e muito mau põe seus próprios filhos em guerra, cria-os para vê-los se matarem em seu nome. Se isso não é pouca inteligência, por favor, diga-me o que é.

Anísio gargalhou como eu ainda não havia visto em todos aqueles anos que estávamos juntos. Rejuvenesceu. Ria com tanta vontade que acabei rindo também. Rimos até perder o fôlego. Respiramos e conseguimos nos controlar. A tensão havia desaparecido de nossos corpos, os olhos brilhavam e um delicioso torpor nos convidava a usufruir o calor do sol, esquecidos do pânico.

— Você tem alma herege, Eshe — disse-me, sorrindo.

— É possível que eu seja a herege com maior fé no Criador que você conheça. É parte das minhas estranhezas. Eu não conseguiria jamais empunhar uma arma para atacar alguém em nome de Deus apenas porque não pensa nem sente do mesmo modo que eu. Isso é um absurdo! O deserto é tão vasto, tem tantos caminhos, por que haveria de querer impor o uso de somente um? Olhe à nossa volta, Anísio! Não existem duas pedras iguais, que dirá o pensamento de duas pessoas! Por que os homens quererão, à força, mudar a natureza? Somos diferentes! Quando muito, temos semelhanças de gosto, de ideias, de sentimentos, mas não igualdade. Então, se somos criação de Deus (disso nenhum deles duvida), foi a vontade Dele que nos permitiu ser assim, está certo e perfeito.

Anísio olhava a entrada da rua, pois alguns homens suspeitos andavam em nossa direção.

— Esconda o rosto, Eshe. Estenda a mão, como se estivesse esmolando, e fique calada — ordenou-me, muito sério, murmurando. Sua postura contrastava com a descontração anterior.

Eu tinha visto com o canto dos olhos a aproximação dos homens. Enquanto Anísio falava, eu dava forma à sua orientação. Converti-me em uma mendiga muda, encolhida contra o muro, o rosto oculto e a mão estendida.

Anísio adotara a mesma postura. Mal respirávamos, a rua deserta tornara-se mais perigosa, não oferecia rota de fuga sem atrair a atenção. “Que tempos inglórios em que suspeitamos uns dos outros!”, pensei. Afinal, os homens podiam também suspeitar de nós; o diferencial estava na atitude agressiva que eles ostentavam, sempre armados, como se fossem soldados.

Passaram à nossa frente sem nos olhar. Se estivéssemos feridos, não nos teriam prestado socorro. Caminhavam como se marchassem, apressados, conversavam em voz alta e, vez ou outra, algum deles dizia “Aleluia! Amém!”. Tratavam-se por irmãos.

Notei que se persignavam a todo instante. Não pude deixar de lamentá-los e preocupar-me com o futuro. A ignorância é mãe do fanatismo e o domínio dos ignorantes corresponde à lei da força.

No céu, nuvens escuras anunciavam chuva; na terra, aqueles bandos maltrapilhos, vestidos de negro, também representavam tempestade.

Quando eles já estavam a uma distância segura, Anísio ergueu o capuz que lhe encobria a cabeça, levantou-se, olhou em todas as direções, estendeu-me a mão e disse:

— Vamos!

— Acho bom voltarmos ao acampamento, veja — e apontei o céu carregado no horizonte. — Não demorará muito a chover.

— Sim, vamos embora. A cidade ficará vazia.

— Penso que já vimos o bastante. Não será fácil sair de Memphis.

Anísio concordou com um gesto de cabeça e nos pusemos a caminho. Compreendemos que era mais seguro andarmos em silêncio e de cabeça baixa, renteando as construções.

Suspiramos aliviados ao vislumbrar nossas tendas. A chuva nos fez correr.

Surpreendi-me ao ouvir a risada das crianças, olhei em volta e, apurando a audição, identifiquei que o som vinha da carroça. Estavam com Ciro.

Encarei Anísio com a sobrancelha erguida, ele sacudiu os ombros e comentou:

— Nosso inesperado hóspede parece ter jeito com as meninas.

— Ele é estranho — respondi, evasiva. — Muito estranho! Não o conhecemos, como confiar nele?

— Bem, confiança se constrói com a convivência e o conhecimento mútuo, é preciso tempo. Mas, diante do que acabamos de ver e viver na cidade, fico feliz com a iniciativa dele de manter as meninas na carroça, sob o olhar de um adulto. Não temos como saber onde haverá ou não violência.

— Por esse lado, você tem razão. Mostra que ele pensa e se preocupou com as pequenas, isso é bom — reconheci, procurando desarmar-me em relação a Ciro. — Eu conversei rapidamente com ele. Disse ser um andante, veio de Constantinopla, viveu em um convento, e falou que esteve em muitas cidades. Não me esclareceu muito, concorda?

— É, vamos observar. Conversarei com ele mais tarde, agora estou cansado, irei me deitar.

— Esses dias têm sido difíceis, nunca corri e caminhei tanto. Sem falar nas agressões — respondi. — Também descansarei até o jantar. Avise Zara que voltamos sãos e salvos, pois ela se preocupa, está com maus pressentimentos desde que chegamos, e há que se convir que são justificados.

23
Redescobrindo

Apesar de muito magro e ferido, Ciro não tinha nenhum machucado grave nem aparentava doença séria. Agradeci aos céus quando, na manhã seguinte, avistei-o acompanhando Anísio a caminho do rio, com apetrechos de pesca sobre os ombros. A sua rápida convalescência me tranquilizava, pois em breve ele poderia partir.

— Será que teremos peixe? — perguntou Zara, aproximando-se do centro do pátio.

— Tenha esperança — respondi, acompanhando o afastamento dos homens com o olhar. — Pedi a Anísio que descobrisse mais sobre Ciro. Confio na perspicácia dele para nos dizer alguma coisa sobre esse homem.

— Eu tenho conversado bastante com ele — confessou Zara, surpreendendo-me. — É uma boa pessoa. Calmo, gentil, alegre, gosta das meninas e tem jeito com criança, coisa rara. Lembra-me nosso falecido xeique.

— Tio Pepe? — questionei, encarando-a e notando o encantamento com que falava do hóspede.

— Sim, ele mesmo. São parecidos, creia-me. Converse você mesma com ele e verá.

Zaynah saiu da tenda naquele instante carregando uma grande tigela de cerâmica com a massa do pão. Depositou-a próximo do tripé de ferro, onde várias pedras eram aquecidas junto ao fogo, e veio até nós, sorridente.

— O pão está pronto para assar, Zara. Rute pediu que você me ajudasse, ela está costurando roupas para o Ciro.

Arregalei os olhos, espantada.

— Como é? — indaguei. — Repita o que disse, juro que não ouvi direito.

— Ouviu, sim! — retrucou Zaynah, faceira. — Eu disse que Rute está costurando para o nosso hóspede enfermo.

Você não viu que as roupas dele estão muito velhas e rasgadas? As de Anísio eram tão velhas, não aguentariam muito tempo.

— Mudanças acontecem, Eshe — debochou Zara, tão surpresa quanto eu com a atitude de Rute, conhecida por ser ranzinza.

— Como ela conseguiu tecido, Zaynah?

— Não sei. Acho que desmanchou roupas usadas que guardava, pois ninguém saiu do acampamento — respondeu a menina.

— Essa eu preciso ver para crer — ironizou Zara.

— Por quê? Ele conversou muito com Rute, ela até riu. Eu nunca a tinha visto rir, está sempre irritada — comentou Zaynah. — Gostei dele. Você sabia, Eshe, que ele vive igual a nós, viajando de um lugar a outro? Conhece cidades grandes e bonitas.

— É mesmo? E ele disse o que faz para viver? — perguntei, dando-me conta de que todas já estavam familiarizadas com Ciro.

— É músico — informou Zara. — Comprovei. Perguntei-lhe se tocava violino de uma corda e ele sabe. Tocou para nós ontem, quando estavam na cidade. Aprendeu várias artes no convento em que foi criado. Também trabalha como copista, disse que isso lhe dá boa renda.

Mesmo contra minha vontade, as informações a respeito de Ciro impressionaram-me. Entre meus desejos secretos estava saber ler e escrever. Tio Pepe sabia, mas não me ensinou. Invejei-o.

— Violino de uma corda é para música beduína. Como ele aprendeu, Zara? — questionei. — Não é beduíno, como nós.

— Contou-me que viajou com uma tribo do deserto que comerciava sedas e especiarias. Falou bastante sobre a vida nômade, realmente viveu dessa maneira. É um homem simples, franco, não é mentiroso. Bem, Eshe, obedecerei às ordens de Rute. Afinal, é tão raro vê-la de bom humor! Não serei eu a estragar o momento.

Rimos do comentário. Zaynah tomou a iniciativa de moldar as bolas de massa que depois transformávamos em discos para assar sobre a pedra quente. Trabalhamos alegremente.

Assar o pão era um ritual feminino que adorávamos. Era simbólico. Precisávamos amassar os grãos para produzir a farinha e depois transformá-la em pão. Com frequência, durante as viagens, o pão era nosso único alimento. Enchíamos grandes cestos. Eu o partia com as mãos e distribuía entre todos. O pão, a refeição, era um momento de união e amizade. Compartilhávamos tudo, e o pão era símbolo do alimento material e espiritual que nos nutria.

À noite, o cheiro de peixe assado se elevava e envolvia o acampamento. Fazia tempo que não tínhamos uma refeição tão rica. Anísio, alegando necessidade de comemorar a sobrevivência e o bem-estar da tribo, trouxe um pequeno odre de vinho. A conversa estava animada e me descobri encantada, ouvindo as histórias e aventuras de Ciro, permeadas de bom humor e sabedoria.

Zara sorria e olhava-me como a dizer: "Viu, eu não tenho razão?" Retribuí o sorriso e concordei, balançando sutilmente a cabeça de forma afirmativa. Esse diálogo sem palavras, essa comunicação pelo olhar, com imperceptíveis gestos, com a vocalização de um som que, às vezes, não é mais que um grunhido, é bem coisa de mulher. Está ligado à nossa fina percepção das emoções humanas, tão necessárias às funções maternas. Mães ou não, nós, mulheres, dispensamos palavras quando queremos comunicar sentimentos. Entendemo-nos dessa maneira umas com as outras, com os bebês, com os animais domésticos, e até com os espíritos.

Terminada a refeição, Zaynah correu à tenda e trouxe o violino:

— Toque para nós dançarmos — pediu a menina, com os olhos brilhantes e um confiante sorriso.

As demais fizeram coro e vi-me arrastada ao centro da roda. Ciro levantou-se, acomodou o instrumento junto ao pescoço, testou a corda e o arco, virou-se para Zara e perguntou:

— Por que não dança?

— Ah, não! Estou velha, meu corpo não tem mais a agilidade de uma menina — respondeu, escondendo sob falsa timidez um rubor de prazer com a atenção masculina.

— Não acredito nisso. Você pode não ser tão ágil, mas é graciosa, tenho certeza — insistiu Ciro, encarando-a sorridente. — E as mulheres maduras são mais seguras, seus movimentos são mais firmes. Meninas podem ser estabanadas, não é verdade? Vamos, deixe-me vê-la dançar.

Fiquei boba ao ver Zara derreter-se feito manteiga para os pedidos do hóspede ao mesmo tempo em que se fazia de desinteressada. Meu espanto cresceu quando vi Ciro manipular a todas, como se fizesse elas se moverem à moda dos fantoches.

— Meninas! Somente tocarei violino se Zara também dançar — declarou ele, solene.

As meninas trouxeram uma Zara corada, com um brilho de prazer nos olhos, em geral sérios, severos. O que havia acontecido com a amiga que eu levara tanto tempo para conquistar? Como ela podia render-se assim ao charme masculino?

Olhei Anísio conversando e rindo com Rute e Fatimah. Que milagre se operava com as velhas rabugentas?

Ainda pensando, procurando a resposta, ouvi a música. Ciro tocava com a alma, identifiquei seu talento nos primeiros acordes. A música ganhava vida em suas mãos. Esqueci-me de tudo. Amava dançar e naquela noite a alegria parecia-me mais intensa, talvez pelos riscos e ameaças recentes.

Entreguei-me ao prazer dos movimentos. Se Ciro dava vida à melodia, eu a materializava, dava-lhe o meu corpo e a minha mente em entrega absoluta. Girava em torno do nosso tripé, que era um arremedo de fogueira, quando deparei-me com os olhos azuis de Ciro fixos em mim. Sustentei seu olhar e senti algo diferente, uma conexão, uma espécie de reconhecimento intuitivo, eu não sabia explicar. Mas transmitia-me segurança.

Não precisava mais das informações colhidas por Anísio. A racionalidade estava posta de lado, o sentimento guiava-me. Ciro atraía-me como o sol atrai as plantas. Simplesmente, o meu ser buscava por ele.

Ele parou de tocar quando eu passava à sua frente.

— Cansei! — falou em resposta aos murmúrios das meninas. — Lembrem-se de que estou ferido e Eshe também. Não podemos abusar.

— Ciro está certo — referendei, batendo palmas para silenciá-las. — Vamos fazer nossas preces e ir dormir.

Rapidamente, Lia organizou a bacia com água e toalha para nos purificarmos e prostramo-nos ao solo, endereçando a Alá nossas orações e agradecimentos. Observei que Ciro adotou uma postura de respeito aos nossos costumes, mas não se prostrou ao solo. Ele ergueu o olhar às estrelas e, em vez de orar, cantou baixinho. Anísio ajoelhava-se e contemplava o céu, murmurando a prece dos cristãos: o pai-nosso. Uma bela mensagem que eu admirava. Tive certa dificuldade em concentrar-me nas orações, a curiosidade de ouvir e entender o hino que Ciro cantava baixinho mexia comigo.

Em pensamento, repreendi-me, e venceu a espiritualidade construída ao longo das eras. Alá e a minha íntima mãe do céu eram amigos queridos, mestres que eu precisava reverenciar, ainda mais ao final de um dia alegre depois de tantas dificuldades. Minha alma, acima de qualquer outro sentimento, elevou-se em louvor ao Criador.

A conturbada situação de Memphis se prolongou por vários dias, tantos que me acostumei à visão de Ciro entre nós. Conversamos muito, descobrimos gostos em comum, aprendemos a ver as virtudes e os defeitos um do outro. Floresceu uma grande amizade aquecida por uma inegável atração.

24
CONFRONTO

— Que situação disparatada! Como pode, Mestre Jesus, os homens brigarem em teu nome, defendendo ideias de outros? Como é possível que eles não leiam teus exemplos de liberdade, de plena convicção que só o amor cura a alma humana e lhe dá a salvação na outra vida, pela qual eles se matam...

— Pensando alto, Anísio? — questionou Ciro, sentando-se no chão ao lado do grego.

— Na verdade, falava com Jesus — respondeu Anísio, voltando-se para encarar Ciro sob a fraca claridade da lua.

— Noite escura — comentou Ciro, olhando o céu. — O nome é mera desculpa, Anísio. Todos defendem interesses pessoais. O resto é o preço da ignorância de um povo que apenas aprende o que vê e ouve. Como farão a distinção que você clama?

— Do que está falando, homem?

— Da sua conversa com Jesus. Ele não responderá, mas eu ouso fazer isso. Vivi em Constantinopla muitos anos, e lá gritam o nome do bispo como se chamassem a Deus. Absurdo! Eu sou cristão, mas não sei se sou mais ou menos cristão do que eles, ou se sou de uma terceira via. Você é copta. Em Constantinopla, seus pares gritam: "Duas naturezas", em frente aos templos e nas ruas, especialmente quando se confrontam com os cristãos do outro grupo, que respondem: "Uma natureza". É lindo de ver! Sangue e barbárie por todo lado. Encerrados nos templos, os bispos, de ambos os lados, debatem a natureza de Jesus. Ora, isso realmente é uma discussão relevante — ironizou Ciro. — Tenho plena certeza de que ser defensor de um lado ou outro me fará um ser humano melhor. Veja: os que gritam uma natureza, dizem que Jesus é divino, que é Deus; os outros dizem que ele é humano e divino. Ora, alguma vez ele falou o quanto discutir a sua natureza era relevante para a melhora do homem?

— Não — respondeu Anísio, categórico. — Nunca. Aliás, talvez eles devessem empregar nessa discussão a lição do orai e vigiai.

— Bem colocado — elogiou Ciro. — O homem dorme e não dá atenção ao mestre. Até oram, mas não o vigiam. Não estão atentos e, assim, ele acaba morto. Interessantíssimo!

— Não compreendida a mensagem da vida dele é morta. Os homens não o enxergam e, como você disse, é uma grande verdade que, temo, gerará consequências ao longo dos séculos. O povo é ignorante e sabe sobre a mensagem de Jesus o que lhes dizem e como lhes dizem. Pobres infelizes não têm como discutir, discordar. Sequer podemos exigir que entendam ou ousem olhar e ver, como Jesus pedia que o vigiassem, ou seja, que lhe dessem atenção, que ficassem acordados, que cuidassem das suas ações. Nada disso podemos esperar.

— Isso é o pensamento das duas naturezas?

— É o meu — respondeu Anísio. — Mas não posso negar que pensar a presença do Mestre como o divino do humano o torna bem mais próximo de mim do que imaginá-lo como um Deus. É mais lógico.

— Também acho absurda a ideia da divindade encarnada. Não consigo imaginar o universo regido por um bebê, tampouco conciliar o sono se pensar que a humanidade matou Deus. Gostei de você ter dito que é um pensamento seu... Já pensava que o último louco da cristandade fosse eu.

Anísio riu com gosto da frase debochada de Ciro.

— Ainda existe perdão aos loucos?

— Eles desconhecem o que seja perdão — retrucou Ciro. — Não pode existir o que não conhecem. Somos hereges, pecadores, demoníacos. Não é mais dado ao homem o direito de pensar em Deus, quanto mais de querer entender a mensagem da vida de Jesus com a própria cabeça. Eles pregam e os outros devem gritar palavras de ordem. Fazem discursos enfurecidos e gritam bem alto: Amém! São hinos à violência, a uma pessoa agredir a outra pelo simples fato de divergirem sobre questão de fé.

— Foi por isso que partiu de Constantinopla? — indagou Anísio.

— Sim, e também de Alexandria, e depois de Éfeso, e agora de Memphis. Mas, sinceramente, não sei que lugar buscar. Aprendi o ofício de copista no convento onde fui criado. Vi a cada instante a hierarquia ganhar relevância e poder de mando e de polícia, não existia mais a ideia de que o bispo era o membro mais antigo, de maior conhecimento e reconhecido devotamento ao próximo. Aliás, muitas vezes tive vontade de substituir a palavra semelhante com o sentido de referir-se ao nosso próximo por idêntico, por cópia. Tamanha a intolerância que presenciei. Lógico, para estar vivo, calei-me. A hipocrisia e a ganância eram horríveis. Resolvi ir embora. Aleguei uma bobagem qualquer e parti. Não houve dificuldade! Entre eles, sempre fui tido como inofensivo, e sou mesmo, pois o que quero dizer é que eu não falava, entende? Eu repetia tudo o que eles queriam ouvir e cedo aprendi a manter a boca fechada e ficar entre os textos. As letras falam, mas não têm voz nem olhos. São amigas confiáveis. Passei anos lendo e escrevendo, aprendendo música. Iguais a mim havia dezenas de meninos, todos aptos a fazerem o meu trabalho. Em Alexandria, tive melhor sorte. Meu ofício servia também aos governantes da cidade. Ah! Como foi bom ler outras coisas além dos textos religiosos.

— Não creio que a troca de ambiente tenha maiores diferenças além do tipo de texto que você copiava — comentou Anísio. — Eu também viajei muito, também vivi em regime conventual. Os cristãos coptas são menos hierarquizados, mais benevolentes e pobres, e diga-se que este último fator reduz algumas coisinhas.

— Com certeza, Anísio — concordou Ciro, coçando o queixo. — Na pobreza existem questões de ordem material, de necessidades físicas predominantes, embora, é claro, existam conflitos morais, há limites rígidos de possibilidades e a carência desperta solidariedade e benevolência nas pessoas. Mas eu vi problemas morais graves, vi inveja, cobiça, ódio por alguém querer o que pertencia a outro, política, luta por poder. Horrível! Eles têm riquezas materiais e estão moralmente nus, quero dizer, sem limites, pois elas abrem muitas portas, como você deve saber. Mas o trabalho que realmente gostei de fazer foi para um livreiro, em Alexandria. Éramos mais de vinte copistas no *scriptorium*. Ele prestava serviços aos governantes e aos religiosos, mas também vendia livros. Fiz cópias de textos antigos maravilhosos de teólogos e peças teatrais. As tragédias gregas me fascinaram. São maravilhosas!

Anísio sorriu do entusiasmo com que Ciro falava de seu ofício.

— Você é um homem feliz, Ciro. Ganha o pão do dia não com o suor do rosto, mas com a alegria da alma. Isso é muito bom! Fico triste quando ouço as pessoas reclamarem e até excomungarem o trabalho.

— O que não quer dizer que o meu rosto não verta suor. É cansativo. Tenho dores na palma da mão e nos dedos por causa da pena. E veja minhas unhas e pele — falou Ciro, mostrando-lhe as mãos parcamente iluminadas pela lua —, estão manchadas de tinta, não sai mais. Mas você tem razão: eu sou feliz com o que faço.

— Por que deixou Alexandria?

— Creia ou não, tive apenas dois motivos. Primeiro, não tolerava mais os fanáticos; segundo, queria novos textos e ouvi falar que Memphis seria um bom lugar, pois é uma cidade muito antiga. Tem incontáveis relíquias, inclusive na escrita. Eu trabalho em grego, persa e latim.

Anísio espantou-se.

— Como? — indaguei, revelando minha presença. Tinha ouvido toda a conversa, oculta nas sombras.

— Eshe, que susto! — falaram os homens ao mesmo tempo.

— Desculpem, não tive intenção — pedi, sorrindo e sentando-me em frente a eles. — Ciro, você disse que lê e escreve em três línguas?

— Sim — confirmou Ciro. — Eu cresci em um convento, sem meter-me em confusão e sem professar votos, tinha que fazer alguma coisa que me mantivesse calado. Estudei tudo o que pude.

— Eu adoraria saber ler! — falei, sem esconder minha admiração.

— Se quiser aprender posso lhe ensinar — ofereceu Ciro.

— Mesmo? — a surpresa do oferecimento do meu sonho deixou-me eufórica e sem ar.

Lembrei-me do que tio Pepe me dizia: "Vá, menina, corra atrás dos seus sonhos!". E não perdi tempo aguardando resposta, fui dizendo:

— Eu quero. Quando começamos?

Ciro sorriu, como se aquela resposta entusiástica e imediata fosse o que ele esperava de mim. E respondeu:

— Amanhã. Será antes ou depois do almoço? Você escolhe.

— Antes do almoço — decidi. — E como faremos com o material necessário?

— Deus provê. Não vê os pássaros do céu, que não semeiam nem ceifam e nem por isso morrem de fome? — disse Ciro, enigmático, imitando um conhecido trecho das lições de Jesus.

— Vou gostar de ver isso — falou Anísio rindo.

Senti-me feliz, tão feliz quanto alguém que se apaixona pela lua e um dia tem a oportunidade de tocá-la. Eu pensava ser impossível realizar aquele sonho secreto de saber ler. As pessoas brilham quando estão felizes, todo o ser se ilumina; e eu me sentia brilhar. A expectativa dava asas à minha imaginação. Ler era a liberdade plena do meu pensamento, tudo que eu admirava estaria ao meu alcance. O mundo perderia as fronteiras e os limites do tempo. Perdi-me em pensamentos, enumerando meus ganhos de liberdade e crescimento com o saber que adquiriria. E esqueci meus companheiros. Despertei do devaneio ao ouvi-los rir.

— Do que estão rindo? — perguntei, com o ar patético de alguém que estava fora da realidade.

— De você — comentou Ciro, suavemente. — Anísio me dizia que, em anos, é a primeira vez que a vê perder o contato com o momento, com o concreto. Isso é louvável, mas também é triste. Estou feliz por poder lhe permitir experimentar essa incrível liberdade da alma de alçar voo e deixar, ainda que por segundos, este mundo.

Comecei a rir e ele riu de nós dois.

— É, meus jovens, eu ri de vocês. Confesso — falou Anísio, erguendo-se e pousando a mão sobre meu ombro. — Está tarde, estou cansado e vou deixá-los. Preciso descansar. Fiquem com Deus!

— Durma bem! — respondeu Ciro.

Eu limitei-me a acariciar-lhe a mão e murmurar:

— Boa noite.

— Era um desejo secreto — falei, retomando a conversa com Ciro. — Ninguém sabia.

— Por quê? É algo tão simples. Anísio poderia tê-la ensinado. Ele me falou muito sobre seu tio, disse-me que era um homem bom e justo, que tinha conhecimento — argumentou Ciro.

— Quando vivíamos com toda a tribo...

— Anísio me falou sobre a divisão e como seu irmão as deixou. Foi assim que se conheceram — interrompeu Ciro.

— É. Mas, como lhe dizia, naquela época, meu tio era o xeique e, como tal, devia honrar e obedecer às tradições. Mulheres do deserto precisam conhecer muitas artes e ofícios, mas não a leitura. Sei que existem algumas poetisas, mas, infelizmente, nunca as encontrei. São raras. Depois, a necessidade ganhou o comando dos meus dias. Realmente, admito que vivo com os pés grudados no chão e a mente concentrada no presente, no necessário, no possível a cada dia. E gosto! Isso me faz feliz e saudável, eu sei. Zara diz que sou forte. Se ser forte é enfrentar aquilo que o presente oferece, seja bom ou ruim, ciente da sua transitoriedade... bem, então, sou uma fortaleza. Começamos a viajar e conheci muita gente. Ouvi suas histórias, analisei seu modo de pensar e agir, suas crenças, e deduzi que sofrem exatamente por não estarem com a atenção no presente, vivendo de fato. Estão sufocados por crenças bobas às vezes. Criam ideias e sistemas de vida que são verdadeiras armadilhas, nas quais eles mesmos se prendem ou perdem os pedaços. Daí, jogam a mente nas nuvens, em devaneios, sonhando com o que poderia ter sido, querendo reconstruir o passado, enchendo-se de ilusões, enfim, longe do aqui, do agora, do mundo, das possibilidades e do reconhecimento de alguns limites.

— Sei do que está falando. Apesar de não ter ouvido tantas histórias, vi muitas pessoas agirem desse modo. Eu mesmo, em alguns momentos — admitiu Ciro. — Você falou que as necessidades guiaram os seus dias. Algumas criaturas fogem delas, preferem as facilidades.

— Os dias fáceis são ótimos, são tranquilos, corriqueiros. Mas não são os que acrescentam às nossas vidas. Veja se você recorda de algo que aprendeu nos dias fáceis?

Ciro riu, notei que ele estava mais bonito. Estava recuperando o peso, a pele ganhava cor. E estava limpo.

— Não. Os dias de aprendizado são os difíceis, e são também repletos de satisfação quando vencemos. A famosa sensação de dever cumprido, de paz de consciência. São os dias de confronto e de enfrentamento os que nos marcam, é verdade.

— Além disso, são esquecidos. Facilidades são insípidas — insisti, convicta.

Ele ergueu uma sobrancelha, balançou a cabeça e concordamos. A conversa fluía com facilidade. Ele deitou-se de costas e falou dos astros, mostrou-me as constelações e os planetas. Foi natural, para contemplar o céu, que eu deitasse ao seu lado. E ficamos horas observando as estrelas.

***

Prosseguia a situação de violência decorrente dos constantes confrontos religiosos na cidade. Isso criara uma rotina lenta em nossa tribo, à qual nós não estávamos mais habituadas. As tarefas simples do cotidiano eram insuficientes para nos manter ocupadas. Além disso, havíamos nos acostumado ao desafio intelectual e emocional do contato com o público. Zara não escondia o tédio, ainda que Anísio a acompanhasse na colheita de ervas, raízes, cascas e flores medicinais. Seu estoque estava praticamente recuperado. Havia espécies irrecuperáveis, pois eram típicos de outras localidades.

Rute, com a ajuda de todas, acabava com os braços cruzados bem cedo. Fatimah era a única a dar sinais de satisfação. Encantara-se com Ciro e vivia às voltas de cuidados com ele: roupas, unguentos, qualquer coisa servia como motivo para mimá-lo. E ele usufruía sem pejo da regalia. Sorria satisfeito e elogiava o trabalho dela.

Na manhã seguinte, quando comecei as minhas lições, essa era a situação. Mas o fato de todos assistirem à aula e admirarem não me deixou constrangida.

O cheiro da refeição que Rute e Fatimah preparavam com a ajuda das meninas enchia o ar. Anísio e Zara separavam as ervas colhidas mais cedo e as dispunham sobre velhas lonas de couro para secarem. Ciro aproximou-se de mim e perguntou:

— Podemos começar suas lições agora?

— Claro — respondi de imediato. — Onde você acha que será melhor para ensinar-me? Na minha tenda?

— Não — respondeu Ciro. — Aqui mesmo, no pátio, está ótimo. Vamos nos sentar à sombra da sua tenda.

Acomodamo-nos. Senti os olhares dos demais cravados em mim. Encarei-os e sorri. Estava tão feliz! Era uma aventura. Lembrei-me de quando invadi a casa de pedra. A sensação era idêntica. Anísio espreitava-nos curioso, enquanto ia e vinha sob a lona, carregando as plantas.

Ciro tomou as minhas mãos entre as dele e disse:

— Eshe, suas mãos são extensão do seu pensamento e da sua vontade. Elas realizam tudo aquilo que você pensa e deseja. E são também partes visíveis do seu coração, dos seus sentimentos. Você acaricia ou bate, é suave ou rígida, é delicada ou grosseira. Elas são órgãos de comunicação quando queremos, por exemplo, chamar a atenção de alguém e acenamos ou batemos palmas. Elas produzem sons e gestos que manifestam nosso pensamento. Quando escrevemos, tornam-se a língua da nossa alma, e falam, muitas vezes, sobre ideias, sentimentos e vontades que nunca abriríamos a boca para pronunciar. Elas falam por símbolos que chamamos de letras do alfabeto, e cada uma tem um som. Precisamos conhecê-las e identificá-las com o som, primeiro.

Eu o olhei fascinada enquanto ele me mostrava minhas mãos como instrumento de uma comunicação tão profunda comigo mesma. Extensões da mente e dos sentimentos, dissera Ciro. E eu nunca tinha pensado a respeito delas, simplesmente as usava.

— Eu "leio" a vida das pessoas nas linhas de suas mãos e nas emoções que sinto ao tocá-las, mas nunca tinha pensado nelas da maneira como você falou — comentei, sem esconder a minha admiração. — Até posso compreender esses fenômenos que se dão comigo, pois, sendo extensão da mente e dos sentimentos, elas contam muito de cada um.

— As mãos têm um grande papel em nossas vidas, Eshe. Sem elas a nossa higiene e alimentação se assemelhariam à dos animais. Teríamos que lamber. No trabalho, elas cumprem mil funções e são fundamentais para o despertar da nossa inteligência, pois nos permitem tocar, examinar bem de perto um objeto ou algo. E isso vai além! Por serem extensões tão nobres de capacidades da alma, pensar e sentir, as mãos também são veículos de energias capazes de nos curar.

— Sim, eu sei. É uma capacidade comum a todos, mas mais pronunciada em algumas pessoas. Zara é a melhor entre nós — falei, totalmente envolvida na conversa. Nem lembrava que era a minha primeira lição de alfabetização.

— Cuide das suas mãos — recomendou Ciro.

Delicadamente, ele colocou minha mão esquerda sobre o meu joelho e segurou a direita, pegando o meu dedo indicador.

— Eshe, eis aqui a sua pena.

Vi Ciro dirigir meu dedo sobre a areia do solo, desenhando círculos, e afirmar:

— Eis aqui a tinta e o papel.

Retomou minha mão esquerda e declarou:

— Eis aqui o raspador. Como eu disse ontem à noite, Deus provê tudo que precisamos para ler e escrever. Nada nos falta, desde que tenhamos conhecimento, inteligência e vontade de aprender. O mais importante é nunca esquecer que você está comunicando pensamentos e sentimentos, e sua mão é a língua da sua alma neste momento.

Sem querer, suspirei e pisquei várias vezes, encantada, seduzida pela arte de Ciro.

— Eshe, todos nós mergulhamos a nossa pena — e tomou meu dedo entre as mãos — no enorme tinteiro da vida — colocou meu dedo sobre a areia dirigindo minha mão em suaves movimentos, quase carícias — e escrevemos as histórias das nossas almas, cheias de erros e acertos, de alegrias e tristezas. Até sobre aqueles dias pueris das facilidades teremos algo a dizer. Disso são feitos os livros.

— Das vivências humanas?— falei suavemente, apenas aguardando confirmação.

— Sim.

— Mesmo os textos religiosos?

— Sim. O pentateuco judaico é uma coleção de histórias sobre a vida de pessoas que foram importantes para a formação do povo judeu. Lá estão muitos romances, histórias repletas de paixão, de guerras, de crimes, de amor, de fé, de superação. São muito lindas. São humanas, foram línguas de almas que as contaram e, como as almas são imortais, elas falam até hoje em uma linguagem de símbolos. Os Evangelhos que falam de Jesus são narrativas de pessoas que viveram com ele, relatos de seu pensamento e de seus ensinamentos, fragmentos de memórias humanas. Belíssimas, ricas, profundas, em cada história dele eu ouço gritos de uma alma clamando aos homens que mudem seus comportamentos, que procurem viver mais felizes e livres de tantas regras e hipocrisia. É uma inteligência sublime que brilha em cada fragmento. Quando copio esses textos, e já fiz centenas ou milhares de cópias, fico deslumbrado e invejo aqueles homens que puderam estar com alguém tão especial, tão corajoso, tão humano. E com o Corão não é diferente! São experiências do Profeta Maomé, relato de visões e ditados que recebeu de vozes celestes. É parte da vida dele. Afinal de contas, os outros dois exemplos também estão cheios de interferências das vozes celestes, de aparições e até de materializações. Nada de novo.

— É isso que tem em todos os livros?

— De diferentes maneiras, mas é sempre a sabedoria humana, a voz da alma contando suas conquistas. Então, observe, os sons... — e com sua didática encantada e sedutora, Ciro passou a mostrar-me os objetos que me rodeavam e a decompor os sons que formavam as palavras para depois mostrar-me o símbolo, a letra correspondente.

Ao cabo da semana, eu dominava o alfabeto e começava a fazer as primeiras associações. E perdera minha condição de aluna exclusiva, pois as meninas sentavam-se à nossa volta e também aprendiam. As aulas ganharam mais horas. O prazer é fundamental no aprendizado, e nisso Ciro era mestre.

Em um destes dias, ouvi uma breve conversa entre Anísio e Zara:

— O que lhe parece? — indagava Zara, apontando com o queixo em direção ao grupo reunido, estudando.

— Eu acho que Deus a tudo provê no tempo certo — respondeu Anísio. — Ficam lindos e felizes juntos. Que mais há para ver? Que Deus os abençoe!

25
Necessidades

Estávamos em Memphis havia mais de um mês. Com nossas reservas de alimento comprometidas, era urgente retomar o trabalho. No entanto, a violência dos conflitos religiosos que assolavam a região não nos permitia viajar.

Terminara uma conversa com Zara que me deixara pensativa. Há muito as dificuldades da existência tinham me ensinado a inutilidade da preocupação e o valor das atitudes. De nada resolveria queimar os miolos em divagações e lúgubres pensamentos; a situação estava posta e, junto dela, as possibilidades. Era preciso escolher a atitude a tomar e também observar os caminhos que a vida apontava. E justamente a respeito deles eu pensava, sozinha, sentada entre as almofadas da minha tenda.

Seria o momento de socorrer-me das joias? Era a escolha mais fácil.

Haveria alguma forma de voltar ao trabalho sem confrontar os fanáticos? Esse era o meu ideal. Mas como?

— Tudo ao seu tempo, Eshe. Confie e lembre-se: "O Senhor é o meu pastor, nada me faltará. Deitar-me faz em verdes pastos, guia-me mansamente a águas tranquilas. Refrigera a minha alma; guia-me pelas veredas da justiça, por amor do seu nome[6]." É um hino antigo no Oriente. Jesus o reafirmou em outras palavras: "Observai os pássaros do céu: eles não semeiam e não colhem, e não amontoam nada nos celeiros, mas vosso Pai Celestial os alimenta, não sois muito mais do que eles?"[7] São lições de confiança que nos legaram grandes almas que viveram na Terra. A confiança, minha querida, é uma virtude fundamental. Hoje você ouve milhares de pessoas gritando sua fé aos quatro ventos e se matando

6 Salmo 23.

7 Matheus 6:26.

por ela. Cada qual desejando fazer prevalecer a sua. Mas fé é confiança. É dessa certeza que falam as velhas lições que lhe recordei. Nada neste mundo está desprotegido ou fora de lugar, a tudo a Sabedoria Divina provê. Observe a ação das leis da vida e siga-as, seja obediente ao Criador, obedecendo a essas leis, nada lhe faltará. Isso é um exercício de fé. Não uma fé que precisa ser apregoada aos outros, mas uma fé que alimenta a você mesma em todos os momentos da sua existência. Você não precisa viver em uma casa religiosa para ligar-se à Vida Superior. Acredite, é mais fácil fazer isso entre as árvores, à beira dos rios, enquanto prepara seu alimento, quando conversa com o povo de igual para igual, sem mantos que a encubram e sejam expressão de fronteiras. Viva, olhe à sua volta! As maiores verdades espirituais, as maiores revelações dos céus que alguém possa desejar, estão ao alcance da mão, sob o seu olhar, sob os seus pés, é a natureza da qual todos somos parte. Estude-a. Nela está escrita a lei da confiança. Mas preste atenção: nenhum dos que já a leram e entenderam falaram sobre ela como uma condição passiva. Ao contrário, apontam a atividade. Os pássaros não juntam, tampouco se preocupam com os alimentos, mas no momento certo agem, apropriando-se do que lhes cabe e do que necessitam, nem mais nem menos. Eles confiam na natureza e em si. Essa é a fé que precisamos ter, Eshe: crer em Deus, na vida, nas leis que a regem e em nós mesmos como criaturas capazes de conquistar o melhor.

Com imensa alegria registrei a companhia da "voz". Fazia-me bem, revigorava-me as forças, como um banho de rio.

— Que bom sentir você por perto — respondi, em pensamento. Instintivamente, eu sabia que o nosso encontro dispensava palavras faladas.

— Eu a acompanho, Eshe, há muito tempo. E estou feliz com seu progresso. Ele é uma realização para mim. Se não me faço tão presente quanto antes é porque não é necessário. Você agora é uma mulher adulta, capaz, tem se conduzido muito bem em suas lutas. Não se deixou abater. Descobriu que somos fortes, guerreiras ferozes. A ferocidade humana que tantos males causa é a raiz da angelitude futura. Hoje eles empregam toda essa energia para destruir, matar, cometer atos crueis. Quando despertarem e descobrirem que matam-se com a mesma faca, entenderão que é preciso e possível direcionar essa força para construir o bem, para conquistar o que desejam respeitando o direito do outro de ser e pensar de forma diferente. Isso abrirá as portas da morada dos anjos. Ser uma guerreira feroz pode ser muito construtivo, pois a ferocidade é a fonte da determinação, do foco, da atenção, da persistência, da coragem. Virtudes muito necessárias, todas nascidas da ira, da fera humana transformada pelo conhecimento e inteligência. Você já aprendeu bastante sobre ela. Tanto que está em prova com esse sentimento e elaborando outros, como a confiança na Vida Maior e em você mesma.

Respirei fundo, a resposta da "voz" enchia-me de força e conforto. Realmente, minha jornada era marcada por oportunidades de confrontar a ira. Eu a sentia com força, e não havia reconhecido ser a mesma energia que transformava e empregava para dar-me sustentação. Lendo meu pensamento, ela prosseguiu:

— Sim, a energia é forte! Tão forte que é capaz de destruir qualquer coisa. No entanto, é neutra como todas as outras. Não existem bons e maus sentimentos, nem certos ou errados, todos são humanos, interessa o que fazemos com eles e o que permitimos que façam conosco. São forças, querida, que precisamos manejar. Com elas nos lançamos ao infinito, à morada divina ou ao quinto dos infernos da tragédia humana. Nunca deixaremos de senti-los, o que demonstrará nossa elevação é a forma como os empregamos.

— Por que veio me falar sobre confiança e fé em Deus? É porque, de vez em quando, falo com as deusas pagãs? Com as grandes mães do deserto, com a senhora dos céus?

— Não, absolutamente — havia um tom de divertimento na "voz", como se ela risse da minha pergunta do mesmo modo que eu às vezes achava graça das perguntas das meninas.

— Então, elas existem? — indaguei, curiosa.

— Eshe, leia a natureza e encontrará a resposta. Se tudo tem uma parte feminina, não lhe parece que o Criador também possua esse lado?

— Mas, então, ele não é um homem, não é masculino? — insisti, sem temer as heresias.

— Eshe, os homens ainda têm muito a aprender sobre a própria natureza. Esse Deus masculino, que usa a ira de forma tão equivocada quanto a maioria da humanidade, é meramente um reflexo dos seus idealizadores. Eles são assim e pensam um deus dessa maneira. O que não quer dizer que seja a verdade plena. É a verdade deles, não há que se negar, tanto que por ela matam e morrem. Mas existem outras faces. Veja como ao lado de cada necessidade humana existe uma possibilidade de solução. Por exemplo, existem muitas doenças e, para cada uma delas, há na natureza uma planta, uma flor, uma raiz, uma folha, uma semente ou um animal que possa aliviá-la ou curá-la. Temos fome e a terra produz alimentos com fartura, temos sede e há a água; temos frio e há os abrigos; temos carências e temos uma capacidade ilimitada de amar; temos um anjo bom a nos guiar, embora prefiram falar em demônios e fazer guerra de deuses. Essa solicitude, essa proteção, são muito femininas, e lembre-se do que eu falei no início: confiar na Providência Divina. O que é isso senão a face feminina do Criador? Na antiguidade, ela era representada pelas grandes mães ou senhoras do céu, como você falou. É só uma representação. Dar forma feminina a essa verdade é a mesma coisa que fazem os que dão forma masculina. Ainda temos dificuldade em conceber a unidade, então dividimos. Mas pouco importa como você representa a sua fé, a sua confiança, porque isso não muda o fato de que, quando desejamos e buscamos o melhor, estamos buscando o Criador, que é uno.

— Você está dizendo que o Criador é também a senhora do céu?

— Sim, Eshe. Sim, estou dizendo que tanto faz se você orar a Alá, a Jeová, à mãe do céu, não importa. O Criador é uno, é masculino e feminino, se assim quiser entendê-Lo.

E a humanidade foi feita à sua imagem e semelhança, ou seja, temos todas as capacidades divinas em gérmen. Não é a representação física, não é da aparência que falo, mas da essência da alma humana. Mas, Eshe, vou parar por aqui. Lembre: "Olhai os pássaros do céu..."

O rumo dos meus pensamentos mudara com a visita da "voz". Deixei-me ficar pensativa, sim, mas entregue a pensamentos elevados, refletia sobre Deus e a vida, sobre minhas crenças e valores. Esqueci onde estava, as brigas sangrentas travadas nas ruelas da cidade, e até do problema iminente de alimentação da tribo. Do fundo da minha alma vinha uma calma segurança de que tudo estava bem e nada havia fora das vistas do Criador. A mim cabia agir no momento certo, reconhecendo o funcionamento das leis superiores.

À noite, olhando as estrelas com Ciro, contei-lhe sobre a "voz". Eu não falava sobre ela, dei-me conta disso assim que terminei de contar a experiência da tarde. Admiti que confiava muito nele e que esse sentimento eu não conseguia explicar.

— É um belo dom. Muito usado em todos os tempos. Os livros sagrados das mais diferentes religiões que já li e copiei estão cheios de fatos semelhantes. Infelizmente, a vida está repleta de fatos que não estudamos. Esse é um deles. Damos um nome: anjo. Depois qualificamos: bom ou mau. E como eles não são como nós, parecem ser imateriais, cremos que eles são de natureza diferente da humana. Mas muitos outros fatos, nesses mesmos livros, apontam outra solução: eles são humanos, são as almas dos homens que morreram. Jesus dá prova disso ao falar com Elias e Móises, conforme conta o evangelista Marcos[8]. Ora, eles foram homens que viveram sobre a terra, iguais a nós, e cujos feitos são conhecidos. Logo, não são de natureza diferente, e sim da mesma. Se eles podem, qualquer um de nós pode. Aliás, é comum as pessoas contarem que viram ou falaram com familiares que morreram. É a mesma coisa... quer dizer, é o mesmo fenômeno, apenas mudam os personagens. O que também nos leva

8 Ver São Marcos 9:19.

a pensar que ele, o fenômeno, é uma capacidade humana. Tudo isso, no final das contas, são possibilidades humanas se manifestando.

Ri da eloquência de Ciro. A cada dia a companhia dele me encantava mais. Eu bebia sedenta a sua cultura e inteligência.

— Bem, então, posso pensar que somos anjos materializados? — desafiei-o, desejando polemizar, travar um jogo de inteligências.

— Corretíssimo — concordou ele, para minha decepção. — Tudo está em tudo, ou seja, é como as lonas das tendas: há uma face interna, oculta aos olhos da maioria, vista apenas por aqueles que penetram o interior, e a externa, fácil de ver, está ao alcance de quem quiser. A alma é essa face interna e o corpo é a face externa, mas ambas são humanas ou espirituais.

— Acho que você anda conversando demais com Anísio e estão entrando nessa discussão das duas naturezas, Ciro.

— Eshe, essa discussão tanto é uma bobagem como algo profundo, tudo dependerá das consequências. Não convém sermos precipitados em julgar. O tempo é o melhor juiz e as consequências, as melhores provas sobre algo ser bom ou não. Mas eu e Anísio concordamos.

— Então você acredita em mim? Na minha conversa com a "voz"?

— Claro. Penso que seja uma criatura inteligente e sábia que conversa com você...

— Um anjo? — provoquei, sorrindo.

— Um humano que se tornou anjo — retrucou ele, encarando-me sério antes de completar com a voz rouca. — Como você está a caminho de ser... um dia.

Ele olhava-me sério, muito sério, mas brilhava em seus olhos um sentimento que eu não definia, mas percebia. Aquele olhar teve o dom de me tirar o ar. Ele me comunicava coisas além das palavras, muito além do assunto que debatíamos, que inclusive perdera a importância e eu sequer lembrava, embora não fizesse mais que um breve instante.

Eu apenas enxerguei o azul profundo e brilhante dos olhos de Ciro e senti a incrível força que nos atraía. Não tinha como nem por que resistir, não havia argumento. Palavras eram desnecessárias, uma linguagem ancestral e universal dizia tudo com a simples união dos lábios, dos braços e dos corpos.

As mãos eram extensão da mente e do coração, a língua do pensamento, ensinara-me Ciro. Entendi quando elas me falaram de amor.

***

As primeiras luzes do amanhecer iluminaram a tenda e despertei sentindo os braços de Ciro à minha volta. Um pequeno movimento denunciou-me.

— Psiu — sussurrou ele contra meus cabelos revoltos. — É muito cedo. Descanse.

— Não estou cansada — respondi, adorando a intimidade e a carícia.

— Rute ainda demorará para iniciar os preparativos da refeição da manhã — comentou Ciro, preguiçosamente.

— Como sabe?

— A rotina dela não se altera. Descobri isso na terceira manhã no acampamento. Ela somente sai da tenda com os raios do sol, não antes.

Lembrei-me da mulher gorda da casa de Muna, das minhas travessuras infantis e ri.

— Que bom que você amanhece rindo, Eshe. Isso é delicioso, sabia?

— Não sabia. Mas não creio no poder das lágrimas e menos ainda das lamentações. Tenho a mais profunda certeza de que a alegria alimenta a minha alma, mas a verdade é que não vejo motivos para chorar. Enxergo a vida com simplicidade: cada dia é uma nova experiência, os problemas que aparecerem terão que ser solucionados de algum modo. Ontem já foi, não há o que mudar, minha história está escrita e eu mesma desenhei cada letra. O amanhã é infinito, é o novo... ainda não chegou.

— Viver cada dia, cada experiência no seu momento — resumiu Ciro, repetindo minhas palavras. — Muito sábio, também penso assim. Muitas vezes planejei mil modos e ações, e realizei alguns, outros foram totalmente diferentes e vários simplesmente não passaram de devaneios. Quando constatei isso, deixei de angustiar-me e adotei viver com os pés na terra e a mente centrada no presente. Nem planos a longo prazo eu faço. Veja, eu não planejei cair dentro da sua carroça e vir parar ferido no seu acampamento, mas foi a melhor coisa que me aconteceu. Se precisasse, agora, eu apanharia de novo, só para viver aqui, para estar com você e com a sua tribo.

— Eu pensei em largá-lo desacordado em um mosteiro — confessei.

— Hum, malvada! — brincou Ciro, deslizando as mãos por minhas costas nuas. — Mas eu sou um homem inteligente, devo ter percebido essas malévolas intenções e acordei a tempo. Minha alma viu o que você queria fazer e, como já estava encantada por uma beduína risonha, resolveu que era tempo de acordar no corpo e impedir esse ato cruel.

— Ah, sei. Outro dia você me contará essa história de alma encantada por mim. Agora tenho que levantar e resolver assuntos com Rute e Zara.

— Posso saber do que se trata?

— Claro, nossa comida está acabando e nossas reservas também. Temos que resolver o que fazer.

— Isso é sério. Anísio não participa das decisões? Sabe, eu pensei por algum tempo que ele fosse seu marido. Tive vontade de fugir e maldisse aqueles fanáticos que me agrediram, pois sem querer eles tinham me dado algo que eu desejava muito e a tristeza de encontrar um marido ao seu lado.

— Você pensou essa bobagem? Anísio é meu amigo, é da estranha tribo de Eshe, como ele diz. Agora, seja bonzinho e me solte. Eu preciso ir, não quero que as meninas sintam necessidade de alimento. Isso nunca aconteceu.

— E não acontecerá. O que você pensa fazer?

— Não sei, Ciro. Preciso decidir, mas não vejo outra saída a não ser abandonar Memphis, ir para outra cidade e retomar nosso trabalho. Teremos que enfrentar a confusão e sair daqui. Mas... não quero forçá-las, entende? Não temos garantias de que conseguiremos trabalhar do mesmo modo que fazíamos antes. Essa loucura religiosa nos toma por criaturas demoníacas. Não bastassem as crenças a respeito dos povos nômades do deserto, ainda tem essa questão religiosa.

— Eshe, você aceitaria a minha ajuda?

— Diga-me qual é primeiro.

— Eu não pretendia ficar em Memphis, estava de passagem e confesso que foi você que me fez demorar-me e atrasar a minha viagem. Eu estava indo para o norte, uma próspera tribo precisa do meu trabalho, contratamos tudo no dia da agressão. Siga comigo, basta aperfeiçoar um pouco mais a sua escrita, ensinar-lhe a usar os materiais certos, pena, pergaminhos, tinta e poderemos trabalhar juntos...

— Ciro, e a minha tribo? E as minhas filhas? Eu não as abandonarei...

— Nem sonhei em lhe pedir isso. Iremos todos juntos. Aceita-me na sua tribo? Aceita minha ajuda?

— Preciso pensar. Por que não me falou disso antes? Eu pensei que você não tinha destino, Ciro.

— E eu pensei que Anísio era seu marido — rebateu Ciro, soltando-me delicadamente e afagando meus cabelos. — Depois, era tarde, eu já não queria outro destino do que este que temos. Mas a verdade é que posso ajudá-la, podemos estabilizar nossas vidas, viver em um canto com as meninas e as velhas. Elas não aguentarão essa vida nômade por muito tempo.

— Ciro, se nossa história tivesse sido diferente, se não tivesse ocorrido a longa enfermidade de tio Pepe, seríamos todas membros de uma tribo maior, caminhando pelas rotas do deserto, negociando. Elas viveriam e morreriam assim.

— Mas a realidade do presente não é essa — lembrou-me enquanto olhava eu me vestir. — Pense, eu não tenho pressa.

26
Enfrentamento

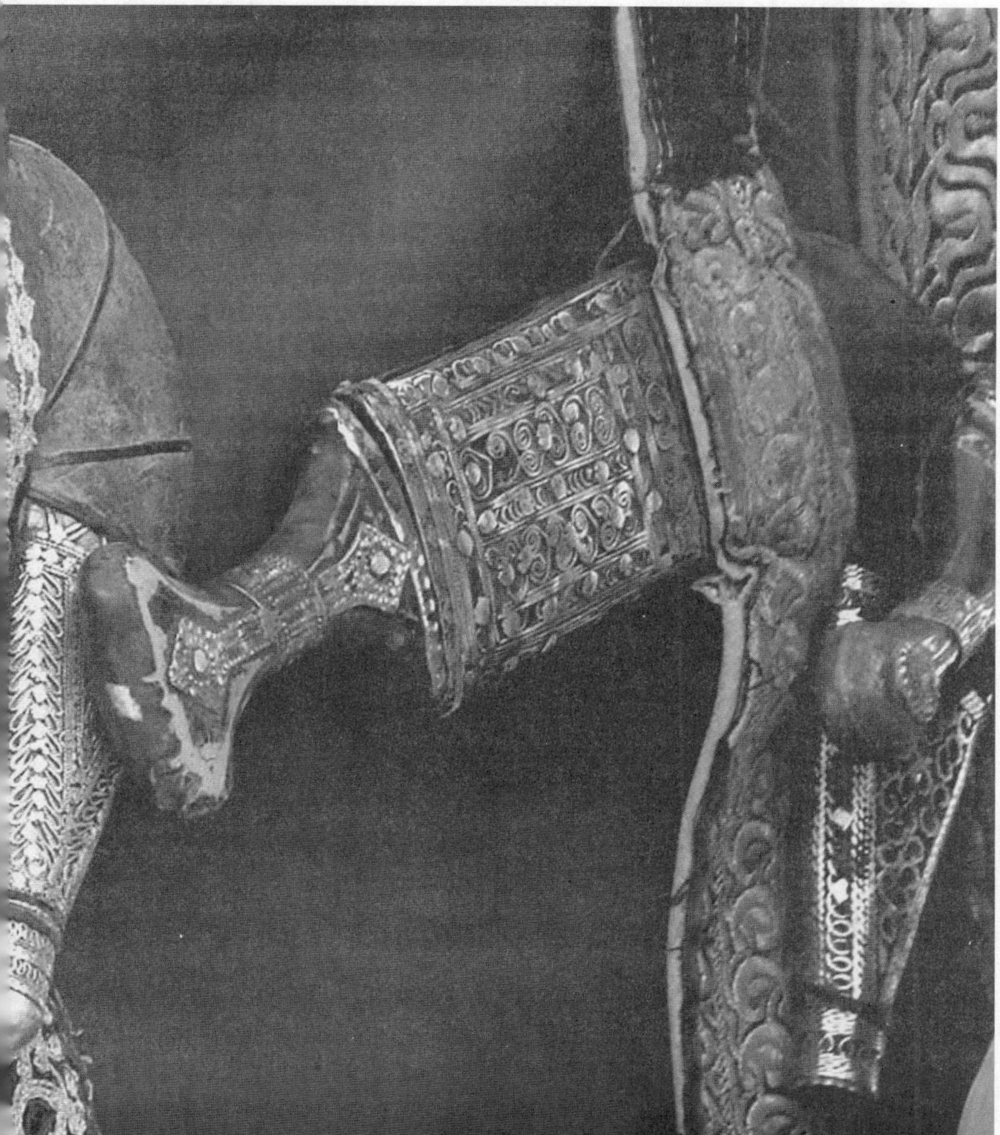

Eu, Zara, Anísio, Rute e Fatimah discutíamos a situação e a proposta de Ciro, que para minha surpresa foi encarada com extrema naturalidade. Como se eles aguardassem aquele desfecho.

— É uma proposta interessante — falou Anísio. — Mas implica uma completa mudança de estilo de vida. Você gostaria disso, Eshe?

— É, tem vantagens — interveio Zara, que, apontando as outras duas, prosseguiu: — Estamos velhas, as viagens são cansativas e fiquei bastante atemorizada com a violência dos últimos dias. Fixarmos a tribo, termos uma casa em um local pacífico é algo a ser considerado com cuidado. Vejo vantagens e gosto de Ciro, confio nele. É um homem honesto.

— Eu penso nas meninas — disse Rute, muito séria, como sempre. — Estão crescendo, se continuarmos vivendo do modo como tem sido nos últimos anos, o que será delas? Com quem se casarão? Ficarão sozinhas caminhando neste mundo cheio de loucos? Vivendo com outras pessoas, elas terão melhores oportunidades.

— Rute tem toda a razão — apoiou Fatimah.

— Vocês já tinham discutido esse assunto? — perguntei olhando um a um nos olhos.

— Para sermos francos, sim — começou Zara, encarando-me. — Já tínhamos conversado sobre a possibilidade de nos fixarmos. É uma ideia que tivemos anos atrás, quando o xeique Pepe ainda era vivo, lembra-se? Quando nos atacaram e corremos para a casa de Muna. Ciro comentou comigo que estava a caminho do norte, onde tem trabalho acertado. Mas não havia nos convidado a partir com ele. Eu vejo com bons olhos a tentativa, se não der certo... bem, pegaremos nossas tendas e carroças e iremos embora. O fato de nos acentarmos em um local fixo não diminuirá nossa alma beduína, nossa liberdade, não é mesmo?

— Sim, também pensei nisso. Afinal, nesta vida, de definitivo só a morte, todo o restante é transitório — concordei.

— Para ser honesta, Anísio, eu não sei se gostarei ou não de mudar de estilo de vida. Preciso experimentar e não tenho medo de errar. Pior será não tentar. A situação por aqui está complicada e, ao que sabemos, nas outras cidades da região não é diferente. Voltar ao norte pode ser uma opção mais pacífica...

— A rota de saída está aberta — informou Anísio. — Eu investiguei. Ciro contou-me seu destino no primeiro dia em que conversamos, mas não tornou a me falar no assunto, muito menos a fazer um convite para o acompanharmos. Eu tenho vocês como minha família, considero-me da tribo e vou acompanhá-las seja qual for a decisão.

— Vocês concordam em partir para o norte com Ciro? Sim ou não? — questionei apenas para confirmar a unanimidade.

Nada me tirava do pensamento que o assunto já havia sido discutido e aprovado, e apenas me deixavam a "honra" de externá-lo.

Notei o olhar brilhante de Zara e Rute cravados na minha tenda e voltei-me. Ciro nos observava parado na entrada, sorridente, relaxado. Elas olharam para mim, senti meu rosto arder, rubro, mas sustei os olhares.

— Muito bem, Eshe. Seja feliz — aprovou Zara. — Eu faria o mesmo se fosse você. Notei como Ciro a olhava. Ele tem bons sentimentos, aproveite. A vida tem sido muito dura para todos nós, mas para você bem mais. Assumiu pesadas responsabilidades muito cedo, é justo que tenha compensações.

Fatimah e Rute murmuraram algo parecido e Anísio tocou-me o ombro e brincou:

— Viu por que a carroça estava tão pesada quando a trouxemos? Era um presente da vida. Gosto de Ciro. Chame-o para participar da conversa, é justo. Ele quer pertencer à tribo de Eshe, e acho que já pertence, não é?

Sorri em resposta. Lembrei-me, não sei por que, do casamento de Rana e Daros, da tristeza dos olhos da minha cunhada. Zara leu meu pensamento.

— Vá, Eshe! Chame Ciro, ele é da nossa tribo. Eu o aceito de coração. Desde que fomos abandonadas por seu irmão aprendi muito e fortaleci algumas ideias. Uma delas é que é muito bom viver com liberdade, ser responsável por nós mesmos e podermos decidir o que, quando e como faremos ou não alguma coisa, sem cobranças de tradição, sem atender a expectativas dos outros, apenas viver e buscar ser feliz com as oportunidades do momento. Obedecer somente a Deus e às nossas consciências. Essas são as regras da nossa tribo. Você aceitou Ciro, para mim estão casados, enquanto você quiser. Conheço-a bem o bastante para saber que não aceitará da vida menos do que pode receber de felicidade. Provamos da liberdade, nunca mais nenhuma de nós se sujeitará a jugos, amarras e mordaças. Vivendo com Ciro, em liberdade e igualdade, você ensinará muito às meninas sobre o relacionamento com os homens e a vida em comum, sob novas leis e tradições.

Aproximei-me de Zara e a abracei forte, não tinha palavras. Rute e Fatimah abraçaram-me e Anísio foi o último. Depois, fui ao encontro de Ciro, tomei-lhe a mão e o trouxe para a reunião. Feliz, sentei-me ao seu lado e disse:

— Você foi aceito na minha tribo, Ciro. Conversamos e aceitamos seu convite, mas saiba que ninguém abdicou da alma beduína. Sabe o que isso significa?

Ele olhou-nos e abriu um largo sorriso. Abraçou-me, beijou-me a face e falou:

— Juntos enquanto formos felizes. Juntos por opção e livres por natureza.

Gritos e aplausos celaram o ingresso de Ciro na tribo e a nossa união. Respirei aliviada, todos tinham alegria no olhar, expressões tranquilas, respirávamos liberdade.

— Falarei com a meninas — disse a Ciro.

Ele ergueu-se, ofereceu-me a mão para levantar e retrucou:

— Falaremos com as meninas. Quero estar junto, sei o quanto elas são importantes para você, desejo que elas saibam que isso não vai mudar com a minha presença nem com as mudanças do futuro.

Eu não tinha visto, mas Ciro conquistara toda a tribo. As meninas o abraçaram alegres, sem sinais de desconfiança ou competição.

Decisões tomadas, novos rumos traçados às nossas vidas, entretanto, no presente persistia o problema da alimentação. Tínhamos uma longa viagem pela frente.

Ao meio-dia, começamos os preparativos. Anísio e Ciro revisavam os consertos da carroça. Zara e eu debatíamos o que fazer.

— Podemos pescar — falei. — Secar e salgar os peixes. Temos algumas cabras, haverá leite, infelizmente não temos o bastante para fazer queijo...

— Eshe, você se lembra como viajamos para chegar aqui? Quantas vezes negociamos as cabras? Será que com a agitação desses dias conseguiremos fazer o mesmo? Eu acho que será difícil, se não impossível. Levaremos os animais, é claro, mas talvez virem cozido muito antes de estarmos no norte.

— Sim, Zara, eu me lembro — falei desanimada, admitindo as dificuldades. — Quando tivermos que fazer isso, será feito. Mas até lá teremos o leite. O problema são os grãos, precisamos fazer farinha. Só resta a alternativa de juntarmos todos os recursos que temos e comprar o que der. Na próxima aldeia ou cidade, tentaremos trabalhar para conseguir comprar mais comida.

— E aquele assunto — entendi que ela se referia às joias —, acha que não é o momento? Poderíamos vender uma ou duas, apenas o bastante para comprarmos comida.

— Não aqui, Zara. Talvez em outra cidade, se estiver em paz. Se conseguirmos comprar comida com o que temos, já estará muito bom.

Expusemos o plano para Anísio e Ciro, que concordaram com a estratégia.

— É melhor viajar com pouca coisa, Eshe. Não sabemos como estão as estradas que enfrentaremos, pode haver violência. Se carregarmos provisões para toda a viagem, corremos o risco de perder tudo. É melhor assim, ainda que passemos algum trabalho e desconforto — argumentou Ciro. — Mas adorei a ideia do peixe, muito boa. Quando vamos pescar?

— Agora — respondi rindo e mostrando as meninas e as velhas prontas, com todos os apetrechos, à minha espera.

— Anísio, vou pescar com as mulheres. Não quer vir também?

— Não, vou ficar e cuidar das coisas por aqui. Tragam muito peixe... — gritou Anísio do interior da carroça, onde remendava a lona.

— Isso foi um ato de sacrífício para ele — comentei com Ciro. — Anísio detesta peixe seco.

— Hum, que lástima! Mas a necessidade obriga — disse Ciro, passando o braço sobre os meus ombros.

Abraçados, seguimos alguns metros atrás das outras.

Retornamos sob a luz das estrelas carregando vários cestos cheios de peixes. Estavam limpos, prontos para salgar e secar. Anísio recebeu-nos com um olhar triste, encarava os cestos com expressão de profunda tolerância.

— Deus abençoe — disse ele, sério. — Temos comida para muitos dias.

— Nem tudo é prazer na vida — provocou Ciro, risonho.

— Eu sei. O meu estômago é que não entende. O corpo só aceita prazer, a dor precisa ser tolerada pela mente, que é quem entende o significado do sacrífício e a causa da necessidade. Não se preocupem, pelas estradas há caça, eu suportarei. Aproveitei o tempo, todas as lonas estão revisadas e os consertos feitos. Amanhã poderemos ir à cidade adquirir os grãos e depois partiremos — falou Anísio, dirigindo-se inicialmente a Ciro e, depois, encarando a mim e Zara.

Assim foi feito. Muito cedo, no dia seguinte, arrumamos a carroça e nos colocamos a caminho da cidade, procurando os mercados populares. Sentávamo-nos no banco da frente, eu vinha no meio. Havia poucas pessoas na rua, mas, ainda assim, era visível o medo e o cuidado. Andavam cabisbaixas, apressadas e olhando de soslaio para todos os lados. Ao menor sinal de perigo, aceleravam o passo e cruzavam a rua.

— Andam armados — comentou Ciro, falando baixo. — Observem sob os mantos. Quando caminham, é possível ver que carregam porretes.

Observei e vi o tecido grosseiro de lã marrom delinear o rústico armamento. Anísio também percebeu, pois murmurou:

— Ahã, é isso mesmo. Pelo visto, continua complicado. Vamos calados que é melhor. Quanto antes comprarmos o que precisamos, mais cedo partiremos daqui. Já nos demoramos demais nessa confusão.

Localizamos o mercado. Ciro ficou cuidando da carroça. Anísio e eu fizemos um rápido passeio, apenas para comparar as ofertas. Compramos os grãos e voltávamos quando vi um grupo suspeito cercando nossa carroça. Ouvi a voz de Ciro elevar-se, dando explicações, e entendi que desejava avisar a mim e Anísio, evitando nossa aproximação.

— Melhor aguardarmos — disse Anísio, segurando-me o braço.

— Eles agredirão Ciro! — respondi nervosa, puxando meu braço. — Não podemos deixá-lo sozinho.

— E de que adiantará, Eshe? Veja, eles são oito homens.

Eram oito, mas naquele momento identifiquei o líder: Daros. Meu sangue ferveu.

— Chega, Anísio! Aquela peste humana que você vê — e apontei para Daros que segurava Ciro pelo pescoço — é o meu irmão. Basta! Ele não me causará nunca mais nenhum tipo de dano, eu juro!

Puxei o braço com força e avancei ao centro do grupo que rodeava Ciro. Abri caminho e gritei com autoridade e firmeza:

— Chega, Daros! Solte, imediatamente, esse homem. Ele me pertence, é parte da minha tribo. Solte-o, já!

Daros afrouxou Ciro e, por fim, libertou-o. O espanto dominava-lhe a expressão. Encarou-me como se visse um fantasma, um morto ressuscitado.

— É, Daros, sou eu mesma: sua irmã. Sobrevivi. Aliás, sobrevivemos. As meninas que você piedosamente abandonou no deserto para morrer de sede e insolação estão comigo. Criei-as. Embora você tenha condenado todos nós a morrer de fome, pela justiça com que dividiu o rebanho e os bens da tribo. Informo-lhe que sobrevivemos e estamos bem. Mas o mesmo não posso dizer de você. Que fim deu ao nosso povo? Onde estão? Atacar mulheres indefesas nos rios para saciar suas necessidades de macho não foi a educação que tio Pepe lhe deu, disso sou testemunha. Mas você me atacou e fico feliz de dizer que os dentes a menos em sua boca são obra minha — encarei-o e, para meu horror, notei que Daros ostentava uma enorme cruz de madeira pendurada em uma faixa de couro sobre o peito. — Agora você é cristão?! Que lindos exemplos de amor e benevolência tenho para citar de sua conduta, não é?

Ele estava mudo, parecia dominado por uma força estranha que o impedia de reagir. Olhei, um a um, os homens que o acompanhavam. Um bando de fanáticos, violentos. Falei:

— Você é um ladrão, um criminoso escondido atrás de um símbolo religioso. Pervertido, descontrolado, ambicioso, violento! Diga-me: é assim, sob a força das armas e o domínio do medo, que vocês desejam implantar uma nova crença? Esse movimento é bem a sua cara, Daros. Pobre, Jesus! Nos céus, ele deve esconder a face para não olhar o que fazem homens como você, usando o nome dele e distorcendo a sua mensagem.

Encarei os homens do bando de Daros e ordenei-lhe com a mesma vontade firme:

— Afastem-se! Deixem a minha carroça livre, bando de víboras, assassinos. Saiam!

Surpresos por verem o líder sem reação, timidamente eles deram alguns passos atrás.

— Daros, mande-os embora — ordenei. — Preciso que me dê explicações, acho que é tempo, não lhe parece?

Ele fez um gesto com a mão, e disse algumas palavras em um idioma que não entendi. Os homens se afastaram. Ciro aprumou-se e olhava-me admirado. Anísio colocou-se ao meu lado, como se fosse um escudeiro.

— Eshe! Eu não a reconheci — falou Daros. — Pensei que houvessem morrido...

— Desejou que tivéssemos morrido — corrigi. — De uma maneira muito cruel você tentou nos matar, Daros. Mas não conseguiu. A vida é mais forte e sábia do que as suas vontades podres.

— Você não entende... passou tanto tempo... aconteceram coisas que você não sabe... eu mudei muito...

De raiva, eu ri, gargalhei na verdade, mas logo recuperei a calma e respondi:

— Sim, eu vi, carrego no corpo as marcas da sua mudança. Você agora mata de maneira mais honesta, suas intenções não são escondidas.

— Não, Eshe, eu mudei. O episódio no rio... eu não sabia que era você, não a reconheci, por mais linda e desejável que eu a ache, sempre achei, você é minha irmã...

— Não importa que foi comigo, Daros. Você atacou uma mulher sozinha, covardemente. Você me violentaria, me bateu. Isso diz quem você é. Não me interessam suas justificativas vazias. Não quero saber de você. Diga-me: o que houve com a tribo?

— Dispersaram-se. Brigamos muito, dividimo-nos. Yasar levou a maioria, pegou as melhores rotas. Eu fiquei com muitas mulheres e poucos homens, precisei me desfazer...

Estremeci, antes que ele falasse, pressenti qual tinha sido o destino de minha cunhada e de muitas mulheres da tribo, das mães das meninas. Daros calou-se, como se tivesse vergonha de seu ato e não quisesse confessá-lo. Mas eu precisava ouvir e insisti:

— E Rana? Onde está minha prima?

— Eu as entreguei a uma caravana no deserto...

— Fale a verdade — exigi, entre dentes, olhando-o firme.

— Eu as vendi como escravas. Foi isso que fiz! Era preciso, não havia outro recurso. Vendi os homens também.

Tremi de raiva, minha mão voou e o esbofeteei com toda a força. Vi meus dedos decalcados na face dele. E, antes que pudesse reagir, tirei-lhe a faca e o porrete que estavam presos à cintura, em uma faixa de couro. Coloquei a faca no pescoço de Daros e tive o prazer de passar a lâmina afiada em torno da sua garganta. Vi-o tremer e empalidecer de medo e, propositadamente, fiz correr um fio de sangue e disse:

— Eu não irei matá-lo, porque você não merece um segundo mais da minha atenção. Olhe bem para mim, Daros, nunca mais esqueça as minhas feições. E preste muita atenção: fique longe, muito longe de mim e de qualquer pessoa que eu ame e esteja comigo, ouviu? Porque eu não tenho medo de você, mas acredito que seja melhor você seguir um caminho bem distante do meu. Agora, vá! Desapareça! Já!

Daros cambaleou, parecia aturdido. Olhou-me espantado, como se eu não fosse humana, baixou a cabeça e partiu.

O bando o esperava, mas ele limitou-se a chamá-los com um movimento do braço e, caminhando rápido, desapareceu pelas ruelas da cidade seguido por seus camaradas.

— Ufa! — desabafou Ciro. — Que cena! Entendi bem, esse homem é seu irmão?

— Sim — respondi, sentindo-me cansada.

A ira esvaziou-se e deixou-me fraca, um pouco zonza, nauseada. Subi na carroça e acomodei-me.

— Anísio, por favor, você traz o meu saco de grãos? Perdi a força. Quero ir embora o quanto antes.

Ciro sentou-se ao meu lado, abraçou-me e beijou meus cabelos. Lembrei de tio Pepe e senti o cheiro dele, como se estivesse ao meu lado. E estava, reconheci a sua voz a sussurrar-me ao pensamento:

— Controle sua força, Eshe. Não a deixe tornar-se perigosa para você mesma. Transforme em coragem de bem viver, em determinação, mas nunca se esqueça que está domando um animal selvagem. Não cultive rancor. Sabíamos do que Daros era capaz, não há novidade, apenas constatação. Lembre-se de que somos livres para escolher e responsáveis por nossas escolhas. Rana escolheu em quem acreditar, agiu de acordo com isso, recebeu o esperado. Não há surpresas para quem sabe ler as leis superiores da vida, minha linda. Os caminhos são marcados, portanto, uma vez escolhidos, sabemos o trecho a percorrer e o que ele tem. Muitas vezes, fechamos os olhos e não queremos enxergar o que está bem embaixo do nosso nariz, mas essa atitude não tem o poder de mudar nada. Os que foram com Daros e Yasar foram sabendo a quem seguiam, se não quiseram ver que as atitudes deles para conosco poderiam se repetir com eles, é porque ainda não tinham aprendido a lição. Não lamente, eles sairão melhores depois dessa experiência, mais maduros, é o que se deve esperar. Creia-me, Deus é sábio e justo, zela pelo bem de todos e nada há fora de suas mãos, por isso todas as experiências nos encaminham para o melhor, para o progresso que nos aproxima Dele.

Respirei fundo, foi um instante fugaz, mas aliviou-me tanto! Agradeci em pensamento aquela bênção divina de reencontro em um momento tão ruim. Senti uma brisa em meus cabelos, arrepiou-me um lado da cabeça, mas a sensação era agradável. Entendi que era a presença espiritual de tio Pepe e aconcheguei-me no peito de Ciro.

— Você está bem, Eshe? — perguntou Ciro, baixinho.

Balancei a cabeça, sinalizando que estava bem. Não queria falar, ainda pensava nas lições de tio Pepe e estava emocionada.

— Fiquei orgulhoso de você — declarou ele. — Fez o mais difícil: enfrentou abertamente seu opositor e saiu-se bem. Nossa! Eu enxerguei uma rainha, uma soberana decidida, corajosa e consciente de sua força e vontade. Amei vê-la defender a minha vida, embora a maioria dos homens diga que as funções estavam trocadas. Você subjugou emocionalmente seu irmão, e com isso tirou-lhe a capacidade de reagir fisicamente, a mente dele parou. Querida, são poucas pessoas que conseguem feitos assim! Isso é que é força de vontade! Já tinha lido sobre coisas desse gênero, e achava fantasiosa a dita imposição da vontade, mas agora sei o que é. Exalava de você uma energia enorme que eu senti envolver aquela criatura e dominá-la. Acredite, eu senti como se uma rede tivesse sido lançada sobre ele e o obrigasse a agir conforme você mandava. Existem exemplos de conduta semelhante de Jesus dirigindo-se a espíritos que perturbavam pessoas e afastando-os. Confiança e vontade firmes e unidos...

— Eu tive raiva, Ciro, muita raiva — corrigi.

— Sim, eu notei. Até um cego veria a sua raiva, Eshe. Mas teve vontade e confiança também. Digamos que com eles você projetou a ira contra Daros e o atingiu.

— Estou cansada...

— Anísio está chegando. Espere aqui, vou ajudá-lo a carregar a carroça. Será mais rápido.

Ele afastou-se e senti frio, parecia-me estar solta. Não gostei, mas resignei-me. Era o mais sensato e óbvio a ser feito. Ficarmos parados ali depois de afrontar um fanático e seu bando estava longe de ser inteligente. Daros não voltaria, era covarde, e a vingança usando terceiros é típica deles.

27
Minha casa de pedra

O mediterrâneo encantou-me. Respirei, suspirei, deliciei-me de todas as maneiras possíveis com o inebriante cheiro do mar. Eu vivi no deserto e depois vagando por cidades, sempre cercadas por rochas e areia, sol e vento constantes; esse era o Egito das minhas lembranças. Deparar-me com a fronteira de mar, ver a famosa cidade de Alexandria foi uma experiência prazerosa demais.

Ao meu lado, sentado no banco da carroça, Ciro riu do meu deslumbramento.

— Linda, não?

— Muito! Não tenho palavras... Por que foi embora? Eu não me afastaria de tanta beleza...

— Ah, sim, Eshe — ironizou Ciro. — Imagino você tolerando indefinidamente disputas imbecis que colocam a sua vida em jogo por nada. Admita, você, muito mais do que eu, afasta-se do que não a agrada.

— Mas está regressando — insisti.

— Sim, estou, mas em condições bem diferentes. Trabalharei para um xeique muçulmano. Admiro a sabedoria deles. Enquanto os cristãos se dividem, eles crescem. Estão dominando a cidade agora e em breve dominarão o país. Trabalharei com textos gregos antigos. Estarei bem longe das discussões religiosas.

— Fico feliz que tenha uma visão tão boa da convivência com os muçulmanos, Ciro.

— Eshe, entre eles também há fanáticos, mas são cultos e é isso o que me atrai. Além disso, estaremos seguros.

— E esse xeique sabe que você traz uma tribo consigo?

— Ainda não, é claro — comentou Ciro e, bem-humorado, completou: — como ele poderia saber, se nem eu sabia. Saí de Constantinopla solitário e no caminho adquiri mulher e uma tribo. Acredito que o xeique aprovará, afinal não é qualquer homem que prospera desse jeito, não é verdade?

Ri da forma debochada e tranquila como Ciro colocava a situação e não pude deixar de provocá-lo:

— É, visto assim, até a miséria suprema se torna progresso. Você não qualificou que encontrou uma tribo de mulheres e meninas loucas, lunáticas que apanharam dos fanáticos e fugiram da cidade, atravessaram o país comendo peixe seco e mingau de milho.

— Esqueceu de Anísio. Ele comeu apenas mingau — advertiu Ciro, rindo. — Esses são detalhes e não presto atenção neles. Há muito aprendi que o diabo mora nos detalhes, então, ignoro-os. Mas, pobre Anísio! Ele não suporta mais mingau de milho.

Recordando as últimas e sofríveis refeições, fez uma careta de nojo e prosseguiu:

— Mas sabe de uma coisa? Eu também não. E, quanto ao peixe, bem... talvez ele estivesse certo. Argh! Não posso mais nem com o cheiro daquilo.

— Nenhum de nós aguenta mais — falei e, resolvida a encerrar a desagradável lembrança, perguntei com entusiasmo: — E onde moraremos? É próximo ao mar?

— O xeique tem uma pequena fortaleza no deserto, mas fica próxima do mar, segundo as informações que me forneceu.

Cruzamos a cidade, e o meu encantamento pelas construções antigas cresceu. Eram belas, embora mal-cuidadas, muitas em ruinas, com destroços de grandes colunas romanas ricamente esculpidas caídas nas calçadas.

Margeamos a faixa litorânea e, ao fim do dia, chegávamos às portas da fortaleza.

— E eu que pensei que uma casa de pedra nos desse segurança! — falei, demonstrando meu assombro ante a construção cercada por enormes muros de pedra e uma torre bem alta no interior.

Ciro desceu da carroça dirigindo-se a um soldado que guarnecia a entrada. Não consegui ouvir o que dizia, mas entendi que se apresentava e falava a nosso respeito, pois gesticulava e apontava para nós. Instantes depois, o sentinela ordenou a abertura das portas e Ciro voltou à carroça.

— Vamos, o xeique nos aguarda.

O interior da fortaleza era simples. Facilmente se notava a preocupação com a segurança e o que mais havia eram cães, de todos os pelos e tamanhos. Faziam muito barulho, mas pude ouvir os gritos excitados de Ty. Ela amava todos os animais, mas tinha predileção por cães. "Uma de nós já está se sentindo feliz aqui", pensei enquanto examinava o pátio calçado de pedras, os caminhos, as construções e a maior delas, que deveria ser a residência do xeique. As pessoas nos olhavam curiosas, mas não paravam suas atividades. Saudavam-nos e seguiam.

Ciro considerou melhor que apenas eu e ele nos apresentássemos ao xeique e falássemos sobre o restante da tribo.

— E se o xeique não quiser? — indagou Ty, encarando Ciro — Você vai nos deixar?

— Nunca, minha pequena — respondeu ele, acariciando a cabeça da menina. — Se o xeique não quiser vocês, iremos todos embora.

— Mas não vamos mais comer peixe — declarou de pronto a menina, arrancando riso de Anísio e Zara.

— Isso não acontecerá. O xeique é um bom homem e não tem porque não nos acolher. Fique tranquila, falaremos com ele e voltaremos logo para buscá-las.

O interior do palácio do xeique surpreendeu-me. Era simples, mas belo e limpo. Ele estava em uma sala enorme com grandes mesas e bancos, conversava com alguns homens, e guardas protegiam as entradas.

Era um homem alto, jovem, moreno, forte e trajava-se de branco. Falava pausadamente. Sua voz soou-me familiar. Esforçava-me para lembrar de onde quando, avisado por um dos guardas a respeito da nossa presença, ele virou-se:

— Akin! — reconheci e falei alto seu nome, sem esconder a alegria em revê-lo.

O xeique observou-me silencioso, expressão impassível, olhos inexpressivos. A minha alegria esfriou e o sorriso murchou. Mas não fazia parte de mim envergonhar-me e esconder-me. Encarei-o e falei:

— Talvez não se lembre de mim, o que é muito natural. Faz muitos anos que o conheci. Éramos crianças — conforme eu falava o olhar de Akin ganhava brilho, o que me estimulou a prosseguir. — Sua tribo compareceu ao casamento do meu irmão com a filha do xeique Pepe, meu tio...

— Eshe? — indagou Akin, examinando-me abertamente. — É você, mesmo?

Sorri, caminhei desinibida em sua direção e estendi-lhe as mãos.

— A própria — confirmei. — Alguns anos mais velha, mais experiente...

— Sempre bela e corajosa — elogiou Akin, segurando-me as mãos. — Quantos anos! Pensei tantas vezes em procurá-la, mas... A verdade é que, quando retornei àquele lugar, não a encontrei mais. Sua amiga da casa de pedra recebeu-me e disse o que havia acontecido. A morte do xeique Pepe doeu-me muito. Gostava daquele velho! Ele conquistou-me de imediato e ensinou-me mais em alguns dias do que alguns mestres em anos. Fiquei preocupado com você e revoltado com Daros. É inominável a conduta dele.

— Isso é passado — retruquei, contente. — Foi ruim, péssimo, mas foi ótimo. Entende?

Akin riu e balançou a cabeça. Lembrou-me o menino que corria comigo e com os cães de Muna.

— Você viu Muna? — indaguei. — Como ela estava? Sinto falta dela, foi uma grande amiga.

— Estava muito bem. Sabe que ela teve uma filha e a batizou com o seu nome? Conheci a pequena Eshe.

— Muna teve uma filha! Por Alá, que alegria! Que seja abençoada e feliz. Que tenha muita saúde! — comemorei, falando alto, tomada de euforia com a notícia. — Já deve estar grande. E isso significa que ela recuperou a saúde e o marido.

— Creio que sim. Pareciam bastante bem. Mas e você? Como chegou aqui? — Akin olhou para Ciro, que nos observava com curiosidade e sua peculiar calma e confiança. — Você é o copista.

Ciro aproximou-se, colocou o braço sobre meus ombros e dirigiu-se a Akin.

— Sim, sou Ciro. O senhor contratou-me em Constantinopla, lembra-se? Faz alguns meses...

— Sim, eu sei. Tenho o esperado há tempos. Cogitava procurar outro, mas vocês são raros. A igreja parece querer primazia sobre o seu ofício — confirmou Akin e, olhando o braço de Ciro sobre meus ombros, soltou-me as mãos. — Presumo que se conheçam, afinal chegaram juntos. Vamos nos sentar, pedirei que nos sirvam bebida e comida, e vocês me contarão essa aventura.

Sentamo-nos e mal pude acreditar na quantidade e variedade de comida disposta à nossa frente. Meu estômago roncou alto, denunciando a fome. Ciro riu e perguntou, debochado:

— Isso é um protesto pela ausência de peixe?

Akin imediatamente chamou uma criada e ordenou:

— Tragam peixe para a minha convidada...

— Não — gritei, sem pensar, depois moderei a voz, constrangida.

Olhei Ciro com vontade de esganá-lo por um instante e expliquei ao nosso anfitrião:

— Por favor, Akin, não é preciso. Sua mesa é muito farta. Ciro tem muito senso de humor e estava brincando comigo. Comemos peixe seco e mingau de milho há semanas, não suportamos mais a palavra peixe, que dirá o alimento. Foi isso.

— Ah! — exclamou Akin, olhando-me com piedade. Estava escrito em seus olhos: "pobrezinha!".

Não gostei e empertiguei-me, costas eretas, cabeça erguida, disposta a aproveitar a refeição sem vergonha. Afinal, fora a verdade que tínhamos vivenciado, nada mais. Lembrei-me dos demais que aguardavam no pátio. Não havia o que eu pudesse fazer para apressar as coisas. Eles teriam que esperar e comeriam depois. Compartilhei com prazer a fartura da mesa de Akin e dei graças a Alá por sua prosperidade.

Conversamos animadamente. Ciro contou-lhe uma parte, eu outra e, por fim, falamos do restante da tribo.

— Xeique Akin — concluiu Ciro, sério. — Devo minha vida e hoje minha felicidade a Eshe e sua pequena tribo, por isso, somente aceitarei ficar e trabalhar aqui se eles também ficarem. Vim porque lhe devia uma explicação, fizemos um acerto de trabalho, entendo que agora minha situação tenha se modificado e, se a oferta não se mantiver, acredite, continuará tendo em mim um amigo fiel.

— Ciro, nem pense em levar Eshe e sua tribo embora — falou Akin. — Há violência e ataques por todos os lados e tudo indica que se agravarão. As tribos árabes invadiram o deserto e aproximam-se das cidades. Não demorará e esse governo caótico chegará ao fim. Nós governaremos. O Islã cresce e dominará. Mas isso não se fará sem um custo. O regime que aí está sangrará até o fim. Infelizmente assim são as coisas. Não é um bom momento para vagarem com meninas e velhas. Além do mais, preciso muito do seu serviço e gostei de você. Ficam todos.

Akin chamou um dos guardas e ordenou-lhe que trouxesse os outros visitantes. Depois, determinou às criadas que trouxessem mais comida e bebida.

Piscou para mim e, com um sorriso matreiro, disse:

— Não tragam mingau de milho nem peixe.

As criadas entreolharam-se confusas, e a mais velha declarou com ousadia:

— Xeique! Nunca lhe servimos tal coisa. Aqui não se faz mingau de milho, somente de aveia. Talvez para os soldados, de vez em quando, mas, senhor, nunca lhe servimos...

— Eu sei, eu sei. Podem ir — dispensou-as Akin, sorridente.

Nós contrastávamos vivamente com o ambiente. Sujeira podia muito bem ser nosso nome de família. Afinal, a rigor da tradição, não tínhamos um sobrenome. Éramos mulheres sozinhas, órfãs, não havia pai, marido ou irmão que nos desse seu nome. Nas origens, é claro que tínhamos, mas a vida tem o poder de apagar início e fim. Vale o que e como vivemos, o grande espaço entre um e outro. E nós tinhamos aceitado o esquecimento das origens. Era melhor, mais saudável. Esquecemos e perdoamos o passado.

O pó cobria pele, cabelos e as velhas roupas que trajávamos. Mas senti um enorme orgulho de apresentar minha tribo a Akin. Éramos estátuas de pó, mas havia brilho nos olhos e sorrisos nos rostos.

Akin acolheu a todos com amabilidade e sem esconder a surpresa. Notei respeito em seu olhar e em suas atitudes. Apesar da aparência, não éramos pedintes nem coitadas mendigando piedade.

— Eshe, você promoveu um milagre — falou Akin, enquanto observava minha tribo acomodada em sua mesa, usufruindo a refeição. — Sobreviver sozinha e educar estas meninas, amparar as senhoras e, depois de tudo, viverem com saúde, alegria, educação e fé é um feito digno de ser chamado milagre.

— Você acha? — perguntei, surpreendida com a análise de Akin.

— É claro, ou não teria falado. Qual foi o segredo? Conte-me, pois preciso saber com urgência. Nesta fortaleza vivem dezenas de almas, e administrá-la não é tarefa fácil. Prover as necessidades materiais é o mais simples. Difícil é mantê-los em paz e satisfeitos. Confesso que não tenho paciência com rusgas por bobagens e há dias em que penso que a criatura humana tem amor e devoção ao sofrimento voluntário e inútil. Isso, às vezes, me irrita.

Ciro piscou para mim, e fez-me ver dois bancos vagos em um canto do salão. Entendi que, ao ouvir a confissão de Akin, ele havia pensado o mesmo que eu: meu principal produto de sobrevivência — sabedoria de viver — ali também tinha seu público. Talvez eu me tornasse uma beduína sedentária, mas o ofício da conhecida cigana Eshe prosseguiria. Sorri para Ciro.

Tomei Akin pela mão e o levei ao canto do salão. Conversamos bastante. Melhor dizendo, eu o ouvi. Não lhe contei meus segredos; colocá-los em palavras não levaria a nada além de um encantamento inicial seguido pelo esquecimento. A vivência ensina mais. Além disso, eu acredito piamente no ensino de Jesus: "Eu sou o caminho, a verdade e a vida." Cada um é o seu próprio caminho, a sua verdade e a sua vida, e é vivendo-os plenamente que se chega ao Criador. É a única via do progresso humano.

Se Akin vivesse as minhas verdades e os meus caminhos, ele seria uma imitação, alguém sem convicção e um eterno dependente da minha orientação.

Senti que seria muito feliz na fortaleza. Havia trabalho e desafios à minha frente. Isso era maravilhoso!

— Xeique — chamou Ciro, aproximando-se de nós. — Gostaria de saber onde seremos alojados.

— Meu antigo copista tinha uma casa junto do *scriptorium*. Eu havia pensado em alojá-lo lá, mas, diante do novo número de habitantes, temo que seja pequena...

Ciro olhou-me e eu aquiesci.

— Ficaremos muito bem nela — afirmou Ciro. — Sua hospitalidade foi magnífica, mas as crianças estão cansadas.

— Claro, pelos céus! Fiquei tão estupefato com a história de vocês que esqueci o quanto estão cansados. Teremos muitos dias para conversar, Eshe. Pedirei a um dos criados para conduzi-los até a casa. Amanhã conversaremos sobre o trabalho.

— Aguardarei — respondeu Ciro.

Agradecemos e seguimos rumo ao nosso novo lar. Abraçada a Ciro, rodeada pelas meninas e seguida por Anísio, Zara, Rute e Fatimah, contemplei minha casa de pedra. Recordei meus antigos anseios.

"A vida não nos dá o que pedimos quando queremos nem como desejamos, mas nos oferece tudo que necessitamos no tempo e da maneira certa", pensei ao cruzar o batente da porta.

28
A VIDA PASSA

Nossos planos se modificam com facilidade e é bom que seja assim. Rigidez conduz à queda, aliás, a vida nos dá este exemplo: enquanto circula a seiva vital, há flexibilidade e movimento; quando se extingue, há rigidez. É a morte. Portanto, mudanças, alterações, novos caminhos, diferentes utilizações são fatos para quem vive e usufrui o momento para crescer. São tristes as afirmativas: eu não mudo, eu sou assim, eu pensei assim e terá que ser. É tão infantil quanto a criança birrenta que bate o pé e grita: eu quero!

Por muito tempo, guardei as joias de tio Pepe, legado de mulheres mortas, sempre pensando em usá-las quando fossem o último recurso. Confesso que me dava segurança. E nunca imaginei que a sua utilidade seria outra...

Fazia semanas que morávamos na fortaleza de Akin, nossa rotina sofrera algumas alterações. Zara era quem enfrentava maiores dificuldades de adaptação, sentia falta do contato com o povo, de ajudar aos doentes, oferecendo suas ervas medicinais. Rute e Fatimah seguiram a mesma rotina. Ciro apresentou-me aos pergaminhos, aos borradores, às penas e aos tinteiros. Demorei alguns dias a dominá-los, mas consegui. Anísio já tinha experiência, assim nós dois ficamos envolvidos em textos e cópias, enquanto Ciro fazia as traduções.

Amei aquele ambiente. Às vezes, olhava o céu azul ou as meninas brincando no jardim interno pela janela. Era o bastante. O mundo das letras me encantava, eu vivia nos tempos e lugares narrados nos mitos ou deixava meu pensamento fluir nos textos filosóficos e religiosos. Frequentemente, Anísio me cutucava e ria, lembrando-me de que a tinta iria secar.

Lia e Naia eram as que mais circulavam dentro da fortaleza. Eram adolescentes bonitas e chamavam a atenção pelo modo autêntico e seguro como se portavam. No entanto, uma tarde entraram chorando no *scriptorium*. Interrompi o trabalho e as acolhi, uma em cada braço, apertando-as suavemente contra meu peito. Beijei-lhes os cabelos e perguntei baixinho:

— O que aconteceu?

— Não quero mais sair à rua — declarou Lia, contendo os soluços.

— Eu também não, por favor não nos mande mais fazer esse trabalho — reforçou Naia.

— Céus! Por que não? Contem-me logo o que houve — pedi com calma.

— Debocham de nós — desabafou Lia. — Riem da gente.

— Principalmente as outras meninas e as mulheres — disse Naia, sem esconder o tom de revolta. — Dizem que somos sujas e miseráveis. Ouvi elas rirem das nossas roupas e ficam falando que não temos valor porque não temos joias, não nos enfeitamos, dizem que não somos beduínas de verdade...

Compreendi o que se passava. Vivêramos tantos anos livres, perpassando a sociedade, caminhando por entre povos, sem leis nem tradições que não fossem as determinadas pela nossa consciência, que eu esquecera a dureza do coração humano e a rigidez de muitas mentes apegadas à forma e ao padrão, incapazes de entender o diferente.

Na infância, vivendo na tribo, eu conhecera um pouco disso, mas minhas filhas não. Elas haviam vivido de outra forma.

— Ciro — chamei.

Ele nos observava e respondeu-me lacônico, sério:

— Sim?

— Preciso conversar com Lia e Naia. Estão acontecendo alguns fatos...

— Eu ouvi, se precisar de mim...

— Obrigada, mas acredito que esse assunto seja muito feminino. Tem muita mulher com a alma pobre e os braços cheios de pulseiras, que enfeitam a cabeça e o peito por fora, entende? Têm aquela beleza que ilude.

Anísio gargalhou da minha ironia. Ciro corrigiu-me de pronto, no mesmo tom:

— Querida, creia, homens inteligentes como eu entendem desse assunto com maestria.

Depois olhou compadecido os rostos vermelhos das meninas, afastou-se da mesa em que trabalhava e aproximou-se de nós. Acariciou-lhes a face e falou:

— Vocês possuem o que nenhuma delas tem: liberdade de serem o que são. Não são as roupas nem as joias que fazem uma beduína de verdade, mas a sua alma livre e senhora da terra. Eu aprendi isso com a mãe de vocês e sei que vocês também. Poupem as lágrimas, existem muitas razões para se chorar nesta vida, então é bom escolher as que valem a pena. Essas pessoas que as maltrataram com palavras e olhares não merecem uma lágrima sequer, quanto mais que estes rostinhos bonitos fiquem inchados e vermelhos.

Ciro operava milagres com as mulheres de todas as idades, eu reconhecia. Lia e Naia sorriram e balançaram a cabeça, concordando. Olhei-as e notei que o brilho de confiança estava de volta aos olhos delas. Sorri para Ciro, agradecida.

— Vão.

Conversamos muito, ouvi todas as queixas. Eram e não eram banalidades, ao mesmo tempo. Eu sabia que Ciro tinha razão e reforcei seu ponto de vista, porém, ser alvo de escárnio e discriminação doía, era fácil compreender o sentimento das meninas. E nelas doía ainda mais, pois não estavam acostumadas a lidar de forma permanente com as mesmas pessoas.

Senti que era o momento de falar com Zara. À noite, quando todos dormiam, encontrei-a sentada em um dos bancos do pátio interno, contemplando as estrelas, pensativa.

— Zara — chamei, tocando-lhe o ombro.

Ela voltou-se e sorriu quando perguntei:

— Atrapalho?

— Não, estava apenas inventariando a minha vida. Coisa de velha! Por quê?

— Gostaria de conversar sobre as joias de tio Pepe...

— Hum.

— Hoje à tarde, Lia e Naia contaram-me alguns fatos que estão acontecendo com elas, tornaram-se alvo de agressão para algumas mulheres e meninas, que debocham delas, as ridicularizam e menosprezam...

— Sim, eu já notei. Ia mesmo lhe falar a respeito, mas fiquei tão indignada, que demorei alguns dias para me acalmar. Não é bom agir no calor da raiva, aprendi isso. Melhor dominá-la e canalizar a energia para uma atitude inteligente e menos emocional. Mas, você ia dizendo...

— Conversei muito com elas, expliquei-lhes que não devem se deixar abalar por esses comentários infelizes. No entanto, creio que isso é tão bobo que não merece um dispêndio de energia, mas ao mesmo tempo reconheço que expor as meninas à mordacidade dessa gente não é saudável. Então, pensei em compor a situação.

— De que forma, Eshe?

— Da única possível: adquirirmos alguns tecidos, fazermos um traje novo para cada uma e passarmos a usar as joias como enfeites. Contaremos a verdadeira história delas e pediremos que as usem com respeito, carinho e cuidado, pois, em caso de necessidade, poderemos vendê-las. O que você acha?

— Inteligente. Eu concordo. Aliás, seria bom se cada uma de nós e os homens também pudéssemos ter um traje novo. O meu já não tem mais onde remendar — ponderou Zara, para minha surpresa. — É inútil lutar com o óbvio. Enquanto trilhávamos sozinhas, parando aqui e acolá, isso não era necessidade, mas agora tudo mudou e isso passou a ser necessário. É um dos preços da vida sedentária... as pessoas têm muito tempo para ocupar-se com o que não lhes pertence. Mas aceito que, em parte, a crítica é merecida: não parecemos mesmo beduínas.

— Mas somos — apressei-me a confortá-la, pois pareceu-me triste. — E nos vestiremos como beduínas do deserto, como se estivéssemos lá...

— Não, Eshe. Não faça isso. É lutar contra o vento. Vamos nos vestir como eles, ainda que não sejamos iguais. É o melhor para que nos esqueçam. Não chame atenção e tudo acabará como começou. Faça o que disse e continuará sendo alvo. Essa é uma concessão em nome do nosso sossego, não uma afronta nem um agrado. Se essas pessoas não conseguem compreender a miséria e a agridem, é porque são agressivas e qualquer motivo será válido para expressarem o que carregam dentro de si.

"Adotar os trajes que usavam em Alexandria?", pensei. Eram tão feios! Nossos trapos eram mais bonitos. Refleti alguns instantes e concluí que Zara tinha razão. Conversamos e acertamos que ela se encarregaria das providências.

— Vou dormir — anunciei. — Você está com insônia?

— Não, estou com dificuldades para dormir em um local fechado, sinto-me sufocada...

— Durma aqui no pátio — sugeri. — A noite está bonita. Monte seu leito aqui e durma bem. Como você disse: é lutar contra o vento. Não force a sua natureza.

— Farei exatamente isso. Obrigada pela sugestão. Estava pensando que, se eu dormisse lá fora, amanhã aquelas línguas teriam mais o que falar. Mas aqui, neste pátio, é problema nosso, não é mesmo?

— Claro! — respondi, sorrindo, e beijei-lhe a face tomada de repentina ternura. Recordei o quanto aquela mulher velha e forte tinha me ajudado e disse, comovida: — Zara, obrigada por sua amizade. Sem sua ajuda eu não teria conseguido criar as meninas... nem formar a nossa tribo. Que Alá, o misericordioso, a proteja!

O brilho úmido das lágrimas iluminou os olhos de Zara, mas ela piscou e sorriu, dando tapinhas na minha mão.

— Vá dormir, Eshe! Aqui ninguém deve nada, nem agradecimentos. Unidas vencemos e só.

Mudanças implicam ajustes e necessitam da compreensão e colaboração de todos. Zara e eu enfatizamos essa ideia na manhã seguinte, quando executamos o nosso plano. Ciro e Anísio olharam surpresos para as joias e, ao fim do dia, respeitavam-nos ainda mais pelo que tínhamos vivido e por reconhecermos que agora aquela herança funcionaria como escudo para as meninas, facilitando a adaptação.

Atualmente, diria que mudamos a embalagem, e não o produto, adequando-o ao mercado. E foi assim que, com o passar dos dias, com persistência e firmeza, conseguimos conquistar o nosso espaço naquela comunidade.

Akin mostrou-se um amigo sincero e frequentemente nos visitava. Conversávamos muito e, sem falsa modéstia, ao fim de alguns meses, éramos uma espécie de conselho informal, uma eminência parda na administração da fortaleza.

A tribo, observando o comportamento e o apreço do xeique por nós, mudou de atitude e fizemos alguns bons amigos, uma grande quantidade de pessoas conhecidas com as quais convivíamos harmonicamente. Meu trabalho no *scriptorium* não me permitia a comercialização de meu antigo produto — sabedoria de viver e boa conversa. Mas era um ofício necessário e, por isso, exigia seu espaço. Quando eu menos esperava, alguém adentrava minha casa à procura de consolo, compreensão e precisando de ajuda para pensar e repensar caminhos escolhidos na vida.

— É a sua tarefa, cumpra-a — dizia-me Anísio, com a tranquilidade costumeira.

E tinha razão. Meu passado espiritual era rico, o aprendizado e a vivência no templo de Ísis coroaram as experiências que vivi como Verônica, selaram a minha transformação. "Construa a casa sobre a rocha", ensinou Jesus. As experiências de Verônica formaram a minha rocha interior e sobre ela edifiquei minha casa, uma nova personalidade mais livre, mais feliz, mais consciente e sobretudo mais aberta. Minha alma não guardava carência, aprendi a oferecer amor e, assim, fartar-me dele.

Descobri que quem caminha com confiança em si e em Deus está seguro. Não é o dinheiro, nem uma construção, nem outras pessoas que a darão. A liberdade é um caminho sem volta. Nunca mais retornamos às amarras que nos aprisionavam, descobrimos que as algemas eram feitas de pó, amálgamas de crenças culturais vazias, e as celas eram o nosso pensamento, tendo nós mesmos como carcereiros, e por isso é o pior de todos. Destituídos desse cargo, cientes da liberdade de pensar e de consciência, munidos de coragem, abandonamos a hipocrisia e a falsa segurança de um rebanho, e passamos a ser pessoas autênticas, livres, senhoras de si, vivendo as suas verdades e crescendo espiritualmente.

Em nosso íntimo estão as fontes do que buscamos: paz, saúde, amor, alegria, liberdade, prosperidade... enfim, o que você desejar encontre primeiro dentro de si, depois elas fluirão caudalosas a seu redor.

Eu possuía essas sementes, a consciência me impunha o dever de compartilhá-las com quem as desejasse. Anísio tinha razão. Eu reconhecia o dever, mas o que me impulsionava era o amor à tarefa. Realizava-me observar criaturas mudarem sua forma de pensar e agir, desabrocharem para a vida, saírem de algumas celas escuras e frias construídas pela mente doentia de indivíduos que, invadindo a liberdade alheia e abusando da inconsciência, impõem crenças e valores sob o jugo do medo e o estigma da vergonha.

Passaram-se os anos em meio aos livros, às histórias de mil e uma pessoas — que parecem fábulas, mas não são —, aos amigos e à família, que aumentou bastante. E depois diminuiu...

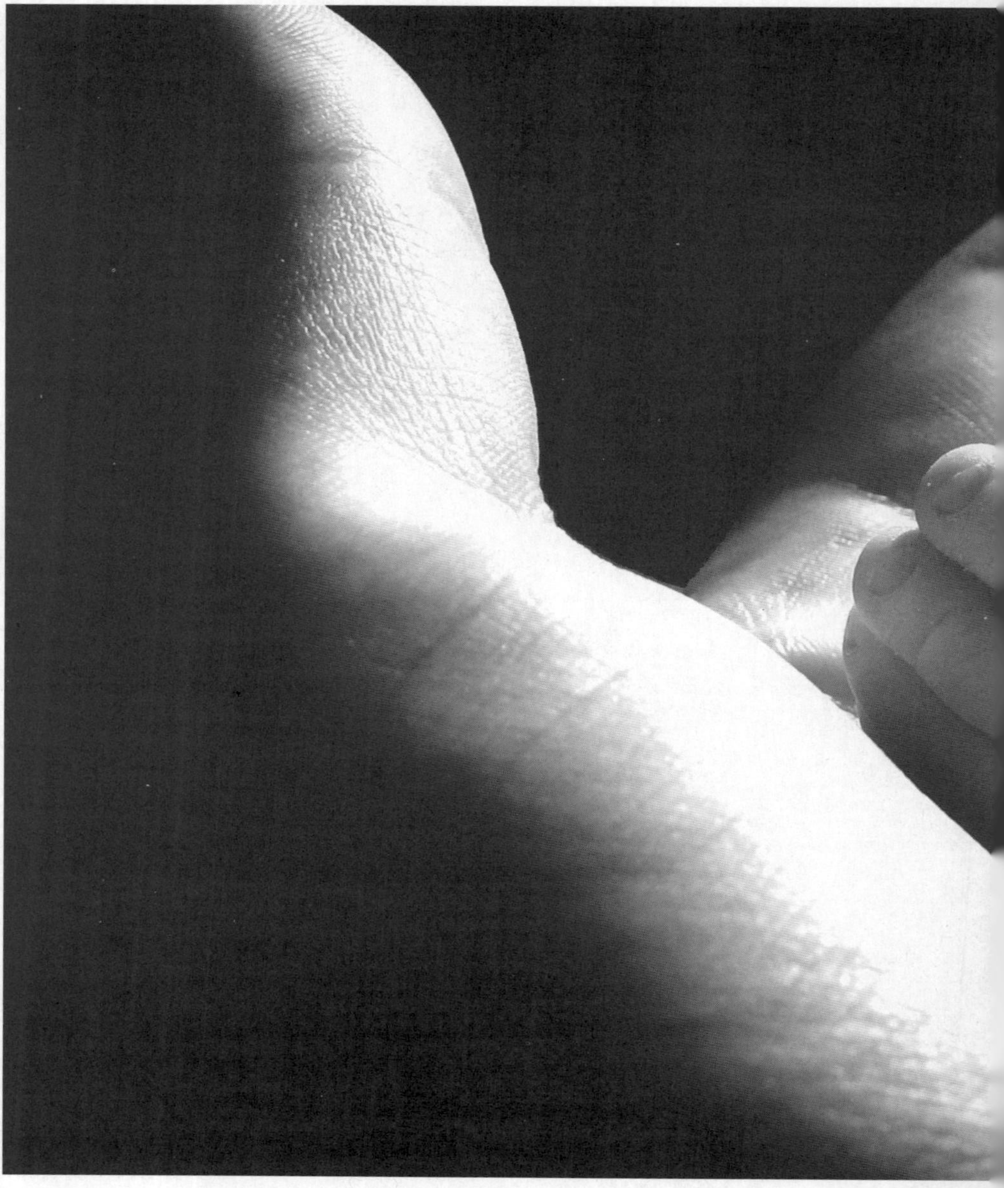

29
CHEGADAS

Nossas vidas estabilizaram-se. Fomos aceitos entre o povo de Akin. Com algumas recaídas, como dormir sob as estrelas no pátio de nossa casa, adaptamo-nos ao sedentarismo. Entre as muralhas da fortaleza, havia tranquilidade. Do lado de fora, por um bom tempo, rugiram as feras.

Depois de toda a convulsão cristã em torno da natureza de Jesus, eis que as tribos muçulmanas tornaram-se maioria e o Egito passou a integrar o nascente império muçulmano.

A intolerância extremada viajou à Europa e iniciou-se lá grande noite do conhecimento, agigantou-se o império fanático. Mas estávamos distantes disso. Enquanto eles destruíam o conhecimento antigo, nós o traduzíamos e o conservávamos como fonte de estudo e crescimento. E, graças a esse espírito, séculos depois, no período chamado Renascimento, o trabalho de copistas anônimos, como eu, Ciro e Anísio, possibilitou que o pensamento da antiguidade clássica reacendesse as luzes apagadas do saber.

Em meio à política, à guerra e à religião, marchava nossa existência doméstica. Ora esses temas invadiam nosso cotidiano e dominavam nossas mentes, ora eles estavam distantes, como as terras do outro lado do mediterrâneo.

A minha união com Ciro era plena e feliz, não cogitávamos ter ou não filhos, tínhamos uma grande família. Por isso, foi uma surpresa quando uma gravidez tardia anunciou-se em nossa casa.

Lia e Naia eram moças comprometidas, com casamento marcado para breve. Ty chegava à adolescência.

Felizmente, Fatimah, Rute e Zara envelheciam saudáveis. Anísio, meu bom amigo, tinha os cabelos brancos e a visão diminuía, por isso trabalhava apenas nos horários de maior luminosidade natural.

A maternidade biológica nunca havia me preocupado, eu era uma mãe feliz e realizada. E não cogitei estar grávida.

Foi Zara, mais uma vez, quem me mostrou a realidade do momento.

Eu atribuía o cansaço e os mal-estares frequentes ao excesso de calor e trabalho, pois atravessávamos um verão inclemente.

— Será só essa a causa, Eshe? — perguntou-me Zara, quando, pela terceira vez na semana, afastei-me do trabalho precisando descansar, tomada de sonolência.

— É claro, Zara. O que mais seria? Se fosse doença, teria outros sintomas, e minha saúde é forte. Alá seja louvado por essa bênção! Aliás, todos temos ótima saúde.

— Eu não falei em doença, Eshe.

Reclinada entre as almofadas do leito, encarei Zara. Surpresa, notei que ela sorria com ar malicioso, olhos brilhantes.

— Não?! Jurava que você estava me interrogando sobre o que tenho sentido nos últimos dias, mas é esse calor horrível!

— Eu acho que não — insistiu Zara. — Conheço outra causa para essa indisposição.

— E qual é?

— Um bebê! Eu acho que você está grávida.

A ideia causou-me um choque.

— Um bebê! Céus... — comecei a pensar e fazer contas — Sim, Zara, você pode ter razão. Eu não tinha pensado nisso. Os sintomas são sutis, não tenho enjoos, nem desmaios...

— Não, esses não, mas você tem comido muito, dormido muito, anda cansada, com preguiça, coisas que não são da sua natureza, mas são comuns em mulheres grávidas. Você faz ideia de quanto tempo?

— Acho que mais de dois meses...

— Foi o que imaginei.

De repente, comecei a recordar as mulheres grávidas que vi na minha infância. Retornei à tribo de tio Pepe, recordei o nascimento das meninas, lembrei-me de suas mães e de quando elas eram bebês e eu não sabia que a vida faria delas minhas filhas. Aqueles rostinhos miúdos, rosados, depois o caminhar vacilante, o balbuciar das primeiras palavras encheram-me de ternura e alegria. Saltei do leito e abracei Zara com toda a força que eu tinha, beijei-a inúmeras vezes. Rimos juntas, celebrando o novo ser que chegava.

— Ciro — falei entre risos e lágrimas. — Preciso contar-lhe a novidade.

Agarrei Zara pela mão e a arrastei até o *scriptorium*. Os homens trabalhavam silenciosos, concentrados, e nós chegamos como um furacão de emoções.

Abracei Ciro, sentei-me em seu colo, não me preocupei se estragava o seu trabalho ou não. Surpreso com a inesperada enxurrada de beijos, ele riu e, acariciando-me as costas, falou:

— Não que me desagrade esse ataque de carícias, mas você está muito agitada. O que houve?

Como eu não o obedeci, ele riu e deixou-me agradá-lo o quanto eu quisesse, apenas sussurrou em meu ouvido:

— Querida, não estamos sozinhos! Você não vai me dizer o que aconteceu? Estou curioso.

— Vamos ter um bebê!

— Aqui em casa? — perguntou Ciro, surpreso. — Mas como... ou melhor, quem...

Entendi que ele pensava que Lia ou Naia estivessem grávidas, e ri muito do espanto dele.

— Ciro, deixe de ser bobo — falou Zara. — Nenhuma das meninas será mãe. É Eshe quem terá um bebê.

— Você?! Mas como... quer dizer... eu pensava que... isso não fosse acontecer... conosco — explicou Ciro, atrapalhado pela emoção.

Ouvi Anísio bater palmas e gritar vivas, e Ciro abraçou-me apertado. Jogou o trabalho no chão, ergueu-me e sentou-me em sua mesa de trabalho. Acariciou-me a face, olhou-me no fundo dos olhos, como se quisesse desvendar minha alma e perguntou:

— Você está feliz? Não tem medo?

— Estou muito feliz. O que é medo, mesmo? Esqueci...

— Quero festa beduína hoje à noite — anunciou Ciro. — Zara, Anísio, providenciem tudo. E vai ser para todo mundo comer e dançar! Estamos recebendo mais uma filha. Comuniquem o xeique.

— Ciro! — protestei. — Como você sabe que será uma menina?

— Temos cinco. Já temos prática e Deus é sábio. Ele viu que somos bons pais de meninas, nos dará outra, tenho certeza!

Rute e Fatimah, atraídas pelo barulho que fazíamos, vieram ver o que se passava. Anísio deu-lhes a notícia a tempo de ouvirem a declaração de Ciro.

— Os tempos mudaram, mesmo — comentaram entre si. — Um homem pedir a Deus uma filha mulher é algo que eu não imaginava ver.

Casei Lia e Naia ostentando uma enorme barriga. Foi um período estranho. Repentinamente, duas meninas não estavam mais comigo e inúmeras vezes me peguei chamando-as ou dizendo a Zara que pedisse a uma delas isso ou aquilo. Nesses momentos, recebia sorrisos compassivos, e a realidade batia à minha porta. Elas estavam longe, vivendo com outra tribo. Eram amigos e nenhuma delas casou-se contra a vontade; escolheram.

— É a marcha das coisas, Eshe — dizia-me Anísio, sentado à sombra do pátio interno. — Eu acredito que a vida tem forças misteriosas muito acima de qualquer religião e elas nos regem, nos conduzem, tal como nós conduzimos os cavalos, os camelos e os bois. A jornada é sempre facilitada se o animal é dócil, assim é o nosso viver. Teimar com essas forças invisíveis é bobagem. Busco conhecê-las e andar em harmonia com elas. É um código divino, Deus governa o universo por meio delas. Suas meninas não lhe pertencem e você sabe disso, pois é uma mulher inteligente e forte. Elas têm seus caminhos a encontrar e percorrer. Você lhes deu tudo que podia, especialmente amor e orientação segura. Sua tarefa está concluída. Elas não são mais as suas pequenas tuteladas, são suas amigas, mulheres, iguais a você.

Sentei-me ao lado de Anísio, tomei-lhe a mão e levei-a ao meu rosto, beijando-a com suavidade, depois fiquei segurando-a encostada à minha enorme barriga, onde o bebê pulava sem sossego.

— Acho que você está gerando uma cabritinha — brincou Anísio, sentindo os pés do bebê acertarem nossas mãos.

Acaricei a barriga, como se ninasse a criança que ainda não podia ter em meus braços. Misteriosamente, aquietou-se.

— Bem, até pode ser, mas esta criaturinha sabe que precisamos nos entender, ainda mais considerando que estamos usando o mesmo corpo — comentei, rindo. — Sinto falta de Lia e Naia. Gostaria de saber como elas estão, se estão sendo bem tratadas, essas coisas...

— Eu entendo. Pense nelas felizes, imagine-as realizadas, contentes, saudáveis, bem adaptadas a seu novo povo. O pensamento é uma dessas forças misteriosas da vida. Algum dia, no futuro, saberemos que ele é capaz de operar maravilhas. Jesus ensinou que devemos cuidar do nosso pensamento, e foi tão severo que afirmou a responsabilidade igual entre agir e pensar. Se o pensamento não tivesse muita força e importância, ele não teria sido tão incisivo. Portanto, penso que, se podemos agir mal em pensamento e sermos responsabilizados, se agirmos bem teremos os méritos e, mais do que isso, teremos feito algo de bom por aqueles a quem desejamos o bem. Além disso, se você ficar cultivando ansiedade e aflições, seu corpo sofrerá a ação das emoções despertadas pelos pensamentos em torno da situação das meninas. E todos serão imaginários. Dê provas da sua inteligência, mais uma vez, e pense o melhor. Isso lhe trará paz e saúde, e construirá o bem na vida das meninas.

Conversar com Anísio me tranquilizava. Ele era tão calmo e sereno, tão lúcido, era uma bússola para a minha alma, sempre apontando o equilíbrio interior.

— Você tem razão, Anísio. Obrigada! É muito bom quando alguém nos chama à razão como você. É claro que as meninas estão bem e felizes, afinal, nós as preparamos para isso, não é mesmo?

Ele concordou com um gesto de cabeça e um meio sorriso desenhou-se em seu rosto. Pude ler na sua expressão: "Confie em si, no trabalho que fez, o resto pertence à vida."

Doía a ausência das minhas filhas, mas Anísio lembrava-me que sofrer era opção minha. Lição exercitada ao longo de tantos anos, ainda precisei ser lembrada para aplicá-la naquela situação. Decidida, coloquei em prática a antiga lição e a advertência de vigiar e controlar meu pensamento, evitando sofrimento inútil com emoções desalinhadas.

E mais esse evento passou. O fim da gestação contribuiu, pois toda a minha atenção concentrou-se na preparação para a chegada do bebê.

A parteira mais experiente da fortaleza acompanhou-me, mas foi Zara a primeira a tocar na criança.

— É um menino! — gritou emocionada, aplicando-lhe uma palmada. O choro do bebê encheu a sala e levou-me às lágrimas.

Zara levantou-o para que o visse e foi banhá-lo. Ela falava o tempo todo, narrando o exame que fazia na criança.

— Você tem um menino! É pequeno, mas perfeito. Mãozinhas, pezinhos, orelhas, tudo direitinho. É bem bonitinho. Mas não tem um fio de cabelo! — e como o bebê resmungasse, completou: — Está nervoso.

Depois mudou o tom e falou baixinho para o bebê:

— Acalme-se, menino!

Zara falava tanto. Não era apenas o bebê que estava nervoso, ela também estava, tanto que não ouviu nem percebeu que a parteira não interrompera o trabalho. Por isso, quando ouviu o choro do outro bebê, pulou, assustada:

— Céus! O que foi isso? O menino está calmo!

— Foi o irmãozinho dele que chorou — esclareceu a parteira, alegre. — Eshe teve dois meninos. Está explicado por que foram pequenos e o tamanho daquela barriga. Eu desconfiava, mas não quis assustá-la. Era o primeiro parto e ela não é mais uma menina.

Exausta, aliviada e feliz, eu ouvia toda a conversa e agitação à minha volta como se estivesse distante. Meu único interesse eram os meninos, queria desesperadamente tocá-los. Zara chamou por Rute e, ao longe, ouvi os gritos entusiasmados de Ciro e dos demais. Tudo correra bem, e agradeci à mãe dos céus e depois a Alá. Naquele momento, o coração falava mais alto e era a divina força feminina que eu desejava e precisava reverenciar.

Rute ingressou no quarto entre risos e lágrimas, eufórica, como eu nunca a tinha visto. Andava lépida, faceira, e sua voz enchia o local:

— Quero vê-los, Zara. Deixe-me vê-los.

Vi quando Zara afastou-se e Rute exultou:

— Que lindos! São idênticos! Por Alá! São mesmo filhos de um copista.

As mulheres riram e minha ansiedade aumentou: eram iguais! Como faríamos para criá-los? Precisava diferenciá-los de algum modo. Pensando nisso, entreguei-me aos últimos cuidados da parteira. Depois de limpa, vestida com uma camisola confortável, todos os lençóis trocados e o quarto arrumado, enfim trouxeram-me os meninos.

Naquele momento fiquei feliz por ter dois olhos, um para contemplar cada um dos pequenos, dois braços para acolhê-los ao mesmo tempo. Mas tive que beijá-los um de cada vez. O nó na minha garganta era tão apertado que eu não conseguia falar, quase me faltava o ar.

Zara preocupou-se e indagou:

— Eshe, você está bem? Está sentindo alguma coisa? É preciso se cuidar...

— Fe...li...cida...de! — murmurei com extrema dificuldade, respirei fundo, apertei suavemente os bebês e notei que eles me cheiravam e ficavam serenos, consegui acalmar-me e falei. — Muita felicidade! Estou bem. Chamem Ciro, as meninas e Anísio. Quero que conheçam os irmãos...

— Eshe! — protestaram Rute e a parteira. — Não pode, só depois de oito dias.

— Chame-os — pedi a Zara. — Dane-se a tradição, a religião, ou seja lá o que for. Quero-os agora aqui.

Zara obedeceu-me, eu sabia que ela concordava com a quebra daqueles costumes. Muitas vezes, falara do quanto sofrera sozinha e de como desejara a companhia do marido e dos amigos em seus partos frustrados. Eu estava feliz, todas estavam felizes, não havia porque excluí-los e todas as razões para incluí-los.

Ciro irrompeu no quarto como uma ventania. Vi em seu rosto a mesma ansiedade que eu tivera para ver os meninos. Mas primeiro olhou para mim, sentou-se ao meu lado, beijou-me os cabelos. Percebi que ele também não conseguia falar. Ri baixinho e mostrei-lhe os meninos de uma só vez.

— Dois meninos! — exclamou ele. — Deus deve confiar muito em nós. Que sejamos dignos desta missão. Eu tinha certeza de que seria uma menininha de cabelos escuros...

— Mas são dois meninos carecas — retrucou Zara. — E com os olhos iguais aos seus, azuis. Coisa muita rara entre beduínos!

Mal ouvíamos os comentários dela, encantados com nossos filhos. Porém, logo vieram as meninas alvoroçadas e Anísio, um pouco acanhado, mas visivelmente contente.

Ty batizou os irmãos, chamou-os: Ibrahim e Samir.

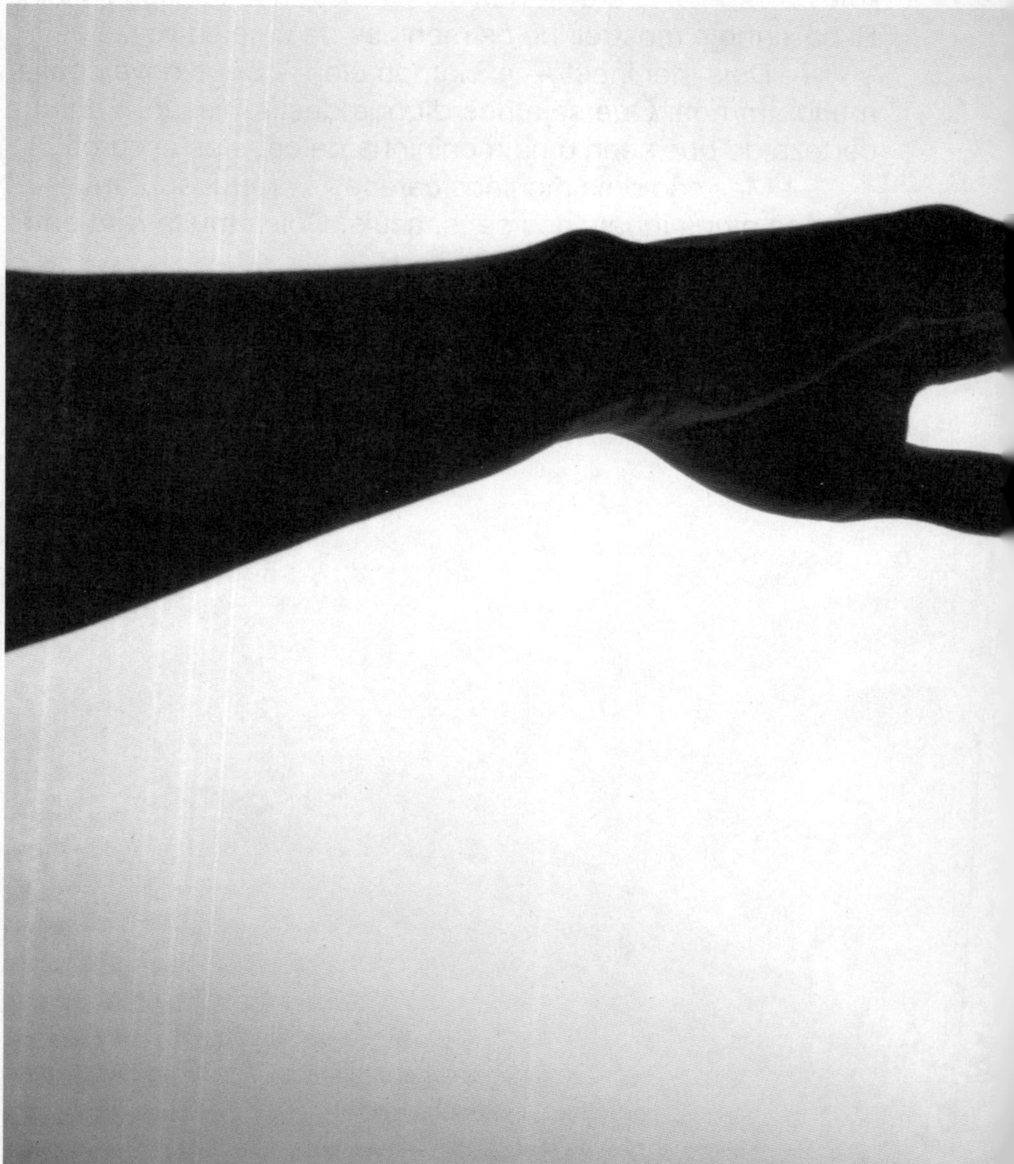

30
PARTIDAS

Há épocas conturbadas na vida. É como se todas as coisas, boas e ruins, precisassem acontecer no mesmo período. Anos em que se vivem décadas. Somos aprendizes da vida e são exames finais, um a cada dia.

Casei duas filhas, nasceram gêmeos. Foram mudanças a se atropelarem na mente e no coração.

Os meses fluíram velozes. Eu não vi o tempo passar entre a primeira mamada e o dia em que surpreendi os gêmeos agarrados à minha saia, ensaiando os primeiros passos. Meses lindos, de muito trabalho e alegria na nossa casa de pedra.

Trabalhávamos cópias de filósofos antigos. Apaixonei-me por Sêneca, minha alma era terra arada para aquelas lições. Fortaleciam-me. Outra vez, o estoicismo auxiliou-me a manter o equilíbrio ante os temporais da existência humana.

O império muçulmano se expandia, avançava pela Europa, mas isso não se fazia sem o preço do sangue. As batalhas de invasão ou retomada eram constantes. Agradecia aos céus o temperamento pacífico de Ciro, admirava o comedimento de sua fé. Ele era cristão, não havia mudado, e em nossa união isso jamais foi cogitado. Uma noite, já de madrugada, depois de atender os meninos, não conciliávamos o sono e, recostados nas almofadas, gastamos as horas conversando. Comentei os fatos da época e o quanto considerava absurda a luta religiosa.

— Pode existir paz entre pessoas de diferentes crenças — defendi. — Veja, aqui, em nossa casa! Temos elementos de todas as facções em guerra, só falta um judeu.

Ciro riu e comentou:

— Amamos a Deus, querida. Isso nos une, o resto são nomes dados pelos homens. Hoje, chamam-No de um modo, amanhã poderá ser de outro. Foi assim no passado, é assim no presente. Veja, no Egito já veneramos Rá, o deus sol. Horus, Ísis e Osíris tiveram muitos templos, ainda temos as ruínas. Em meio a isso, sempre tivemos o povo judeu e seu culto a Yaveh. Depois, vieram os cristãos e a discussão da natureza de Jesus, temos igrejas e mosteiros para todos os gostos e em honra de santos, que ainda não entendi muito bem como entram na história, mas compreendo que são fenômenos culturais, muito humanos. E vieram Maomé e Alá. O caminho é individual, Eshe. É vivendo a verdade que está na nossa consciência, cada um conforme a sua possibilidade de compreensão, que viveremos e evoluiremos para Deus. É assim que entendo a lição de Jesus: "Eu sou o caminho, a verdade e a vida, ninguém irá ao Pai se não por mim". Eu sou — disse Ciro, apontando o próprio peito — o caminho, eu sou a verdade, eu sou a vida e é assim que me aproximarei de Deus. A jornada é pessoal. Não entendo por que me afligir e lutar por nomes que são apenas um fenômeno cultural coletivo. No entanto, não é por pensar desse modo que eu posso fazer mais uma bandeira de luta. Ao contrário, entendo que o caminho deles, a verdade deles e a vida deles ainda é em bando. Simplesmente deixo-os. Admiro a figura de Jesus, aceito-o como meu Mestre e guia. Sua mensagem fala à minha alma livre e rebelde, acho que a dele também o é e, além disso, ele era um grande poeta. Adoraria encontrar algum texto antigo que ele tivesse escrito, mas, não sei por que, não o fez. Se os textos escritos pelos apóstolos baseados na tradição do ensino oral e em memórias são tão lindos, imagine o homem com uma pena na mão. Sem dúvida seria um escritor brilhante, um poeta.

— São lindos — concordei. — Mas nem sempre claros, objetivos. Ainda prefiro os textos de Sêneca.

— Expõem ideias muito semelhantes. Mas somos herdeiros do império romano, então a mensagem de Sêneca está adequada à nossa cultura. Nós a entendemos com maior facilidade, sabemos a que ele se referia, como era a sociedade em que ele viveu e para a qual escreveu. Jesus viveu no Oriente, em outra cultura. Estava sob domínio romano, mas pertencia ao povo dominado. Eu me apaixonei por Jesus quando conheci o judaísmo e compreendi o meio social em que ele atuava, suas crenças, valores etc. Acredite, as lições ganham outra conotação muito diferente da que os fanáticos de qualquer facção gritam nas praças. E, para mim, ele é um poeta rebelde, senhor de um amor imenso à vida e uma coragem que pouquíssimos homens têm.

— O Corão também é escrito em versos — lembrei. — Será Maomé outro poeta revolucionário?

— Ele escrevia guiado por anjos, não é? A mensagem é também dos anjos, neste aspecto é diferente de Jesus, que era o único autor da mensagem que transmitia. Mas é interessante que a linguagem seja quase a mesma. Apesar de que, no Oriente, donde elas provêm, ensinar por meio de histórias e parábolas já fosse prática muito antiga quando Jesus viveu. Essa é uma diferença cultural entre eles. Sêneca escreveu prosa e peças de teatro, as formas de ensino mais usadas no império romano. Entende o que digo quando falo que não podemos separar os fatos da cultura da época e do local em que se dão? Se não fizer uma leitura integrada ao contexto, ficará muito difícil entender a mensagem, que será deturpada, sem dúvida. Mas, ainda assim, Maomé promoveu uma revolução: unificou as tribos árabes em torno de uma religião. Isso é um feito! Impérios e religiões sempre andaram de mãos dadas, servindo-se mutuamente e promovendo a guerra, sua mensageira.

— Penso que as pessoas dão mais atenção ao que as separa do que ao que as une. Guerreiam por bobagens, e cada qual grita mais alto sua crença em um único Deus. Ora, se Ele é único, é o Criador de todos, Pai de todos, por que preferirá uns a outros? Por que autorizará que uns matem os outros, se todos são criações suas? Apenas por um nome e um punhado de práticas diferentes? Parece sem lógica.

— E é, meu amor — respondeu Ciro.

Calamo-nos. De fora, vinham as luzes do amanhecer e os primeiros sons do novo dia. Mas em nossa casa aquele seria um dia extremamente silencioso.

Ouvi a movimentação de Rute e Ty. Os gêmeos dormiam, saí cuidadosamente. O cheiro da comida despertou meu apetite. Elas conversavam baixinho. Samia e Zaynah apareceram com cara de sono e ouvi os passos de Anísio. Sentamo-nos, comecei a partilhar o pão, Rute estendia as canecas fumegantes e Fatimah fazia a pergunta de todas as manhãs:

— Fizeram as preces, meninas?

Todas concordaram e Anísio, com a expressão compenetrada, acompanhou as meninas na resposta, fazia isso com certa frequência e sempre acabava em riso. Não era deboche, e ele jurava que respondia seriamente. Eu não duvidava, orávamos a Deus e, embora a fé dele não prescrevesse o ritual das cinco preces diárias, creio que ele fizesse até mais, parecia viver conversando com Deus em seu íntimo. Afirmava ser essa a fonte da paz que carregava consigo.

Ao levar a caneca aos lábios, dei pela falta de Zara e estranhei sua demora.

— Samia, por favor, vá ver o que aconteceu com Zara — pedi, escondendo uma repentina apreensão. Senti-me colada ao chão, tentei disfarçar a falta de coragem de procurá-la e agir com naturalidade.

O olhar de Anísio acompanhou meus gestos e, depois, a caminhada de Samia até o quarto de Zara.

— Irei com Samia — falou Anísio, erguendo-se apressado.

Ouvi a voz de Samia dizer a ele:

— Ela não acorda. Já chamei...

Minha caneca foi ao chão. Espatifou-se, não notei que a tinha soltado. Recordo-me apenas de quando estava ao lado do leito de Zara. Encontrei-a inerte, serena, a expressão em paz e sem vida. A dor que me atingiu foi intensa, inesperada, embora ela estivesse idosa. Acostumara-me tanto a ela que não cogitava viver sem sua presença firme ao meu lado. Mas ela cumprira sua longa jornada e regressava ao mundo maior. Morrer faz parte da lei divina e não deixa outra alternativa, a não ser a aceitação.

Chorei muito e Anísio foi meu anjo guardião, tomou todas as providências necessárias. Naquele dia silencioso e longo, apenas os bebês balbuciavam e brincavam como sempre, estranhando a minha tristeza. Em sua ingenuidade, sorriam tentando alegrar-me.

— São mensagens da vida, Eshe — disse-me Anísio, no meio da tarde, notando minha apatia com os meninos. — Ibrahim e Samir estão lembrando-a dos compromissos com a vida, que continua. Sorria para eles, não os contamine com o peso da tristeza. São pequenos demais e ainda não sabem lidar com ela.

Concordei com a advertência e esforcei-me para aparentar calma. Ciro percebeu e encarregou-se de cuidar deles até o fim da cerimônia.

Os primeiros dias após a morte de Zara arrastaram-se pesados, sem graça. A tristeza é um sentimento adaptativo, precisa ser vivido, ter início, meio e fim. É assim com toda a humanidade, em todos os tempos, e foi assim conosco. Devagar, nos adaptamos à ausência dela, reorganizamos a vida e seguimos.

No ano seguinte, Zaynah e Samia casaram-se. Houve festa. Minha felicidade foi enorme por reencontrar Lia e Naia, e por conhecer meu neto, Yusef, filho de Lia.

Elas estavam bem, construíam lares felizes, estavam saudáveis física e emocionalmente. Orgulhei-me ao constatar que elas eram agentes de mudanças nas tribos às quais, agora, pertenciam. Nossa vivência nômade marcara nossas almas com o entendimento da liberdade interior, e nos fizera ver que o ser humano constrói e destrói culturas; que, apesar de vivermos mergulhadas nelas, sempre podemos respirar livres e contribuir para transformá-las.

Em uma época em que as pessoas só existiam em razão da tribo, do exército, do senhor, um bando de mulheres ousara construir a própria individualidade — por necessidade, é verdade, mas é assim que ela se ergue em qualquer pessoa: por diferentes necessidades.

Foram dias de festa, de alegria, de encher a vida com boas lembranças. Passaram como haviam passado os dias difíceis. Ao final de tudo, resta-nos sempre o aprendizado.

Quando voltei à minha casa, caminhei pelos cômodos vazios, silenciosos. "São tempos de partida", concluí. A natureza é feita de ciclos, as mulheres entendem isso muito bem. Vi o ciclo que se fechava e o ponto de intersecção com o que se iniciava. Era óbvio.

Anísio foi o próximo a nos deixar. Morreu como viveu: alegre e trabalhando. As forças físicas decaíram, mas o brilho de seu olhar mostrava um espírito lúcido, feliz, confiante na vida.

Tanto quanto eu, Ciro sabia que a temporada de partidas tinha sido aberta em nossa vida. Quando regressamos do sepultamento de Anísio, ele me disse:

— A vida é uma enorme caminhada. Todos, neste planeta, somos nômades, estamos em trânsito. Aqui nada nos pertence, são empréstimos: a vida dá e tira. Todas as posses são diferentes representações de uma mesma coisa: são um livro. Elas trazem uma lição para estudarmos e aplicarmos no cotidiano. Um dia chega a morte e recolhe nossos livros, e nós a acompanhamos levando apenas as lições aprendidas. Somos nômades na vida uns dos outros. Por vezes, nossos caminhos se cruzam. Alguns têm encruzilhadas, momentos de reunião e redirecionamento; outros são paralelos. Devemos agradecer por todos que caminharam conosco, Eshe. Eu não saberia dizer qual foi o mais importante...

— Isso não importa — falei. — Cada um de nós é uma criatura única, especial. Não há motivo para fazermos comparações e, por isso, não há um mais importante que outro. Cada um tem seu próprio valor.

— É — concordou Ciro.

Estávamos no *scriptorium* e notei que o olhar dele vagava pelo espaço, recordando o amigo com o qual trabalhamos anos a fio.

— Sabe de uma coisa? Casas de pedra são muito seguras, mas aprisionam lembranças. Nas tendas, montávamos e desmontávamos ora aqui, ora acolá, queimávamos a dos mortos e as recordações ficavam apenas em nosso pensamento. Casas de pedra são monumentos, são fixas, para sempre lembraremos de Anísio nesta sala. Assim como ainda lembro de Zara dormindo no pátio nas noites estreladas.

Ciro riu da minha reclamação e balançou a cabeça, concordando. Depois, abraçou-me e declarou:

— São lembranças felizes. Não temos por que relegar nosso passado. Elas não são um fardo pesado, são leves. Apenas nos primeiros dias será difícil, depois passará.

— Eu sei. Lembrarei deles com alegria e gratidão.

E assim foi quando Rute e Fatimah também morreram.

Os gêmeos cresceram. Ty casou-se com um jovem da tribo de Akin. Ciro e eu envelhecemos. Vivemos o bastante para ver que nossos filhos estavam felizes. Encontrávamo-nos em ocasiões festivas e, então, éramos muitos, com muitas crianças e jovens. Uma família se faz de cordões invisíveis de amor que nem sempre são tecidos no interior do útero materno, mas na vida, nas afinidades, que nunca os rompem.

O sol sobre o deserto é a paisagem mais linda que conheço. Luz, vida, imensidão, infinito, desafio... A noite é beleza, mistério, silêncio, ideal para falar com Deus, para pensar, para amar. Nossos filhos sedentários respeitaram nosso desejo de voltar ao deserto.

Muitos séculos depois, regressamos espiritualmente ao local onde haviam sepultado Ciro e Eshe, lado a lado, em singelos montes de areia sinalizados com a cruz e o quarto crescente, batidos pelo sol e pelo vento.

Nada mais existia. Os símbolos religiosos voaram dali, o vento havia desfeito os sinais físicos da nossa passagem. Olhamos enternecidos e gratos para o que representava aquele local: o passado.

Advinhando meus pensamentos, ele estendeu-me a mão e olhou à frente, para o deserto.

— Avançar pelo infinito iluminado. É o caminho — falei, sorrindo, dando voz à mensagem silenciosa de seus olhos. Segurando-lhe a mão, convidei — Vamos?

FIM

EPÍLOGO

Acabei a última página. Fiquei com a sensação de que não deveria colocar um ponto final, pois a vida não tem fim. Disse a mim mesmo que existências possuem finais, e então calei a voz que perturbava minha consciência. Era o eco de artista apaixonado que busca e rebusca, nem sempre satisfeito com o que produz. Ele ainda existe e faz parte da essência da arte; a insatisfação é o que nos move. É o que faz da arte a manifestação humana por excelência e, por isso, dizemos não saber se a arte imita a vida ou ao contrário. Fato é que ela impulsiona o progresso e esta é a busca do autor: despertar, emocionar, fazer refletir, transformar. Nesse afã, às vezes um simples detalhe, como um ponto final, é o desejo de expressar um mundo de ideias.

Mas estava concluída a minha participação no trabalho de Layla. Contemplei os três volumes, o último bem à minha frente, ainda aberto na última página. Desfilou em minha memória a recordação das noites em que Layla e eu, em nossa última encarnação, no século 19, tecíamos planos de escrever juntos. As filhas dela acabavam dormindo, entediadas com uma conversa sem fim que lhes parecia improdutiva. Não era tempo. Não eram os temas. A tarefa, quem diria, realizar-se-ia do mundo espiritual para o mundo material! Prova de que sonhos não morrem.

Tenho muito zelo com as histórias que escrevo. É consciência de que limito-me a analisá-las; a minha arte está em contá-las, os enredos foram criação dos próprios "personagens", são tramas de vidas que observo. Nós, humanos, temos dificuldade em ler nossas próprias histórias, nosso olhar ainda busca, ávido, a vida alheia, sempre tão interessante. Porém, viajamos todos na mesma espaçonave e as experiências que nela podemos ter são limitadas, o que faz da vida alheia um espelho para enxergarmos as nossas. As memórias de Layla não eram exceção.

Os acordes finais do Noturno op. 9 nº 2, de Chopin, alertaram-me que era hora de entregar a tarefa concluída. Pela ampla janela de minha sala, olhei o jardim e o movimento incessante dos trabalhadores e dos assistidos em nossa instituição. Sorri. Baixei o olhar à minha mesa de trabalho. Suspirei, reuni as páginas, recolhi o material que usava e fui ao encontro de nosso Orientador e de Layla.

Encontrei-os sentados em um banco, rodeados de crianças. Era fácil notar os espíritos lúcidos e conscientes que apenas utilizavam a aparência infantil para auxiliar aqueles que haviam desencarnado recentemente na condição de criança. Trabalhavam informalmente com aquelas mentes, ambientando-as ao grupo. Cada segundo é válido e todo afeto é necessário.

Aproximei-me e os observei. Sempre me encanta ver nosso Orientador atendendo; é um aprendizado. No entanto, não demorou muito e fui notado. As crianças foram conduzidas a outra atividade pelos líderes do grupo e restamos os três.

— Então, José, finalmente retornas ao nosso convívio. Tuas ausências são muito sentidas, bem sabes — disse-me ele.

— Esquisitices que nem a morte conseguiu vencer — brincou Layla. — Nosso amigo não deixou alguns de seus velhos hábitos.

Aquilo tinha um gosto de ritual, eram brincadeiras, pilhérias e reclamações repetidas regularmente. Não tinham o poder de me abalar, tampouco havia a intenção.

— Para que vocês vejam que essa dona morte não é tão poderosa assim — retruquei. — Liquidou com muitos corpos que usei, mas não modificou um só dos meus hábitos.

— Hum, é você quem deve modificá-los — rebateu de pronto o Orientador. — Mas o que desejam comigo? Solicitaram esta conversa e não sei a razão.

— É simples, meu querido — disse Layla, segurando a mão do Orientador. — Desejamos lhe apresentar um trabalho conjunto, meu e de José. Gostaríamos que o lesse.

Estendi os volumes e vi a surpresa e um lampejo de alegria brilharem em seu olhar.

— Com imenso prazer! — declarou ele, aceitando os textos.

Passou a mão sobre o volume, sua expressão tornou-se matreira, divertida. Voltou-se para Layla e indagou, em tom de afirmação.

— Irei gostar da surpresa? Imagino...

— Não se precipite — adverti. — Leia. Aguardaremos a análise.

Como alguém que recebe um presente, ele balançou a cabeça satisfeito. Olhou-nos atentamente e nada disse, mas estava claro que advinhara o teor da nossa surpresa.

Passados alguns dias, eis que ele chega caminhando rápido, calmo, senta-se ao meu lado. Eu descansava no jardim, meditando.

— José, permita-me interromper sua reflexão. Concluí a leitura do seu trabalho com Layla.

— E?

— O que esperam que eu diga?

— Bem, sempre peço a autorização das pessoas cujas vidas torno pública — expliquei. — Desejamos a sua aprovação para divulgar seu passado como Anísio. Se concorda com o que escrevemos, com a forma, com os conteúdos das lições daquela época...

— Se estivéssemos na Terra, haveria toda uma burocracia. Aqui basta eu lhe dizer: sim. Prossigam com o projeto. É bom divulgar que a "dona morte" — disse ele, imitando o que eu dissera tempos atrás — não vence amizades, e que a vida cuida de torná-las cada vez mais fortes e próximas. Eu e Layla trabalhamos juntos na divulgação dos ensinamentos da vida maior há séculos. A morte não afasta os que se amam. Nós nos buscamos no Universo e a atração do amor é tão poderosa que não há barreiras. Como você sabe, José, os laços que nos unem em nossa instituição, seja na matéria ou fora dela, são feitos de histórias desse amor e dessa busca, dos equívocos e dos encontros.

Ele estendeu-me os textos originais e, quando os peguei, senti suas mãos pousadas sobre as minhas.

— Deus abençoe as mãos que escrevem histórias da vida, meu filho — disse-me, repetindo uma frase que me comovera desde que nos conhecêramos, muito tempo atrás.

— Obrigado por me recordar daquele tempo recuado. Rever as vivências de meu grande amigo Pepe, abnegado espírito. Ao seu lado aprendi muito e ainda mais quando nos reencontramos nos conventos do Vêneto: eu um órfão e ele o bispo Giordano, responsável por uma congregação pobre. Como lhe disse, o trabalho de vocês têm a característica de lembrar que amizades verdadeiras não morrem.

Conversamos um pouco mais e ele se despediu. Aproveitei para refletir. Aquele recanto estava silencioso, o que me agradava. Deixei-me ficar e, aos poucos, o movimento natural nos jardins da instituição chegou ali. Entreguei-me ao contato com um e outro até ver o Tião acompanhado de Georges em concentrado diálogo. Avancei até eles e fiquei observando.

— Tião *tá* triste. Nego *véio* tenta *di* tudo e *num cunsegui fazê* a *muié entendê qui tá brincano cum* coisa séria, que *num* se mexe *ansim cum* os *espíritu* e *cum* a vida dos *homi* na Terra. *Mais*, *Jorgis*, ela é *munto* teimosa! Sofri e *munto*! E *num* enxerga que é ela que *povoca*... *num* tem a cabeça em cima do pescoço... tá *num* sei *adonde*. A *fiinha* dela é fáci de *protegê*, *mais* a *minina* é *sensivi*, ela vê Tião, fala cum ele, *inté* se ri, o anjinho... e a *muié* danada *levô* a *minina* em tudo *qui num divia*, e o *qui* ela *faiz*, leva pra casa, é de *dá* dó, pensa que ali vivi uma *famia*.

—É, Tião, eu sei — concordou Georges. — Estive lá. É lamentável, mas é comum, como você bem sabe. Eles não sabem o que fazem...

— *Mais* senti... e *num* aprendi! — interveio Tião, enfático.

— Eles não associam os problemas que enfrentam com as próprias condutas, pensamentos e sentimentos. Eles pensam que "fazem coisas" para os outros, desconhecem o compromisso que assumem. Mas, nesse caso, como também é comum, há um lamentável encontro.

— É, sim. Tião já viu isso. *Pensu inté qui podi sê* mais *fáci di tratá* dela *du qui* da *otra qui tá* na carne. É *munto* iludida, *comu* dizem: *num si* enxerga, e tamém *num sabi* o *qui qué* nem o *qui tá fazeno.* A *otra tumém* é iludida, *tantu qui* vestiu uma fantasia e pensa *qui é aquilu. Mais* as *marca*, as *cicatriz contu* o *qui feiz* e *passô*. Quem tem olho de vê e ouvido de *escutá num si* engana.

— Concordo com você, Tião — falou Georges, sorrindo complacentemente. — Algumas pessoas, quando buscam ajuda espiritual, acreditam que não precisam fazer mais nada, pensam que resolveremos as suas vidas e faremos as suas vontades, e isso mostra o quanto são imaturas e desconhecedoras da vida espiritual. Elas pedem ajuda e não se ajudam, eis a dificuldade. A amiga desencarnada que perambula naquele lar poderá ser mais acessível. Recebemos um pedido de intervenção no caso. Apesar do estado em que se encontra, ela teve muitos e fiéis amigos, em sua última existência, que hoje pedem por ela. É uma história longa...

O assunto despertou minha atenção e tratei de participar da conversa e inteirar-me do caso.

José Antônio

VIDA & CONSCIÊNCIA
EDITORA

Inspirações para sua alma

EM TEMPOS DE LIBERDADE

Segunda parte da trilogia psicografada por Ana Cristina Vargas, que narra a história de sua mentora espiritual Layla. Neste romance, Layla reencarna como Verônica, no ano 28 da era Cristã, uma jovem cheia de altos e baixos que transita entre a miséria e a fortuna, conhece a escravidão interior do ódio, a força da paixão sensual, descobre a liberdade de amar e de ser autêntica.

CATEGORIA: Desenvolvimento Pessoal
PÁGINAS: 417
ACABAMENTO: Brochura
ISBN: 978-85-7722-161-5

VIDA & CONSCIÊNCIA
GRÁFICA

Rua Agostinho Gomes, 2.312 – SP
55 11 3577-3200

grafica@vidaeconsciencia.com.br
www.vidaeconsciencia.com.br